茅盾文学奖
获奖作品全集

额尔古纳河右岸

迟子建——著

人民文学出版社

图书在版编目（CIP）数据

额尔古纳河右岸/迟子建著. —北京：人民文学出版社，2018（2025.8重印）
（茅盾文学奖获奖作品全集）
ISBN 978-7-02-013959-0

Ⅰ.①额… Ⅱ.①迟… Ⅲ.①长篇小说—中国—当代 Ⅳ.①I247.5

中国版本图书馆 CIP 数据核字（2018）第 046580 号

选题策划　杨　柳
责任编辑　薛子俊
装帧设计　刘　远
责任印制　张　娜

出版发行　人民文学出版社
社　　址　北京市朝内大街 166 号
邮政编码　100705

印　　刷　三河市中晟雅豪印务有限公司
经　　销　全国新华书店等

字　　数　200 千字
开　　本　890 毫米×1290 毫米　1/32
印　　张　8.5　插页 2
印　　数　7132001— 7232000
版　　次　2010 年 10 月北京第 1 版
印　　次　2025 年 8 月第 91 次印刷

书　　号　978-7-02-013959-0
定　　价　32.00 元

如有印装质量问题，请与本社图书销售中心调换。电话：010-59905336

出版说明

　　一九八一年三月十四日,病中的中国作家协会主席茅盾致信作协书记处:"亲爱的同志们,为了繁荣长篇小说的创作,我将我的稿费二十五万元捐献给作协,作为设立一个长篇小说文艺奖金的基金,以奖励每年最优秀的长篇小说。我自知病将不起,我衷心地祝愿我国社会主义文学事业繁荣昌盛!"

　　茅盾文学奖遂成为中国当代文学的最高奖项,自一九八二年起,基本为四年一届。获奖作品反映了一九七七年以后长篇小说创作发展的轨迹和取得的成就,是卷帙浩繁的当代长篇小说文库中的翘楚之作,在读者中产生了广泛的、持续的影响。

　　人民文学出版社曾于一九九八年起出版"茅盾文学奖获奖书系",先后收入本社出版的获奖作品。二〇〇四年,在读者、作者、作者亲属和有关出版社的建议、推动与大力支持下,我们编辑出版了"茅盾文学奖获奖作品全集",并一直努力保持全集的完整性,使其成为读者心目中"茅奖"获奖作品的权威版本。现在,我们又推出不同装帧的"茅盾文学奖获奖作品全集",以满足广大读者和图书爱好者阅读、收藏的需求。

　　获茅盾文学奖殊荣的长篇小说层出不穷,"茅盾文学奖获奖作品全集"的规模也将不断扩大。感谢获奖作者、作者亲属和有关出版社,让我们共同努力,为当代长篇小说创作和出版做出自己的贡献,为广大读者提供更多的优秀作品。

人民文学出版社编辑部

目录

上部　清　晨

　　我是雨和雪的老熟人了,我有九十岁了。雨雪看老了我,我也把它们给看老了。如今夏季的雨越来越稀疏,冬季的雪也逐年稀薄了。它们就像我身下的已被磨得脱了毛的狍皮褥子,那些浓密的绒毛都随风而逝了,留下的是岁月的累累瘢痕。坐在这样的褥子上,我就像守着一片碱场的猎手,可我等来的不是那些竖着美丽犄角的鹿,而是裹挟着沙尘的狂风。

　　西班他们刚走,雨就来了。在这之前,连续半个多月,太阳每天早晨都是红着脸出来,晚上黄着脸落山,一整天身上一片云彩都不披。炽热的阳光把河水给舔瘦了,向阳山坡的草也被晒得弯了腰了。我不怕天旱,但我怕玛克辛姆的哭声。柳莎到了月圆的日子会哭泣,而玛克辛姆呢,他一看到大地旱得出现弯曲的裂缝,就会蒙面大哭。好像那裂缝是毒蛇,会要了他的命。可我不怕这样的裂缝,在我眼中它们就是大地的闪电。

　　安草儿在雨中打扫营地。

　　我问安草儿,布苏是不是个缺雨的地方,西班下山还得带着雨?

　　安草儿直了直腰,伸出舌头舔了舔雨滴,冲我笑了。他一笑,眼角和脸颊的皱纹也跟着笑了——眼角笑出的是菊花纹,脸颊笑出的是葵花纹。雨水洒下来,他那如花的皱纹就像是含着露珠。

我们这个乌力楞只剩下我和安草儿了,其他人都在早晨时乘着卡车,带着家当和驯鹿下山了。以往我们也下山,早些年去乌启罗夫,近年来到激流乡,用鹿茸和皮张换来酒、盐、肥皂、糖和茶什么的,然后再回到山上。但这次他们下山却是彻底离开大山了。他们去的那个地方叫布苏,帕日格告诉我,布苏是个大城镇,靠着山,山下建了很多白墙红顶的房子,那就是他们定居的住所。山脚下还有一排鹿圈,用铁丝网拦起,驯鹿从此将被圈养起来。

我不愿意睡在看不到星星的屋子里,我这辈子是伴着星星度过黑夜的。如果午夜梦醒时我望见的是漆黑的屋顶,我的眼睛会瞎的;我的驯鹿没有犯罪,我也不想看到它们蹲进"监狱"。听不到那流水一样的鹿铃声,我一定会耳聋的;我的腿脚习惯了坑坑洼洼的山路,如果让我每天走在城镇平坦的小路上,它们一定会疲软得再也负载不起我的身躯,使我成为一个瘫子;我一直呼吸着山野清新的空气,如果让我去闻布苏的汽车放出的那些"臭屁",我一定就不会喘气了。我的身体是神灵给予的,我要在山里,把它还给神灵。

两年前,达吉亚娜召集乌力楞的人,让大家对下山做出表决。她发给每人一块白色的裁成方形的桦树皮,同意的就把它放到妮浩遗留下来的神鼓上。神鼓很快就被桦树皮覆盖了,好像老天对着它下了场鹅毛大雪。我是最后一个起身的,不过我不像其他人一样走向神鼓,而是火塘,我把桦树皮投到那里了。它很快就在金色的燃烧中化为灰烬。我走出希楞柱的时候,听见了达吉亚娜的哭声。

我以为西班会把桦树皮吃掉,他从小就喜欢啃树皮吃,离不开森林的，可他最终还是像其他人一样，把它放在神鼓上了。我觉得西班放在神鼓上的，是他的粮食。他就带着这么一点儿粮食走，迟早要饿死的。我想西班一定是为了可怜的拉吉米才同意下山的。

安草儿也把桦树皮放在了神鼓上，但他的举动说明不了什么。谁都知道，他不明白大家在让他做什么事情。他只是想早点把桦树皮打发掉，好出去做他的活计。安草儿喜欢干活，那天有一只驯鹿的眼睛被黄蜂蜇肿了，他正给它敷草药，达吉亚娜唤他去投票。安草儿进了希楞柱，见玛克辛姆和索长林把桦树皮放在了神鼓上，他便也那么做了。那时，他的心里只有驯鹿的那只眼睛。安草儿不像别人那样把桦树皮恭恭敬敬地摆在神鼓上，而是在走出希楞柱时，顺手撒开，就好像一只飞翔的鸟，不经意间遗落下的一片羽毛。

虽然营地只有我和安草儿了，可我一点儿也不觉得孤单。只要我活在山里，哪怕是最后的一个人了，也不会觉得孤单的。

我回到希楞柱，坐在狍皮褥子上，守着火塘喝茶。

以往我们搬迁的时候，总要带着火种。达吉亚娜他们这次下山，却把火种丢在这里了。没有火的日子，是寒冷和黑暗的，我真为他们难过和担心。但他们告诉我，布苏的每座房子里都有火，再也不需要火种了。可我想，布苏的火不是在森林中用火镰对着石头打磨出来的，布苏的火里没有阳光和月光，那样的火又怎么能让人的心和眼睛明亮呢？

我守着的这团火，跟我一样老了。无论是遇到狂风、大雪还是暴雨，我都护卫着它，从来没有让它熄灭过。这团火就是我跳动的心。

　　我是个不擅长说故事的女人，但在这个时刻，听着"唰唰"的雨声，看着跳动的火光，我特别想跟谁说说话。达吉亚娜走了，西班走了，柳莎和玛克辛姆也走了，我的故事说给谁听呢？安草儿自己不爱说话，也不爱听别人说话。那么就让雨和火来听我的故事吧，我知道这对冤家跟人一样，也长着耳朵呢。

　　我是个鄂温克女人。

　　我是我们这个民族最后一个酋长的女人。

　　我出生在冬天。我的母亲叫达玛拉，父亲叫林克。母亲生我的时候，父亲猎到了一头黑熊。为了能获取上好的熊胆，父亲找到熊"蹲仓"的树洞后，用一根桦木杆挑逗它，把冬眠的熊激怒，才举起猎枪打死它。熊发怒的时候，胆汁旺盛，熊胆就会饱满。父亲那天运气不错，他收获了两样东西：一个圆润的熊胆，还有我。

　　我初来人间听到的声音，是乌鸦的叫声。不过那不是真的乌鸦发出的叫声。由于猎到了熊，全乌力楞的人聚集在一起吃熊肉。我们崇拜熊，所以吃它的时候要像乌鸦一样"呀呀呀"地叫上一刻，想让熊的魂灵知道，不是人要吃它们的肉，而是乌鸦。

　　很多出生在冬季的孩子，常由于严寒致病而夭折，我有一个姐姐就是这样死去的。她出生时漫天大雪，父亲去寻找丢失的驯鹿。风很大，母亲专为生产而搭建的希楞柱被狂风掀起了一角，姐姐受了风寒，只活了两天就走了。如果是小鹿离开了，它还会把美丽的蹄印留在林地上，可姐姐走得像侵蚀了她的风一样，只叫了那么一刻，就无声无息了。姐姐被装在一条白布口袋里，扔在向阳的山坡上了。这让我母亲很难过。所以生我的时候，母亲把希楞柱的兽皮围子弄得严严实实的，生怕再有一缕寒风伸出吃人的舌头，带走她的孩子。

当然，这些话都是我长大后母亲告诉我的。她说我出生的那天晚上，全乌力楞的人在雪地上点起篝火，吃着熊肉跳舞。尼都萨满跳到火里去了，他的鹿皮靴子和狍皮大衣沾了火星，竟然一点儿都没伤着。

尼都萨满是我父亲的哥哥，是我们乌力楞的族长，我叫他额格都阿玛，就是伯父的意思。我的记忆是由他开始的。

除了死去的姐姐，我还有一个姐姐，叫列娜。那年秋天，列娜病了。她躺在希楞柱的狍皮褥子上，发着高烧，不吃不喝，昏睡着，说着胡话。父亲在希楞柱的东南角搭了一个四柱棚，宰杀了一只白色的驯鹿，请尼都萨满来给列娜跳神。额格都阿玛是个男人，可因为他是萨满，平素的穿着就得跟女人一样。他跳神的时候，胸脯也被垫高了。他很胖，披挂上沉重的神衣神帽后，我想他一定不会转身了。然而他击打着神鼓旋转起来是那么的轻盈。他一边舞蹈一边歌唱着，寻找着列娜的"乌麦"，也就是我们小孩子的灵魂。他从黄昏开始跳，一直跳到星星出来，后来他突然倒在地上。他倒地的一瞬，列娜坐了起来。列娜朝母亲要水喝，还说她饿了。而尼都萨满苏醒后告诉母亲，一只灰色的驯鹿崽代替列娜去一个黑暗的世界了。秋天时驯鹿因贪吃蘑菇而不愿意回到营地，那时我们常把驯鹿崽拴起来，这样驯鹿就会惦记着回来。母亲拉着我的手走出希楞柱，我在星光下看见了先前还是活蹦乱跳的小驯鹿已经一动不动地倒在地上了。我攥紧母亲的手，打了个深深的寒战。我所能记住的最早的事情，就是这个寒战，那年我大约四五岁的光景吧。

我从小看到的房屋就是像伞一样的希楞柱，我们也叫它"仙人柱"。希楞柱很容易建造，砍上二三十根的落叶松杆，锯成两人高的样子，剥了皮，将一头削尖了，让尖头朝向天空，汇集在一起；松木杆的另一端则戳着地,均匀地散布开来,好像无数条跳舞的腿,形成一个大圆圈,外面苫上挡风御寒的围子,希楞柱就建成了。早期我们用桦皮和兽皮做围子,后来很多人用帆布和毛毡了。

我喜欢住在希楞柱里,它的尖顶处有一个小孔,自然而然成了火塘排烟的通道。我常在夜晚时透过这个小孔看星星。从这里看到的星星只有不多的几颗,但它们异常明亮,就像是擎在希楞柱顶上的油灯似的。

尽管我父亲不愿意到尼都萨满那里去,但我爱去。因为那座希楞柱里不光住着人,还住着神。我们的神统称为"玛鲁",它们被装在一个圆形皮口袋里,供奉在希楞柱入口的正对面。大人们出猎前,常常要在神像前磕头。这使我很好奇,总是央求尼都萨满,让他把皮口袋解下来,让我看看神长得什么样子。神身上有肉吗?神会说话吗?神在深更半夜会像人一样打呼噜吗?尼都萨满每次听到我这样跟他说玛鲁神,都要拿起他跳神用的鼓槌,将我轰出。

尼都萨满和我父亲一点儿也不像亲兄弟。他们很少在一起说话,狩猎时也从不结伴而行。父亲非常清瘦,尼都萨满却很胖。父亲是个打猎高手,尼都萨满行猎时却往往是空手而回。父亲爱说话,而尼都萨满哪怕是召集乌力楞的人商议事情,说出的话也不过是只言片语的。据说只有我出生的那天,尼都萨满因为前一夜梦见了一只白色的小鹿来到我们的营地,对我的降生就表现出无比的欣喜,喝了很多酒,还跳了舞,跳到篝火中去了。

父亲爱和母亲开玩笑。他夏季时常指着她说,达玛拉,伊兰咬着你的裙子啦!伊兰是我们家猎犬的名字。"伊兰"在我们的语言中是"光线"的意思。所以天黑的时候,我特别爱喊伊兰的名字,我以为跑过来的它会携带着光明,可它跟我一样,只是黑暗中的一团影子。母亲太热衷于穿裙子了,所以在我看来,母亲盼夏天来,并不是盼林中的花朵早点开放,而是为了穿裙子。一听说伊兰咬了她的裙子,她就会腾空跳起来,这时父亲就会得意地大笑。母亲喜欢穿灰色的裙子,裙腰上镶着绿色的缝道,前面的缝道宽,后面的缝道窄。

母亲在全乌力楞的女人中是最能干的。她有着浑圆的胳膊,健壮的腿。她宽额头,看人时总笑眯眯的,很温存。别的女人终日在头上包着一块蓝头巾,而她是裸露着头发的。她将那茂密乌黑的发丝绾成一个发髻,上面插着一支乳白色的鹿骨打磨成的簪子。

达玛拉,你过来!父亲常常这样招唤她,就像招唤我们一样。母亲慢吞吞地走到他身边,父亲往往只是笑着扯一下她的衣襟,然后在她的屁股上拍一下,说,没事了,你走吧!母亲努一下嘴,不说什么,接着忙她的活儿去了。

我和列娜从小就跟着母亲学活计,熟皮子,熏肉干,做桦皮篓和桦皮船,缝狍皮靴子和手套,还有烙格列巴饼,挤驯鹿奶,做鞍桥等等。父亲看我和列娜像两只蝴蝶离不开花朵一样绕着母亲飞,就嫉妒地说,达玛拉,你一定得送给我个乌特!"乌特"就是儿子的意思。而我和列娜,像我们这个民族的其他女孩一样,被叫作"乌娜吉"。父亲管列娜叫"大乌娜吉",我则成了"小乌娜吉"。

深夜,希楞柱外常有风声传来。冬日的风中往往夹杂着野兽的叫声,而夏日的风中常有猫头鹰的叫声和蛙鸣。希楞柱里也有风声,风声中夹杂着父亲的喘息和母亲的呢喃,这种特别的风声是母亲达玛拉和父亲林克制造的。母亲平素从来不叫父亲的名字,而到了深夜他们弄出了风一样响声的时刻,她总是热切地颤抖地呼唤着:林克,林克……父亲呢,他像头濒临死亡的怪兽,沉重地喘息着,让我以为他们害了重病。然而第二天早晨醒来,他们又面色红润地忙着自己的活计了。就在这样的风声中,母亲的肚子一天天大了起来，不久，我的弟弟鲁尼降生了。

父亲有了自己的乌特后，即使狩猎归来一无所获，一看到鲁尼的笑脸，他阴沉的脸也会变得和颜悦色了。达玛拉也喜欢鲁尼，她干活的时候完全可以把他放在桦皮摇车里，可她不，她把鲁尼背在肩头。这时达玛拉的鹿骨簪子就戴不得了，鲁尼老是伸手去抓，抓下来就放到嘴里啃，簪子尖尖的，达玛拉怕扎了鲁尼的嘴，所以就不戴它了。而我喜欢母亲戴着簪子的样子。

我和列娜也喜欢鲁尼，我们抢着抱他，他胖乎乎的，像只可爱的小熊，咿呀叫着，口水流进我们的脖子，就好像钻进了毛毛虫，痒得慌。冬天时我们喜欢用灰鼠皮的尾巴去扫鲁尼的脸，每扫一下他都要咯咯笑个不止。夏天时我们常背他到河边，捉岸边草丛中的蜻蜓给他看。有一次母亲给驯鹿喂盐，我和列娜把鲁尼藏在希楞柱外装粮食的大桦皮桶里。母亲回来发现鲁尼不见了，慌张了，她四处寻找，没有见鲁尼的踪影，问我和列娜，我们都摇头说不知道，她哭了起来。看来鲁尼和母亲是连心的，先前他还安静地待在桦皮桶里晒太阳，母亲一哭，他也哭了。鲁尼的哭声对母亲来说就是笑声，她循声而去，抱起他，斥责我和列娜，那是她第一次跟我们发脾气。

鲁尼的出现，使我和列娜改变了对父母的称呼。原来我们规规矩矩地像其他孩子一样，称母亲为"额尼"，称父亲为"阿玛"，因为鲁尼太得宠了，我和列娜起了嫉妒心，私下里就管母亲叫达玛拉，叫父亲为林克。所以现在提到他们的时候，我还有些改不过来。请神饶恕我。

乌力楞的成年男人身边都有女人，比如林克有达玛拉，哈谢有玛利亚，坤德有依芙琳，伊万有蓝眼睛、黄头发的娜杰什卡，可尼都萨满却是孤身一人。我想那狍皮口袋供的神一定是女神，不然他怎么会不要女人呢？我觉得尼都萨满跟女神在一起也没什么，只不过他们生不出小孩子来，有点让人遗憾。一个营地里，如果少了小孩子，就像树木缺了雨水，看上去总是不那么精神的。比如伊万与娜杰什卡，他们常常逗自己的那双儿女——吉兰特和娜拉，并发出哈哈的笑声；坤德与依芙琳的孩子金得，虽然不那么活泼，但他也像盛夏时飘来的一片云彩一样，给坤德与依芙琳带来阴凉，让他们心境平和。相反，哈谢与玛利亚因为没有孩子，脸上就总是弥漫着阴云。一旦罗林斯基来我们的营地了，他带到哈谢的希楞柱里的，就不仅仅是烟酒糖茶了，还有药。可玛利亚吃了那些治疗不孕症的药后，肚子还是老样子，急得哈谢像遭到围猎的驼鹿一样，脸上总是现出茫然的神情，不知道出路在哪里。玛利亚常用头巾遮住脸，低着头去尼都萨满的希楞柱。她去拜见的不是人，而是神。她希望神能赐予她孩子。

依芙琳是我的姑姑，她很爱讲故事。关于我们这个民族的传说以及父亲与尼都萨满之间的恩怨，都是她告诉我的。当然，有关民族的传说故事，是在我年幼时就听到的；而大人们之间的爱恨情仇，是在父亲去世后，母亲和尼都萨满先后变得癫狂后告诉我的，那时我已快做维克特的母亲了。

我这一生见过的河流太多太多了。它们有的狭长，有的宽阔；有的弯曲，有的平直；有的水流急促，有的则风平浪静。它们的名字，基本是我们命名的，比如得尔布尔河、敖鲁古雅河、比斯吹雅河、贝尔茨河以及伊敏河、塔里亚河等。而这些河流，大都是额尔古纳河的支流，或者是支流的支流。

我对额尔古纳河的最早记忆，与冬天有关。

那一年，北部的营地被铺天盖地的大雪覆盖，驯鹿找不到吃的，我们不得不向南迁移。途中，由于连续两天没有打到猎物，骑在驯鹿身上的瘸腿达西咒骂那些长着腿的男人都是没用的东西，声称他已经掉进一个黑暗的世界，要被活活地饿死了。我们不得不靠近额尔古纳河，用冰钎凿开冰面捕鱼来吃。

额尔古纳河是那么的宽阔，冰封的它看上去像是谁开辟出来的雪场。善于捕鱼的哈谢凿了三口冰眼，手持一杆鱼叉守候在旁边。那些久避冰层下的大鱼以为春天又回来了，就摇头摆尾地冲着透出天光的冰眼游来。哈谢一看见冰眼旋起了水涡，就眼疾手快地抛出鱼叉，很快就戳上来一条又一条的鱼。有附着黑斑点的狗鱼，还有带着细花纹的哲罗鱼。哈谢每捕上来一条鱼，我都要跳起来欢呼。列娜不敢看冰眼，吉兰特和金得也不敢看，冒着水汽的冰眼在他们眼里一定跟陷阱一样，他们远远地避开了。我喜欢娜拉，她虽然比我还小几岁，但跟我一样胆大。她弯着腰，将头探向冰眼，哈谢让她离远点，说是万一失足跌进去，就会喂了鱼了。娜拉将头上的狍皮帽子摘下来，甩了甩头，赌咒发誓地跺着脚说，快把我扔进去吧，我天天游在里面，你们想要鱼了，就敲一敲冰面，叫一声娜拉，我就顶破冰层，把鱼给你们送上！我要是做不到的话，你们就让鱼把我吃了算了！她的话没吓着哈谢，倒把她的母亲娜杰什卡吓着了，她奔向娜拉，在胸口不住地画着十字。娜杰什卡是个俄国人，她跟伊万在一起，不仅生出了黄头发白皮肤的孩子，还把天主教也带来了。所以在乌力楞中，娜杰什卡既跟着我们信奉玛鲁神，又朝拜圣母。依芙琳姑姑为此很看不起娜杰什卡。我并不反感娜杰什卡多信几样神，那时神在我眼里是看不见的东西。不过我不喜欢娜杰什卡在胸前画十字，那姿态很像是手执一把尖刀，要剖出自己的心脏。

黄昏时，我们在额尔古纳河上燃起篝火，吃烤鱼。我们把狗鱼喂给猎犬，将大个儿的哲罗鱼切成段，撒上盐，用桦树枝穿上，放到篝火中旋转着。很快，烤鱼的香味就飘散出来了。大人们边吃鱼边喝酒，我和娜拉在河岸上赛跑。我们像两只兔子，给雪地留下一串串密集的脚印。我还记得当我和娜拉跑到河对岸的时候，被依芙琳给喊了回来。她对我说，对岸是不能随便去的，那已不是我们的领地了。她指着娜拉说，她去可以，那是她的老家，早晚有一天，娜杰什卡会把吉兰特和娜拉带回左岸的。

在我眼里，河流就是河流，不分什么左岸右岸的。你就看河岸上的篝火吧，它虽然燃烧在右岸，但它把左岸的雪野也映红了。我和娜拉不在意依芙琳的话，仍然在左岸与右岸之间跑来跑去。娜拉还特意在左岸解了个手，然后她跑回右岸，大声对依芙琳说，我把我的尿留在老家啦！

依芙琳白了娜拉一眼，就像她看着驯鹿产下畸形崽时的表情一样。

在那个夜晚，依芙琳姑姑告诉我，河流的左岸曾经是我们的领地，那里是我们的故乡，我们曾是那里的主人。

三百多年前，俄军侵入了我们祖先生活的领地，他们挑起战火，抢走了先人们的貂皮和驯鹿，把反抗他们暴行的男人用战刀拦腰砍成两段，对不从他们奸淫的女人给活生生地掐死，宁静的山林就此变得乌烟瘴气，猎物连年减少，祖先们被迫从雅库特州的勒拿河迁徙而来，渡过额尔古纳河，在右岸的森林中开始了新生活。所以也有人把我们称为"雅库特"人。在勒拿河时代，我们有十二个氏族，而到了额尔古纳河右岸时代，只剩下六个氏族了。众多的氏族都在岁月的水流和风中离散了。所以我现在不喜欢说出我们的姓氏，而我故事中的人，也就只有简单的名字了。

勒拿河是一条蓝色的河流，传说它宽阔得连啄木鸟都不能飞过去。在勒拿河的上游，有一个拉穆湖，也就是贝加尔湖。有八条大河注入湖中,湖水也是碧蓝的。拉穆湖中生长着许多碧绿的水草,太阳离湖水很近,湖面上终年漂浮着阳光,还有粉的和白的荷花。拉穆湖周围,是挺拔的高山,我们的祖先——一个梳着长辫子的鄂温克人,就居住在那里。

我问依芙琳,拉穆湖也有冬天吗?她对我说,祖先诞生的地方,是没有冬天的。可我不相信有一个世界永远是春天,永远那么温暖。因为从我出生的时候起,我每年都会经历漫长的冬天和寒冷,所以依芙琳给我讲完拉穆湖的传说后,我就跑到尼都萨满那里,打算问个究竟。尼都萨满没有肯定拉穆湖的传说,但他肯定了我们以前确实可以在额尔古纳河左岸游猎。他还说,那时生活在尼布楚一带的使鹿部,每年还向我们的朝廷进贡貂皮,是那些蓝眼睛、大鼻子的俄军逼迫我们来到右岸。勒拿河和尼布楚在哪里我并不知道,但我明白这些失地都在额尔古纳河左岸,在一个我们不能再去的地方,这使我幼年时对蓝眼睛、大鼻子的娜杰什卡充满了敌意,总以为她是跟着驯鹿群的一条母狼。

伊万是额格都亚耶的儿子,也就是我伯祖父的孩子。伊万的个子很矮,脸很黑,额头上有一个红痣,像颗耀眼的红豆。黑熊爱吃红豆,打猎的时候,父亲一旦发现了熊的足迹,总是提醒伊万要倍加小心,怕熊袭击了他。父亲的话也不是没有道理的,熊看到伊万比看到其他人容易激动,而伊万有两次从熊的巨掌下死里逃生。伊万的牙齿非常坚固,喜欢吃生肉,所以打不到猎物的时候,最难过的是伊万,他不喜欢吃肉干,对鱼更是嗤之以鼻,认为鱼是小孩子和老人这些牙齿不健全的人吃的。

伊万的手出奇的大,他若是将双手摊开放在膝盖上,那膝盖就像被粗壮而绵长的树根给覆盖缠绕住了。他的手很有力气,能把鹅卵石攥碎,能把搭建希楞柱用的松木"咔——"的一声折断,省却了用斧子去砍。依芙琳说，伊万就是凭借他那双力量非凡的手，使娜杰什卡成了他的女人的。

一百多年前，在额尔古纳河的上游发现了金矿。俄国人知道右岸有了金子，常常越过边界来盗采。那时当朝的皇上是光绪，他怎能眼睁睁地看着大清王朝的金子流入那些蓝眼睛的人手中呢？就让李鸿章想个法子，不能让黄金流失。李鸿章就动了在漠河开办金矿的念头。漠河这地方，每年中有半年飘雪花，荒无人烟，朝廷的重臣是不可能到这里来的。最后，李鸿章选中了因反对慈禧太后而被降罪的吉林候补知府李金镛去开办金矿。漠河金矿一开，商铺也跟着兴起了。就像有了花就要有果子一样，妓院很快就跟着出现了。那些来自关内的终年看不见女人的采金男人，见着女人，眼睛比见着金子还亮。他们为了那片刻的温暖和痛快，把金子撒到女人身上，妓院的生意跟夏季的雨水一样旺盛。被我们称作"安达"的那些商人，看上了妓院的生财之道，于是就有俄商带来他们的女人，将年纪轻轻的她们卖进妓院。

依芙琳说，那年他们在克坡河一带游猎，森林被秋霜染得红一片黄一片的时候，一个俄国安达带着三个姑娘越过额尔古纳河，骑着马，穿过密林，朝漠河方向而去。伊万在打猎的时候碰见了他们。他们打了一只山鸡，笼着火，正在吃肉喝酒。伊万见过那个大胡子安达，他知道凡是安达带来的东西，一定都是要卖的。看来金矿不仅仅需要用的东西和食物，也需要女人了。由于常与俄商打交道，我们中的大多数人都能讲简单的俄语，而俄商也听得懂鄂温克语。那三个姑娘有两个姿色动人，大眼睛，高鼻梁，细腰身，她们喝起酒来发出放纵的笑声，像是早已做熟了妓女这行当的人。另一个小眼睛的姑娘看上去就不一样了，她很安静地喝着酒，目光始终放在自己的灰格裙子上。伊万想，这个姑娘一定是被逼迫去做妓女的,不然她不会那么忧郁。他一想到那灰格裙子会被许多男人撩起,就心疼得牙齿打颤——还从来没有哪个姑娘能让他这么心疼过。

伊万回到乌力楞,将两张水獭皮、一张猞猁皮和十几张灰鼠皮卷到一起,带着它们,骑着驯鹿追赶安达和那三个姑娘。见到安达,他将皮张卸下,指着那个小眼睛姑娘告诉安达,这个女人归他伊万了,而皮张归安达了。安达嫌皮张太少,声言他不能做亏本的买卖。伊万就走到安达面前,伸出他的大手,将安达怀中的酒壶掏出来。那是个铁酒壶,伊万把它放到掌心,用力一握,它就扁了;再用力一攥,随着酒花飞溅,铁壶竟然成了个铁球。这把安达吓得腿都软了,立刻让伊万带走了那个小眼睛姑娘,她就是娜杰什卡。

依芙琳说,我的额格都亚耶就是被伊万给气死的。他早已为伊万定了一门亲,本打算那年冬天就把人家娶过来的,谁想到秋天时伊万自己领回来一个。

伊万的判断没错,娜杰什卡确实是被黑心的继母卖给安达去做妓女的。途中她曾两次试图逃跑,被安达发现后,先把她奸污了,想让她死心塌地地做妓女。所以伊万把她带走,娜杰什卡虽然心甘情愿,但对伊万总有种愧疚。她没有对伊万说安达把她奸污的事,她把此事告诉给了依芙琳。告诉给依芙琳的事,如同讲给了一只爱叫的鸟儿,全乌力楞的人没有不知道的了。伯祖父先前只是反感娜杰什卡的血统,当他知道她还是个不洁的女人时,便命令伊万把娜杰什卡逐出山林。伊万没有那么做,他娶了她,转年春天就生下了吉兰特。大家怀疑那个孩子可能是大胡子安达的。蓝眼睛的吉兰特一出世,额格都亚耶吐血不止,三天后就上天了。据说他离世的那天,朝霞把东方映得红通通的,想必他把吐出的鲜血也带了去。

娜杰什卡没有山林生活经验,据说她刚来的时候,在希楞柱中睡不着觉,常常在林中游荡。她也不会熟皮子,不会晒肉干,不会揉筋线,就连桦皮篓也做不出来。伊万见我母亲不像依芙琳那样对娜杰什卡满怀敌意,就让她教她做活。所以在乌力楞的女人中,娜杰什卡和达玛拉最亲近。这个爱在胸前画十字的女人是聪明的,只几年的工夫,就学会了我们这个民族的女人会做的活计。她对待伊万格外地好,伊万出猎归来,她总是在营地迎候。她见着伊万,仿佛几个月没见着似的,上前紧紧地抱着他。她比伊万高出一头,她抱伊万,就像一棵大树揽着棵小树,像一头母熊抱着个熊崽,十分好笑。依芙琳很瞧不起娜杰什卡的举动,说那是妓女的做派。

最不喜见到额尔古纳河的,就是娜杰什卡了。每次到了那里,依芙琳都要冷言冷语地讥讽她,恨不能让娜杰什卡化成一阵风,飘回左岸。娜杰什卡呢,她望着这条河流,就像望着贪婪的东家,也是一脸的凄惶,生怕它又剥削她。可我们是离不开这条河流的,我们一直以它为中心,在它众多的支流旁生活。如果说这条河流是掌心的话,那么它的支流就是展开的五指,它们伸向不同的方向,像一道又一道的闪电,照亮了我们的生活。

我说了,我的记忆开始于尼都萨满那次为列娜跳神取"乌麦",一头驯鹿崽代替列娜去了黑暗的世界了。所以我对驯鹿的最早记忆,也是从这头死去的驯鹿崽开始的。记得我拉着母亲的手,看着星光下一动不动的它时,心里是那么的恐惧,又那么的忧伤。母亲把已无气息的它提起,扔到向阳的山坡上了。我们这个民族没有存活下来的孩子,一般都是被装在白布口袋里,扔在向阳的山坡上。那里的草在春天时发芽最早,野花也开得最早。母亲是把驯鹿崽当作自己的孩子了。我还记得第二天鹿群回到营地的时候,那只灰色的母鹿不见了自己的鹿崽,它一直低头望着曾拴着鹿崽的树根,眼里充满了哀伤。从那以后,原本奶汁最旺盛的它奶水就枯竭了。直到后来列娜追寻着它的鹿崽也去了那个黑暗的世界,它的奶汁才又泉水一样涌流而出。

据说在勒拿河时代,我们的祖先就放养驯鹿。那里森林茂盛,被我们称作"恩克"和"拉沃可塔"的苔藓、石蕊遍布,为驯鹿提供了丰富的食物。那时的驯鹿被叫作"索格召",而现在我们叫它"奥荣"。它有着马一样的头,鹿一样的角,驴一样的身躯和牛一样的蹄子。似马非马,似鹿非鹿,似驴非驴,似牛非牛,所以汉族人叫它"四不像"。我觉得它身上既有马头的威武、鹿角的美丽,又有驴身的健壮和牛蹄的强劲。过去的驯鹿主要是灰色和褐色,现在却有多种颜色——灰褐色、灰黑色、白色和花色等。而我最喜欢白色的,白色的驯鹿在我眼中就是飘拂在大地上的云朵。

我从来没有见过哪种动物会像驯鹿这样性情温顺而富有耐力,它们虽然个头儿大,但非常灵活。负载着很重的东西穿山林,越沼泽,对它们来说是那么的轻松。它浑身是宝,皮毛可御寒,茸角、鹿筋、鹿鞭、鹿心血、鹿胎是安达最愿意收入囊中的名贵药材,可换来我们的生活用品。鹿奶是清晨时流入我们身体的最甘甜的清泉。行猎时,它们是猎人的好帮手,只要你把打到的猎物放到它身上,它就会独自把它们安全地运到营地。搬迁时,它们不仅负载着我们那些吃的和用的东西,妇女、孩子和年老体弱的人还要骑乘它,而它却不需要人过多的照应。它们总是自己寻找食物,森林就是它们的粮仓。除了吃苔藓和石蕊外,春季它们也吃青草、草间荆还有白头翁等。夏季呢,它们也啃桦树和柳树的叶子。到了秋天,鲜美的林间蘑菇是它们最爱吃的东西。它们吃东西很爱惜,它们从草地走过,是一边行走一边轻轻啃着青草的,所以那草地总是毫发未损的样子,该绿还是绿的。它们吃桦树和柳树的叶子,也是啃几口就离开,那树依然枝叶茂盛。它们渴了夏季喝河水,冬季则吃雪。只要你在它们的颈下拴上铃铛,它们走到哪里你都不用担心,狼会被那响声吓走,而你会从风儿送来的鹿铃声中,知道它们在哪里。

驯鹿一定是神赐予我们的,没有它们,就没有我们。虽然它曾经带走了我的亲人,但我还是那么爱它。看不到它们的眼睛,就像白天看不到太阳,夜晚看不到星星一样,会让人在心底发出叹息的。

我最不愿意看到的情景,就是给驯鹿锯茸。锯茸用的是骨锯。每年的五月到七月,驯鹿的茸角就生成了,这一段时间也就成了锯茸的日子。锯茸不像打猎,通常是由男人来做的,锯茸的活儿女人们也要做。

驯鹿不分雌雄,均长茸角。一般来说,雄鹿的茸角粗壮,而那些去势的驯鹿茸角就细弱。

锯茸的时候,驯鹿要被拴在树上,两边用木杆夹住。茸角也是它们的骨肉啊,所以锯茸的时候,驯鹿疼得四蹄捣来捣去的,骨锯上沾染了鲜血。锯下茸角后,要烧烙茸根,以防出血。不过烧烙茸根是过去的老法子了,现在锯完茸后,撒上一些白色的消炎粉末就可以了。

一到割鹿茸的时候,玛利亚就会哭泣。她见不得骨锯上沾染的鲜血,好像这血是从她体内流出来的似的。所以一到锯茸的时候,母亲就会对她说,玛利亚,你别去了! 可她从来不听劝阻,一定要去。她平素是不落泪的,一见血,泪水就像蜜蜂一样嗡嗡地飞舞了。母亲说,玛利亚见着血会哭,是因为她自己不能生养的缘故。她月月都见着自己身下的血,一见到血就知道哈谢和她的努力白费了,所以就绝望地哭。

比玛利亚和哈谢更盼望孩子的，是哈谢的父亲达西。达西的一条腿是在与狼搏斗时失去的，所以夜晚听到狼嗥，达西就会把牙齿磨得咯吱咯吱响。他又干又瘦，眼睛不能见光，也不能见雪，否则就会泪流不止。平素他待在希楞柱里，搬迁的时候，骑在驯鹿身上的他要戴着眼罩，哪怕是阴天的时候。所以我想他并不仅仅是怕光，也怕见树木、溪流、花朵和小鸟吧。达西是全乌力楞人中面色最灰暗、穿着最邋遢的。林克说，达西丢了一条腿后，就不剃头发不刮胡子了。他那斑白而稀疏的头发和同样斑白而稀疏的胡子纠缠到一起，使他的脸孔看上去就像罩了一层灰白色的地衣，让人疑心他是一棵腐烂了的树。达西很沉默，但他只要说话了，就与玛利亚的肚子有关。他会说，我的奥木列在哪里？他什么时候才能给亚耶的腿找回来呀！在我们的语言中，"奥木列"是"孙子"的意思，而"亚耶"指的是祖父。他总是认为，只要他有了奥木列，伤害他的老狼就会被奥木列打死，就会带回亚耶的腿来，让他又能健步如飞。他说这话的时候，目光是放在玛利亚身上的。玛利亚这时就会捂着肚子，走出希楞柱，扶着一棵树，哭着。所以我们一见到玛利亚扶着树垂泪，就知道达西说什么了。

达西的命运，后来因为一只鹰的到来而发生了改变。原先他在希楞柱里是没有伴儿的，鹰的到来，使死气沉沉的他又活跃起来了。他把这只鹰训练成一只凶猛的猎鹰，并且给它起了名字，叫它奥木列。

山鹰是哈谢捉来的。他在高山的岩石上设置了捕鹰网，那些喜欢高飞的鹰看到岩石上的鹰网，以为是可以歇脚的地方呢，就俯冲下来。这一下来就成了囚徒，被牢牢套住了。哈谢把那只灰褐色的鹰带回家，让达西训练它，也算是为他找点活儿做。

那只鹰的眼圈是金黄色的，眼睛发出冰一样的寒光。它那尖尖的嘴巴向下钩着,好像随时准备叼起什么东西似的。它胸脯上有黑色的花纹,柔美的翅膀闪现着绸缎一样的光泽。哈谢把它拴住,又给它的头戴上一个鹿皮罩,蒙着它的眼睛,而让它的嘴露在外面。它非常凶,昂着头,用锐利的爪子挠着地,挠出一道一道的沟来。我们这些小孩子跑去看它时,胆小的列娜、吉兰特和金得都被吓跑了,只剩下了我和娜拉。达西看见山鹰后异常兴奋,嘴里发出"呜噜噜"的声音。他瘸着腿,费力地弯下腰,从火塘中捡起一颗石子,"啪——"的一声砸到鹰头上。山鹰愤怒了,虽然它什么也看不见,但它从石子飞来的方向上判断出了是谁在挑逗它,它旋风一样腾空飞起,朝达西扑来。但它飞不远,被绳子拴着,气得它大叫,达西则大笑着。达西的笑声比深夜的狼嗥还难听,我和娜拉没有被山鹰吓跑,倒被他的笑声给吓跑了。

从那以后,我和娜拉每天都去看达西驯鹰。

最初的几天,达西饿着山鹰,不给它食物。山鹰眼看着一天天瘦下去。它瘦成那样了,可达西还说要刮掉它肚子里的油腥。他将新鲜的兔肉切成块,用乌拉草捆扎好,囫囵个儿地喂给山鹰。鹰吞下去后,由于不能消化,又把它囫囵个儿地吐出来,这时就可以看见包裹着兔肉的乌拉草上沾着的点点油腥。达西用这个办法把山鹰的肠子彻底地清理了一遍,才喂它少量的食物。之后,达西让我把摇车取来。玛利亚没能生下孩子,所以他们的希楞柱里就没有摇车。那时鲁尼已能到处跑了,不需要它了,我把它提到达西那里。哈谢帮着达西往希楞柱上悬挂摇车的时候,玛利亚泪光闪闪的。

我只有在达西那里看见过山鹰还能坐摇车。达西把山鹰的腿和翅膀用草绳捆上,让它动弹不得,将它放到摇车里。他一手拄着拐,一手疯狂地摇着摇车,整个身子看上去就是扭曲的。我相信如果达西摇的是个小孩子,那孩子一定会被摇傻了。他摇山鹰的时候嘴里仍然发出"呜噜噜"的叫声,好像风钻进了他的喉咙。我问他为什么要这么做,达西说,他要让山鹰彻底忘记它的过去,让它服服帖帖地跟人生活在一起。我就对达西说,你是想让它忘记天上的云?达西啐了一口痰,咆哮道,是啊,我要让这天上的东西变成地上的东西,我要让白云变成弓箭,吃掉我的仇人——那条该死的狼!

山鹰被清理过了肠子,又被达西在摇车里折腾了三天后,果然有点脱胎换骨的意思了。把套着它头的鹿皮罩取下来后,发现它的目光不是寒光了,而是带着点迷茫的柔光。达西满意地对山鹰说,你真是个听话的奥木列呀!接下来,达西在山鹰的腿上系上皮条,又在它尾巴上拴上铃铛,让它不能高飞。然后他穿上皮衣,让鹰站在左臂上,带着它走出希楞柱,朝有人的地方走去。他说这是为了让山鹰熟悉人,它认了人后,就习惯待在人群中了。

达西的右臂挂着拐,左臂又要伸出来做山鹰栖身的支架,他一瘸一拐的,山鹰也跟着一瘸一拐的,鹰尾的铃铛始终响着,那情形十分好笑。原本他是怕光的,可他带着山鹰行走的时候,对罩着他的阳光一点儿都不怵,虽然他眼角的泪水一汪一汪地涌了出来。从那以后,达西就不戴眼罩了。

人们一听到营地的铃铛声,就知道达西和他的山鹰来了。

达西见了我母亲会说,达玛拉,看看我的奥木列精神不精神?达玛拉赶紧放下手中的活儿,迎上去,看着鹰,连连点头。达西就心满意足地带着鹰去依芙琳那里。依芙琳喜欢抽烟,达西一看到她叼着烟,就命令她,把那烟给我灭了!他说山鹰若是被烟给熏着了,嗅觉就不灵敏了。依芙琳扔下烟,瞅着山鹰对达西说,你的奥木列会喊亚耶吗?达西就生气了,说,它不会喊亚耶,会喊依芙琳!

它说依芙琳的鼻子长歪了！

依芙琳就会大笑。她确实是个歪鼻子。林克说依芙琳小的时候特别淘气，她四岁时在林中看见一只灰鼠，便去追。灰鼠上了树，而她撞到了那棵树上，折了鼻梁骨，成了个歪鼻子。可我觉得她的歪鼻子很好看，因为她一只眼大，一只眼小，她的鼻子是歪向那只小眼睛的，这反而使她脸部的轮廓变得和谐。

达西把鹰一天天地带到人群中后，就开始喂它肉吃。每天只喂一点儿，让它老是半饥半饱的。他说猎鹰要是饱了，就不想着捕捉猎物了。他在希楞柱外搭了个鹰架子，这个架子能够自由翻转。怕木制横杆伤着鹰爪，达西用狍皮把横杆包裹起来。他说鹰爪就像猎人手中的枪一样，一定要保护好。虽然山鹰与达西已经很熟了，但是为了防它跑掉，他还是在它的腿上系上了一根带转环的细长拉线，这样它转身时就不会被绳子绞住，而且也飞不走。达西每天都要轻轻抚摩山鹰的胸和头，他抚摩它的时候，嘴里仍然发出"呜噜噜"的声音。我怀疑达西的手上有绿颜色，因为他这样一天天地抚摩着山鹰后，山鹰的翅膀不仅突起来了，而且变了颜色，是暗绿色的了，好像谁揭了一片绿苔披在了它身上。

以后再搬迁的时候，骑在驯鹿身上的达西的肩膀上就多了一只猎鹰。得了猎鹰的达西，仿佛失去的腿又回来了，精神抖擞的。被驯服的猎鹰已经不需要用绳子牵着了，即使看着天空，它也没有远走高飞的意思，看来达西没有白用摇车摇它，它把曾经翱翔的那片天空彻底地忘记了。

我们只能在搬迁的时候看到猎鹰捕捉猎物的情景。哈谢平素要带着猎鹰行猎，达西是不允许的。这个奥木列成了他的私有财产。

我还记得第一次看到猎鹰捕捉野兔的情景。那是刚入冬的时令,山林还没有完全被白雪覆盖住。我们沿着阿巴河朝南走,那一带山峦的苔藓非常丰富,野兽也多,到处可见在树梢飞翔的飞龙和在地上奔跑的野兔。先前还安静地待在达西肩头的猎鹰就不安分了,它昂起头,翅膀微微扇动,随时准备出发的样子。达西发现一只野兔从松林下跑过,就拍了一下猎鹰,叫了一声:奥木列,决,决!"决"就是"猎"的意思。只见那猎鹰一展翅膀,从达西的肩头一路疾飞而去,眨眼间就把野兔追上了。它先用一只爪子抓着野兔的屁股,等野兔回过身来挣扎,试图逃脱的时候,它又把另一只爪子拍到它的头上,双爪并用,很快就把兔子给活活闷死了。奥木列用它尖利的嘴,三下两下扒开了野兔。野兔的内脏像鲜红的花朵一样开在林地上,冒着丝丝热气。达西激动得嘴里不断发出"呜噜噜"的叫声。那一路上,我们几乎没有动用一颗子弹,这只猎鹰为我们捕捉了五六只野兔和三只山鸡,使我们在晚上生起篝火的时候,总有肉香气飘散出来。不过到了营地,当我们把希楞柱搭建起来的时候,达西就不让奥木列追逐猎物了。他把一张灰色的狼皮铺在地上,一遍一遍地对猎鹰喊着"决,决!"让它冲向狼皮。当年达西与狼搏斗的时候,赤手打死了母狼,而咬断他的腿逃掉的是小狼。他剥下了母狼的皮,一直带在身边。他一看见狼皮就咬牙切齿的,仿佛看见了仇人。依芙琳说,看来达西真要让猎鹰去为他报仇了。

奥木列开始时很反感让它袭击没有生气的一张狼皮,它缩着头,听到"决,决"的叫声就后退。达西很恼火,他揪着猎鹰的头,把它拖到狼皮上。猎鹰蔫蔫地站着,达西就扔下拐杖,扑通一声坐在狼皮上,拍着自己唯一的那条腿哭泣。他这样哭了几次之后,猎鹰仿佛明白了这张狼皮是主人的仇人,它很快就把狼皮当作活物了,不仅扑向它的次数越来越多,而且一次比一次凶猛。为了使奥木列始终处于机敏状态，达西一看到它弯着脖子埋下头做出要睡觉的样子时，就赶紧拍拍它的翅膀，使奥木列警醒。所以，有了猎鹰后，达西的睡眠也是不足的，他常常像兔子一样红着眼睛。只要我们从他的希楞柱前走过，他就会指着奥木列说，看看，哦，看看，这是我的弓箭，这是我的枪！

达西和别人说这话时，大家都不反驳。但他跟父亲这样说时，父亲就会对达西说，我用枪能打死狼，奥木列行吗？父亲爱枪仅次于爱达玛拉。他出猎时要背着枪，回来后还要摆弄它。达西听到父亲用嘲讽的口气说他的奥木列，气得直磨牙，就像听见了狼嗥似的。达西说，林克，你等着看，你看看我的奥木列能不能帮我报了仇！

我们最早使用的枪是"乌鲁木苦得"，就是打小子弹的燧石枪，这种枪射程短，所以有时还得使用弓箭和扎枪。后来从俄国人手中换来了打大子弹的燧石枪，也就是"图鲁克"。接着，别力弹克枪来了，它比图鲁克要强劲多了。可是跟着又有比别力弹克枪还要有杀伤力的枪，那就是连珠枪，它可以连续发射。有了别力弹克枪和连珠枪，燧石枪就只有在打灰鼠的时候用了。所以在我的感觉中，弓箭和扎枪是林中的兔子和灰鼠，燧石枪是野猪，别力弹克枪是狼，而连珠枪是老虎，它们一个比一个凶猛。

林克有两杆别力弹克枪，一支连珠枪。鲁尼三四岁的时候，林克就教他握枪的姿势。而这些枪都是林克从罗林斯基手中换来的。

罗林斯基是个俄国安达，他每年都会到我们乌力楞来，少则两次，多则三四次。我们搬迁的时候，总要留下"树号"，就是每走一段路，就在一棵大树上用斧子砍一个缺口，作为前行的标记。这样无论我们走多远，安达都能找到。

罗林斯基是个矮个儿胖子,他大眼睛,红胡子,肿眼泡,爱喝酒,他总是骑着马来我们乌力楞。与他同来的通常是三匹马,一匹他骑着,另两匹则驮载着货物。他上山给我们送来的是酒、面粉、盐、棉布、子弹等东西,下山带走的则是皮张和鹿茸。罗林斯基的到来,是我们乌力楞的节日。大家会聚集到一起,听他讲其他乌力楞的事情。哪个乌力楞的驯鹿遭了狼害,哪个乌力楞的灰鼠打得多,哪个乌力楞又添了人口或哪个老人升了天,联络着六七个乌力楞的他没有不清楚的。他很喜欢列娜,每次上山,总要给她单独带一样东西,刻着花纹的铜手镯啦,或是小巧的木梳子。他喜欢拉着列娜纤细的手,叹息着说,列娜什么时候长成大乌娜吉啊?我就说,列娜已经是大乌娜吉了,小乌娜吉是我!罗林斯基会冲我打一声口哨,好像在逗引一只小鸟。

罗林斯基住在珠尔干屯,那里是俄商聚集的地方。他为着交易去过很多地方,比如卜奎、扎兰屯、海拉尔等。说起卜奎的裕盛公、金银堂等商号,还有海拉尔的甘珠尔庙会,罗林斯基就会两眼放光,好像天下最美的风景就在商号和庙会中。他一喝多了酒就喜欢光着胳膊,这时我们就能看到他肩膀上的文身,是一条盘着的蛇,昂着头,青色的。父亲说罗林斯基一定是从俄国逃出来的土匪,否则他身上怎么会有文身呢?我和娜拉喜欢看那条青蛇,我们把它当成真的蛇了,摸一下,就赶紧缩回手逃跑,好像蛇会咬着我们。罗林斯基说,他身边没个女人,那条蛇就是他的女人,冬天冷的时候它会发热,夏季热的时候它又会冒出凉气。他这样说的时候,那些身边有女人的男人都笑,只有尼都萨满是不笑的,他皱着眉,起身离开喧闹的聚会。

只要罗林斯基来了,无论什么季节,营地上总要燃起篝火,人们会在夜晚时手拉着手跳"斡日切"舞。开始是女人手拉手站在篝火里圈跳,男人手拉手站在外圈跳。女人向右转圈时,男人向左转。这一左一右的旋转,使那团火也仿佛跟着团团转起来。女人发出"给——"的叫声,男人随之发出"咕——"的叫声。"给咕给咕"的叫声恰似天鹅从湖面飞过。母亲说,很久以前,我们的祖辈被派遣到边境守边,有一天,敌军包围了人数不多、粮草已绝的鄂温克兵丁,突然,空中传来声势浩大的"给咕给咕"的叫声,原来是一群天鹅飞过。敌军听到这声音,以为鄂温克的援兵已到,就撤退了。人们念着天鹅的救命之恩,就发明了"斡日切"舞。由于尼都萨满很少跳舞,瘸子达西也不能参加,所以跳舞的时候,外圈的男人就要一直展开着胳膊,否则就不能把女人护卫在里圈。所以跳着跳着,里圈的女人就会跳到外圈,最后形成一个大圈。大家手拉着手,一直跳到篝火暗淡,星星也暗淡下去,这才回希楞柱睡觉。母亲喜欢跳舞,她一跳了舞就睡不着觉。跳过舞的夜晚,我总能听见她小声对父亲说,林克,林克,我的脑袋里灌了凉水,我睡不着。林克不说什么,他送给达玛拉一种我听惯了的风声,风声过后,达玛拉就睡着了。

　　罗林斯基每次离开营地的时候,总要亲吻一下列娜。这使我和娜拉万分妒忌。所以平素我和列娜在一起玩,罗林斯基一来,我就和娜拉结伴了。而罗林斯基一走,我又会抛弃娜拉,因为列娜总是把罗林斯基带给她的东西送给我。我戴丢过她的手镯,也弄折过她的梳子,不过列娜从来没有埋怨过我。

　　交换什么物品还有物品的数量,是尼都萨满说了算的,他要看安达带来的货物来决定。他带来的东西少,自然给他的皮张也次些。罗林斯基不像别的安达,要一张张地看皮张的毛色,挑三拣四的。他只是那么顺手把它们卷到一起,就搭到马背上。尼都萨满虽然不太习惯罗林斯基每次带来的欢乐气氛,但他对身为安达的他还是常常称赞的,说罗林斯基以前一定受过苦,心地才这么善良。不过我们并不知道他的过去,他只是说他小的时候放过马,不仅挨饿,还挨过鞭子。谁让他挨了饿,谁又在他身上使过鞭子,只有他自己知道了。

每年的十到十一月,是打灰鼠的好季节。一个地方的灰鼠打稀少了,我们就要搬迁到下一个地方,所以这时每隔三四天就要换一个地方。灰鼠很可爱,它翘着个大尾巴,小耳朵旁长着一撮黑色的长毛,很灵巧,喜欢在树枝上蹦来蹦去的。它那黑灰色的毛发非常柔软、细腻,用它做衣服的领子和袖口,是非常耐磨的。安达很喜欢收灰鼠皮。打灰鼠的时候,女人也会参加。在灰鼠出没的地方设下"恰日克"小夹子,只要灰鼠从它身上跑过,就会被夹住。我和列娜非常喜欢跟着母亲下"恰日克"小夹子。灰鼠喜欢在秋天时为冬天储藏食物,它们爱吃蘑菇,如果秋天时蘑菇多,它们就采集一些,挂在树枝上,那些干枯的蘑菇看上去就像被霜打了的花朵。从蘑菇所处的树枝的位置上,你可以判断出冬天的雪大不大。如果雪大,它们就会把蘑菇往高处挂,雪小则挂得低些。所以雪还没来的时候,我们从灰鼠挂在树枝的蘑菇身上,就可以知道我们将面临怎样一个冬天。打灰鼠的时候,如果看不到雪地上它们的足迹,就找树枝上的蘑菇。如果蘑菇也找不到的话,就朝松树林搬迁,灰鼠喜欢吃松子。

灰鼠肉是很鲜嫩的,将它剥去皮后,只需抹些盐,放到火上轻轻一烤,就可以吃了。女人们没有不喜欢吃灰鼠的。还有,我们喜欢吞食灰鼠的眼睛,老人们说,那样会给我们带来好运气。

列娜离开我们的那一年,正是打灰鼠的季节。那时母亲的身体和精神都不太好,因为她刚生下的一个女孩,只活了不到一天就没了。达玛拉失血过多,又加上哀伤,已经好几天没有走出希楞柱了,脸色灰得如土。所以当尼都萨满说那一带灰鼠少了,要搬迁的时候,林克是反对的。林克说要等达玛拉身体恢复了再走,她不能经受风寒。尼都萨满很不高兴,他说鄂温克女人哪有怕风寒的,怕风寒的话就下山给汉人做女人,天天住在坟墓里,那里是没有风寒的!尼都萨满向来把汉人住的房子称作坟墓。林克很生气,他说达玛拉刚失去一个孩子,太虚弱了,要走大家走,他陪达玛拉留下来!尼都萨满冷笑了一声,说,你不让她有孩子,她就不会失去孩子了。他的话使依芙琳发出奇怪的笑声,而我则联想起夜晚时父母在希楞柱里制造的风声。尼都萨满就在依芙琳的笑声中从狍皮垫子上站起来,拍了拍手,说,准备准备吧,明天一早就离开这里!他昂着头率先走出希楞柱。林克气得眼睛都红了,他追着尼都萨满出去了,很快,我们听见了尼都萨满的呼叫声,林克把他打倒在林间的雪地上,还踏上了一只脚。尼都萨满就像林克脚下被击中的猎物,那凄厉的叫声听上去让人揪心。母亲闻声摇晃着出来,当她从依芙琳嘴里知道了事情的原委后,她流泪了。伊万把林克从尼都萨满身上推开,当父亲喘着粗气走向母亲时,达玛拉说,林克,你怎么能这样?!林克,你真让人难过!我们怎么能这么自私?

　　那是我第一次看见父亲和尼都萨满发生正面冲突,也是第一次听见母亲责备父亲。想着尼都萨满能在跳神的时刻让灰色的驯鹿崽死去,我很担心他会用那样的办法在一夜之间把父亲弄得无声无息了。我把这想法对列娜说了,列娜说,今晚咱们跟着额格都阿玛睡,这样就能看着他,不让他跳神。

　　晚上,我和列娜进了尼都萨满的希楞柱,他正守着火塘喝茶。看着他暗淡的脸色和已经变白的鬓角,我忽然同情起他来。我们说想听他讲故事,额格都阿玛就留下了我们。那晚上的风很大,很冷,火塘的火苗一颤一颤的,好像在叹息,尼都萨满的故事就与火有关了。

尼都萨满说，很久以前，有一个猎人，他在森林中奔波了一日，见着很多动物，可一个也没打着，所有的猎物都从他眼皮底下逃脱了，他心里很生气。夜晚归家时，他愁眉苦脸的。他点着火，听着柴火燃烧得劈啪劈啪地响，就好像谁在嘲笑他似的。他就赌气地拿起一把刀，把旺盛的火给刺灭了。第二天早晨，他睡醒后起来点火，却怎么也点不着。猎人没有喝上热水，也没能做早饭，他又出门打猎了。然而这一天仍是一无所获，他回去后再一次点火，也仍然是点不着。他觉得奇怪，就在饥饿和寒冷中度过了又一个长夜。猎人连续两天没有吃到东西，也没有烤过火了。第三天，他又去山上打猎，忽然听见了一阵悲伤的哭声。他循着声音走过去，见是一个老女人，靠着一棵干枯的漆黑的树，正蒙着脸哭泣。猎人问她为什么哭？她说自己的脸被人用刀子给刺伤了，疼痛难忍。她放下手来，猎人看见了她那张血肉模糊的脸，知道自己冒犯了火神，就跪下来，乞求火神饶恕他，发誓从今以后要永远敬奉她。等他磕完头起身的时候，那老女人已不见了。而刚才老女人倚着的那棵枯树上，则站着一只花花绿绿的山鸡。他拉弓射箭，打中了它。猎人提着山鸡回到驻地后，发现那团已经熄灭了三天的火自己燃烧起来。猎人跪在火旁，哭了。

我们是很崇敬火神的。从我记事的时候起，营地的火就没有熄灭过。搬迁的时候，走在最前面的白色公驯鹿驮载的是玛鲁神，那头驯鹿也被称作"玛鲁王"，平素是不能随意役使和骑乘的。其后跟着的驯鹿驮载的就是火种。我们把火种放到埋着厚灰的桦皮桶里，不管走在多么艰难的路上，光明和温暖都伴随着我们。平时我们还常淋一些动物的油到火上，据说我们的祖先神喜欢闻香味。火中有神，所以我们不能往里面吐痰、洒水，不能朝里面扔那些不干净的东西。这些规矩,我和列娜从小就懂得,所以尼都萨满给我们讲火神的故事时,我们都很入迷。

听完故事,我和列娜各自说了一句话。

我的话是对尼都萨满说的:额格都阿玛,是不是每天晚上火神都从里面跳出来跟你说话?尼都萨满看了看我,又看了看火,摇了摇头。

列娜的话是对我说的:你将来可一定要保护好火种啊,别让雨浇灭了它,别让风吹熄了它!我点了点头,就像夕阳对着要坠入的山谷点头一样。

第二天早晨,觅食了一夜的驯鹿回来了,我们也醒来了。尼都萨满已经起来了,他在煮鹿奶茶。香味舔着我们的脸颊,我和列娜在那里吃了早饭。列娜接连打着呵欠,面色发黄,她悄悄告诉我,她一夜没睡,她怕尼都萨满半夜起来跳神,所以一直在黑暗中睁着眼睛看着他。她说听着我的鼾声的时候,她羡慕极了,就像饿了好几天的人闻到了烤灰鼠的香味。列娜的话使我万分羞愧,她为着父亲警醒了一夜,而我却美美地睡了个通宵。我们离开尼都萨满那里的时候,他把供奉着的玛鲁神取下来,挂到三角木架上,点燃"卡瓦瓦"草,用它的烟给玛鲁神除污,这是每次搬迁前尼都萨满必做的事情。

我们按尼都萨满的意愿,离开了旧营地。搬迁的时候,白色的玛鲁王走在最前面,其后是驮载火种的驯鹿,再接着是背负着我们家当的驯鹿群。男人们和健壮的女人通常是跟着驯鹿群步行的,实在累了,才骑在它们身上。哈谢拿着斧子,走一段就在一棵大树上砍下树号。母亲那天是被扶上驯鹿的,她用兔皮帽子和围巾把脸捂得严严实实的。林克一直跟着母亲骑乘的驯鹿。我、达西、娜拉和列娜也骑上驯鹿。吉兰特和鲁尼恋着猎鹰,因为站在达西肩头的奥木列只有在搬迁时才一露身手,他们一左一右地跟在达西骑着的驯鹿身边。但吉兰特胆小,他怕猎鹰会突然一纵身袭击他,所以跟着跟着,就跑到鲁尼那里,和他走在一起。他们看着猎鹰,就像看着英雄,无限羡慕;而猎鹰看着鲁尼和吉兰特则虎视眈眈的,好像他们是两只兔子。

列娜平时爱骑一头白花的褐色驯鹿,可那天她要把鞍桥搭在它背上的时候,它身子一矬,闪开了,不肯为她效力的样子。这时那只奶汁干枯的灰驯鹿自动走到列娜身边,温顺地俯下身。列娜什么也没想,顺手就把鞍桥搭在它身上,骑上去。列娜骑着的驯鹿开始时是走在我前面的,可走着走着,它就落在了后面。列娜在我前面的时候,我见她的头老是一点一点的,似乎在打瞌睡。

冬日的阳光不管多么的亮堂,总给人清冷的感觉。那时林中的雪很薄,向阳山坡上的荒草和落叶还枯黄地裸露着。鸟儿三三两两地掠过林梢,留下清脆的叫声。伊万边走边和娜杰什卡聊天。伊万听罗林斯基说,西口子金矿是这样发现的:有一天,一个达斡尔汉子捕了鱼,他在河岸点起篝火,煮了一锅鱼。汉子吃完了鱼,到河边刷锅。刷着刷着,发现锅底沉着几粒金光闪闪的沙粒,放到手里一捻,竟然是金子!伊万对娜杰什卡说,以后再用河水刷锅的时候,要留神着锅里的沙粒,看看是不是金色的。娜杰什卡在胸前画了个十字,说圣母保佑她,千万别让他们发现金子!她说自己的哥哥就是因为和人合伙采金子而丧命的,金子自古以来就不是什么好东西,只会给人带来灾祸。伊万说,人只要不贪财,就不会有灾祸的。娜杰什卡说,人见着金子,就像猎人看见了野兽,没有不贪的。说完,她还顺手在伊万的头上摸了一把。她这举动被依芙琳看到了,依芙琳愤怒地叫了起来,斥责娜杰什卡。我们这个民族,女人是不能随意摸男人的头的,认为男人的头上有神灵,摸了它，会惹恼神灵，加罪于我们。依芙琳大声叫着：娜杰什卡摸了伊万的头了，大家路上要小心了！

我们从太阳当空的时候出发，一直把太阳给走斜了，才到达新的营地。那里是一片茂密的松林，已经能看见在树丛中窜来窜去的灰鼠了，尼都萨满的脸上露出了笑容。就在大家把驯鹿身上的物品卸下来，男人们准备搭建希楞柱，女人们划拉了干枯的树枝，把火笼起来的时候，我突然发现列娜不在营地。我呼喊她的名字，可是没有回音。父亲一听说列娜不见了，就去找她骑乘的那头灰色驯鹿。驯鹿在，不过它落在队伍的最后面，垂着头，看上去很哀伤。林克和哈谢意识到列娜出事了，连忙各自骑上一只驯鹿，沿着原路去寻找列娜。母亲看着列娜骑过的驯鹿，大约想起了它的鹿崽曾代替列娜从这个世界消失，如今列娜从它身上失踪了，一定不是什么好兆头，她不由自主地打了个寒战。

我们在营地盼着列娜归来。把天给盼黑了，把星星和月亮盼出来了，林克他们还没有回来。除了达西，谁都没心情吃东西。达西将猎鹰在路上捕捉到的野兔烤熟了，边吃边喝酒，吃喝到兴头上，他又"呜噜噜"地叫了起来。我真想割了达西的舌头！那是我第一次憎恨人。达西嚅动的嘴在我看来是那么的肮脏，就像一个痰钵。我想狼当时要是把他给吃掉，那该多好啊！

夜深了，列娜还没回来。母亲哭了起来，依芙琳拉着她的手劝慰着，可她自己的眼睛里也是泪水。玛利亚也哭了，她不仅是为列娜担心，她还担心哈谢，哈谢忘了背枪，万一遇到狼群怎么办？偏偏达西还要火上浇油地说，哈谢这个笨蛋，他寻人连枪都不带，他以为他的胳膊是铁打的，能当枪使？我看狼今天晚上不用愁吃的了！

尼都萨满先前一直沉默地坐在篝火旁，达西的话使他站了起来。他对达西说，今晚你再说一句话，明天你的舌头就会像石头一样僵硬！

达西知道尼都萨满的神力，他果然不敢胡说八道了。

尼都萨满叹息了一声，对女人们说，别哭了，林克和哈谢快回来了，列娜已经和天上的小鸟在一起了。

他的话让母亲晕厥过去，依芙琳泪流满面，玛利亚捶胸顿足，娜杰什卡画着十字的手停在了胸前。

尼都萨满刚走，父亲和哈谢骑着驯鹿回来了。列娜没有回来，她永远不能回来了。父亲和哈谢找到早已冰凉的她，就地把她葬了。我跑到尼都萨满那里，我喊着：额格都阿玛，救救列娜吧，把她的"乌麦"找回来吧！尼都萨满对我说，列娜回不来了，你不要叫她了！我踢着火塘旁的水壶，把它踢得"哐啷哐啷"地响，赌咒发誓地说要把尼都萨满的神衣、神帽和神鼓都烧了，说列娜如果不站起来，我也跟着她躺倒，再也不起来了！

我没能躺倒，列娜也没能站起来。

父亲说，他找到列娜的时候，她紧闭着眼睛，嘴角还挂着笑，好像在做一个美梦。她一定是睡熟了，才从驯鹿身上掉下去。困倦的她跌到柔软的雪地上，接着睡下去。她是在睡梦中被冻死的。

列娜走了，她把母亲的笑声也带走了。达玛拉接连失去两个女孩，整整一个冬天，她的脸色都是青黄的。在那一个连着一个的长夜里，我在希楞柱里没有听到过她和林克制造的风声。我是多么爱听她在风声中热切地呼唤着"林克，林克"的声音啊。

那个冬天的雪很小，灰鼠格外多，狩猎获得了大丰收，但林克和达玛拉却始终高兴不起来。春天的时候，罗林斯基骑着马来到我们的营地，当他知道列娜已经不在了的时候，脸立刻就阴沉了，一句话也说不出来。他要看看那头把列娜带入死亡山谷的驯鹿，林克就带着他去了。此时那头灰色的驯鹿又有奶了，它的奶对达玛拉来说就像噩耗一样，她每天都要蹲在它身下狠命地挤奶，恨不能立刻把它挤得干枯。灰驯鹿终日哆嗦着腿忍受着。罗林斯基明白达玛拉挤奶的动作为什么会那么疯狂，他怜爱地拍了拍驯鹿的背，对达玛拉说，列娜喜欢它，她要是知道你这样对待它，一定会伤心的。达玛拉就把紧攥着驯鹿奶头的手撒开，哭了。罗林斯基那次没有喝酒，也没有跟大家跳"斡日切"舞。当他带着一捆又一捆的灰鼠皮离开营地的时候，我见他把一样东西挂在了一棵小松树上。等他上了马，从小松树旁闪开后，我发现那棵树在一闪一闪地发光。我跑过去一看，原来是一面小圆镜子。它一定是罗林斯基带给列娜的礼物！镜子里反射着暖融融的阳光、洁白的云朵和绿色的山峦，那小圆镜子，似要被春光撑破的样子，那么地饱满，又那么地湿润和明亮！

列娜消失的那天晚上，我心里难受，就是哭不出来。我没有想到，凝聚到这面小小的圆镜子里的春光，竟然把我淤积在心底的泪水给淘了出来。我放声大哭着，把树上的鸟都惊飞了。

我摘下小镜子，把它珍藏起来。如今它依然在我手中，不过它没有过去那么明亮了，乌蒙蒙的。我曾把它作为嫁妆，送给了我的女儿达吉亚娜。达吉亚娜生下依莲娜后，见女儿也喜欢这镜子，当依莲娜出嫁的时候，又把它作为依莲娜的嫁妆。爱画画的依莲娜常用这面小镜子去照她自己的画，她说镜子中自己的画就像被薄雾笼罩的湖水一样，朦胧而秀美。几年前依莲娜离开了这个世界，达吉亚娜清理依莲娜遗物的时候，想要把它在石头上摔碎的时候，被我要了回来。这面镜子看过我们的山、树木、白云、河流和一张张女人的脸，它是我们生活中的一只眼睛，我怎么能眼睁睁地看着达吉亚娜戳瞎它呢！

我留下了这只眼睛,虽然我知道因为看过太多的风景和人,它的眼睛和我的一样,不那么清澈了。

我发现春光是一种药,最能给人疗伤。

列娜离开后的那个冬天,母亲一直很消沉。然而春天来到的时候,她的脸上又有了笑影。也是在那个春天,我发现自己的身体往出流血了,以为自己要死了。看着母亲恢复了血色的红润的脸,我确信自己身体的血是流到她身上去了。我对母亲说,我流血了,我要死了,不过我的血没白流,它们到你的脸上去了。达玛拉兴奋地把我揽在怀里,她对父亲喊着:林克,我们的小鸟娜吉长大了!母亲拿来一些晒干的柳树皮的丝线垫在我的身下,我这才明白为什么每年春天她都要在河岸采集柳树皮,原来它是为了吸吮我们青春的泉水啊。

风把河岸的柳树吹得柔软的时候,母亲总要剥下一篓一篓的柳树皮,背回营地。她将柳树皮在火上轻轻烧燎了,让它们变得更加的柔软,然后撕成细丝,再在腿上反复揉搓,使它们蓬松,晾干后储存起来。那时我不明白它们是做什么用的,问母亲,她总是微笑着说,等你长大了就知道了。

我想我能那么早地用上柳树丝,与爱喝桦树汁有关,这点还是受母亲的影响,她喝桦树汁胜过了我们。不过我们喝进的汁液是白的,流出的却是红的。

白桦树是森林中穿着最为亮堂的树。它们披着丝绒一样的白袍子,白袍子上点缀着一朵又一朵黑色的花纹。你只要用猎刀在树根那里轻轻划一个口,插上一根草棍,摆好桦皮桶,桦树汁就顺着草棍像泉水一样流进了桦皮桶里。那汁液纯净透明,非常清甜,喝上一口,满嘴都是清香。以前我是和列娜一起去采桦树汁的,列娜走了,我就和鲁尼一起去。鲁尼每次都是先蹲在树根那儿,嘴里叼着草棍,待自己喝足了,才让桦树汁流进桶里。

我从来没有见过哪个人会像达玛拉那样热爱白桦树。她常常抚摩着它那毛茸茸的树身,满怀羡慕地说,瞧瞧人家穿的,多干净呀,像雪一样!瞧瞧人家的腰身,多细多直啊!

只要我和鲁尼采回桦树汁了,母亲就不喝驯鹿奶了。她会舀上一碗,一口气把它喝光,喝完后就像久居黑暗中的人突然间见到了阳光一样,无限陶醉地眯着眼睛。她还喜欢在剥取桦树皮的时候,把树干上那黏稠的浆汁刮下来食用。她剥桦树皮,比男人还有技巧。她握着一把锋利的猎刀,选择那些粗细均匀、表皮光滑的白桦树,在桦树皮最厚实的地方,从上往下先划一道口子,然后用刀横切上头,绕树一周,再横切下面,一块桦树皮就被顺利地揭下来了。因为剥的都是树干,所以脱去了树皮的白桦树在被剥的那一年是光着身子的,次年,它的颜色变得灰黑,仿佛是穿上了一条深色裤子。然而又过了一两年,被剥的地方就会生出新鲜的嫩皮,它又给自己穿上耀眼的白袍子了。所以我觉得白桦树是个好裁缝,它能自己给自己做衣裳穿。

剥下的桦树皮可以做多种多样的东西。如果是做桶和盒子,这样的桦树皮只需在火上微微烤一下,使它变得柔软就可以用了。桶可以用来盛水,而那形形色色的盒子可以装盐、茶、糖和烟。做桦皮船的,就是大张的桦树皮了。这样的桦树皮要放到大铁锅里煮一下,然后捞出,沥干水,就可以做船了。我们把桦皮船叫作"佳乌"。做佳乌要用松木做船的骨架,然后再把桦树皮包在它身上。我们用红松的根须当作线,把接头连缀在一起,然后再用松树油和桦树油混合在一起熬制成的胶,把缝隙弥上。佳乌很窄,但很长,有多长呢?足足有四五个人的身长连在一起那么长。它的两头尖尖的,无头无尾,站在哪个端头,哪个端头就是船头。它入了水后非常轻灵,就好像一条大白鱼。每个乌力楞都要有三四个佳乌。它们平时被放在营地,需要时,轻便的它能让人一提就走。如果夏季时在一个营地住得长久,人们就会把佳乌放在河边,使用时就更方便了。

我对桦皮船的记忆,是跟堪达罕联系在一起的,我们习惯叫它"扎黑"。堪达罕是森林中最大的动物了,它有牛那般大,成年的堪达罕有四五百斤重呢!它的头又大又长,脖子短,毛发是灰褐的,四肢细长,小尾巴。雄性扎黑的头上生有角,角的上部呈铲形,好像在头顶的一左一右晾晒着两块方巾。堪达罕最喜欢吃河湾沼泽底下的针古草了,所以要猎取它,猎人们常常要到河边守候着。堪达罕白天时躲在林间的背阴处睡觉,晚上才出来找吃的,所以乌力楞的男人们喜欢在星星出来后去猎堪达罕。

父亲一心想把鲁尼培养成一个出色的猎手,因而鲁尼八九岁的时候,如果不是去离开营地太远的地方狩猎,父亲就会带上他。

我还记得那是一个凉爽的夏夜,是个满月的日子,我正跟着母亲在火塘边捻筋线,鲁尼跑进来,兴冲冲地告诉我,一会儿父亲要带着他,乘着佳乌去河湾打扎黑去。我对堪达罕并没多大的兴趣,但我很想乘坐佳乌。我央求母亲,让她跟父亲说说,把我也带上。我知道,他们很忌讳带女孩子出猎。不过我相信只要母亲吩咐父亲做的事情,他只会说"是"的。所以当母亲走出希楞柱去找父亲的时候,我就从火塘旁跳了起来,知道自己一定能跟着他们去河湾了。

林克背着枪,带着我们穿过松林,来到河畔。路上他嘱咐我和鲁尼,上了佳乌后,不许大声说话,不许往水中吐痰。

那时额尔古纳河右岸的森林,不仅有遮天蔽日的大树,而且河流遍布。所以很多小河是没有名字的。如今这些小河就像滑过天际的流星一样，大部分已经消失。那么就让我在追忆它们的时候，把那条无名的小河叫堪达罕河吧，因为我第一次见到堪达罕，就是在这条河流上。

那条河流很狭窄，水也不深，林克就像揪出一个偷懒的孩子似的，把掩藏在河边草丛中的桦皮船拽出来，推到河水上。他先看着我和鲁尼上了船，然后自己才跳上去。桦皮船吃水不深，轻极了，仿佛蜻蜓落在水面上，几乎没有什么响声，只是微微摇摆着。船悠悠走起来的时候，我觉得耳边有阵阵凉风掠过，非常舒服。在水中行进时看岸上的树木，个个都仿佛长了腿，在节节后退。好像河流是勇士，树木是溃败的士兵。月亮周围没有一丝云，明净极了，让人担心没遮没拦的它会突然掉到地上。河流开始是笔直的，接着微微有些弯曲，随着弯曲度的加大，水流急了，河也宽了起来。最后到了一个大转弯的地方，堪达罕河就好像刚分娩的女人一样，在它旁侧溢出一个椭圆的小湖泊，而它的主流，仍然一门心思地向前。

林克将桦皮船荡进湖泊，我们划向湖对面一片起伏不大的山峦。林克上了岸，他让我和鲁尼不要下船。父亲一离开，鲁尼就吓唬我说，快看，前面有狼，我看见它的眼睛发出的亮光了！我刚要叫，听到了鲁尼的话的父亲回过头来，他对鲁尼说，我怎么跟你说的？一个好猎手在出猎的时候是不能胡说八道、多嘴多舌的！鲁尼立刻就安静下来，他用手指轻轻弹了几下船身，就像敲着他自己的脑壳反省似的。

林克很快回到了船上，他小声对我们说，他在岸上的草丛中发现了堪达罕的粪便和蹄印，粪便很新鲜，说明几个小时前它还来过这里。从它的蹄印来看，它是一头成年的堪达罕，很有分量。林克说我们到对面的柳树丛中守候它。我们把船划到湖畔的柳树丛，桦皮船夹在其中,也就成了一片陆地。我们潜伏在船上,林克让鲁尼帮他把枪膛上了子弹,然后用手指在嘴唇那儿竖了一下,示意我们不可出声。

我们敛声屏气地等待着。开始时我很兴奋,以为堪达罕很快就会来了。然而月亮都在水中挪了一个身了,还没有听到任何响声。我困倦了,忍不住打了一个呵欠。鲁尼伸出手在我的头发上揪了一把,想让我精神起来。他揪疼了我的头皮,气得我拍了一下他的肩膀。他歪头冲我笑着,我现在还能记得月光下鲁尼的笑脸,他那两排整齐的白牙发出银子一样的光泽,好像他嘴里藏着宝藏。

为了避免犯困,我就让头不停地运动着,先仰头看一眼天上的月亮,然后再低头看一眼水中的月亮;看完了水中的月亮,再抬头看天上的月亮;一会儿觉得天上的月亮更亮,一会儿又觉得水里的月亮更明净;一会儿觉得天上的月亮大,一会儿又觉得水里的月亮大。后来起了一阵风,天上的月亮还是老样子,可是水中的月亮却起了满脸的皱纹,好像月亮在瞬间老了。也就是在那个时刻,我懂得了真正长生不老的是天上的东西,水中的投影不管有多么美,它都是短命的。我想起尼都萨满说列娜是和天上的小鸟在一起了,就觉得她是去了一个好地方,而不怕再想起她了。

我想着列娜的时候,父亲咽了口唾沫,我听见了"嚓嚓——"的声响,好像谁在用斧子砍树一样,不过用的不是利斧,而是有些钝了的,因而那"嚓嚓"声不清脆。不过这"嚓嚓"声很快变成了"噗噗"声,循声望去,发现一团灰黑的影子正在湖的对面移动,看来那"噗噗"声是动物的蹄子陷进了湖畔沼泽发出来的。父亲抑制不住兴奋地"哦——"了一声,我知道那团影子一定就是堪达罕了!我激动起来,心跳加快,手心发潮,睡意全消!

堪达罕在夜色中镇定自若地行进着,它庞大的身躯看上去像是一座流动的沙丘。它走向湖水，低下头，先喝了一会儿水，我听见了搅水的声音。待它抬起头来的时候，父亲瞄准了它，然而未等他射击，它突然一个猛子扎进水里。本以为它是笨拙的，谁想它入水的身姿那么轻灵，看来它是潜入水中吃针古草去了，它的头在水面也就忽隐忽现着。它大约把自己当作这湖水的主人了，它在水中并不是待在一个地方，一会儿在湖水的南侧，一会儿又游到东侧，自由地漫游在它的王国里。我们从水面冒出的"咕噜咕噜"的气泡中可以看见它的行踪。它渐渐地向湖心靠近，也向我们靠近。它向湖心靠近的时候，水中的月亮就被它拨弄得破碎了，水面上荡漾着金黄的月亮残片，让人为月亮心疼着。当堪达罕离我们近了的时候，我非常紧张，因为看它的模样，它一定是胃口很大的，万一父亲打不中它，它反扑过来，我们的佳乌就会被它踏碎，我们只能逃跑。如果跑得慢，被它逮着，定是九死一生了！

　　林克确实是个优秀的猎手，当堪达罕沉入水中，让湖面的月亮又圆满起来的时候，他非常镇静，耐心等待着。直到它从湖水中站了起来，心满意足地晃了晃脑袋，打算上岸的时候，林克才把枪打响。枪响的时候，我的心也仿佛跟着蹦了出来，我看见堪达罕侧歪了一下身子，似乎要倒在水中的样子，但它很快又站直了，朝枪响处奔来。我顾不得林克的嘱咐了，哇哇大叫着，魂魄已被吓丢了七分。林克又在它身上连打两发子弹，它才停止了进攻。不过它也不是立刻就倒在水中的，它像酒鬼一样摇晃了许久，这才"咕咚——"一声倒下了，溅起一朵巨大的水花。那水花在银白的月光映衬下，呈现着幽蓝的色调。鲁尼欢呼起来，林克也长吁一口气，放下枪。我们又等待了两三分钟，确定它已无声息的时候，这才撑着桦皮船，从柳树丛中穿梭而出，飞快地荡到湖心。堪达罕的头浸在水里，身躯只露出一角，好像一块被磨去了棱角的青石。它旁边的月亮又圆满了,不过它不是银白色的了,它成了黑月亮了,堪达罕的鲜血已把湖心染成黑夜的颜色。想着刚才还在悠闲潜水吃着针古草的它说没气就没气了,我的牙齿打颤,腿也哆嗦起来。而鲁尼却是那么的兴高采烈。我知道,我永远做不了出色的猎手。

我们并没有把堪达罕运回来,它太重了,是我们力所不及的。林克划着船,快意地打着口哨,带着我和鲁尼向回返。但路过参天大树的时候,林克就不敢打口哨了,他怕惊扰了山神"白那查"。

传说在很久以前,有一个酋长带着全部落的人去围猎。他们听见一座大山里传出野兽发出的各色叫声,就把这座山包围了。那时天色已晚,酋长就让大家原地住下来。第二天,人们在酋长的率领下缩小了包围圈,一天很快又过去了,到了黄昏休息时,酋长问部落的人,让他们估计一下围猎了几种野兽?这些野兽的数量又是多少。没人敢对酋长的话做出回答。因为预测山中围了多少野兽,就跟预测一条河里会游着多少条鱼一样,怎么能说得准呢?正在大家都默不作声的时候,有一个慈眉善目的白胡子老人开口说话了,他不仅说出了山中围猎的野兽的数目,还为它们分了类,鹿有多少只,狍子和兔子有多少只等等。等到第二天围猎结束时,酋长亲自带领人去清点所打野兽的数目,果然与那老人说的一模一样!酋长觉得老人非同寻常,打算问他点什么,就去找老人。明明看见他刚才还坐在树下的,可现在却无影无踪了。酋长很惊异,就派人四处寻找,仍然没有找到他。酋长认为老人一定是山神,主宰着一切野兽,于是就在老人坐过的那棵大树上刻上了他的头像,也就是"白那查"山神。猎人行猎时,看见刻有白那查山神的树,不但要给他敬奉烟和酒,还要摘枪卸弹,跪下磕头,祈求山神保佑。如果猎获了野兽,还要涂一些野兽身上的血和油在这神像上。那时在额尔古纳河右岸的森林中,这样刻有山神的大树有很多。猎人从白那查身边经过,是不能大吵大嚷的。

那一路我都蔫蔫的,林克问我是不是困了,我没有回答。虽然我没有被枪击中,但我也像是父亲手中的一件猎物,毫无生气。我们回到营地后,父亲把猎到堪达罕的地点告诉给乌力楞的其他人,伊万、哈谢和坤德就在深夜里出发,去驮运它了。林克像个功臣似的,留下来休息了。那个晚上他一定很高兴,他和达玛拉在希楞柱里制造出很激烈的风声,只听得母亲一遍又一遍地呼唤着他的名字。在这样的风声中,我的眼前闪现的却是那轮黑色的月亮,它撕裂了我的梦境,使我在东方现出白光的时候才沉沉睡去。

我起来后太阳已经很高了。母亲正在木墩上切堪达罕的肉条。我知道她要晒肉条了。那暗红色的肉条,就像被风吹落的红百合的花瓣。

因为猎获了一头堪达罕,营地满是欢乐。我看见玛利亚和依芙琳跟达玛拉一样,都在兴致勃勃地晒肉条。玛利亚脸上挂着笑容,依芙琳则哼着歌。依芙琳远远看见了我,就吆喝我到她那里去,说她采了一些西里毛依,让我去吃。西里毛依就是生长在河谷的黑色的稠李子果,不到深秋,它的果实是不甜的。我大声对她说,我不喜欢吃涩的果子,就从她的希楞柱前走过去了。依芙琳追着我说,你头一回跟着林克打猎,就打到了堪达罕,我看以后把你打扮成个男孩儿,跟着林克狩猎去吧!

我冲依芙琳撇撇嘴,没再跟她搭腔。

我要到尼都萨满那里去,我知道,一旦猎了熊或堪达罕,他就会祭玛鲁神。

一般来说,我们打到熊或堪达罕时,会在尼都萨满的希楞柱前搭一个三角棚,把动物的头取下,挂上去,头要朝着搬迁的方向。然后,再把头取下来,连同它的食管、肝和肺拿到希楞柱里玛鲁神的神位前,铺上树条,从右端开始,依次摆上,再苫上皮子,不让人看见它们,好像是让玛鲁神悄悄地享用它们。到了第二天,尼都萨满会把猎物的心脏剖开,取下皮口袋里装着的诸神,用心血涂抹神灵的嘴,再把它们放回去。之后要从猎物身上切下几片肥肉,扔到火上,当它们"吱啦吱啦"叫着冒油的时候,马上覆盖上卡瓦瓦草,这时带着香味的烟就会弥漫出来,再将装着神像的皮口袋在烟中晃一晃,就像将脏衣服放到清水中搓洗一番一样,再挂回原处,祭奠仪式就结束了。这时你就可以分吃它的心肝肺了。达西眼睛不好,所以肝基本都会分配给他,他会用刀切了它,血淋淋地生吃了。有一次我看见他生吃肝的情景,他的唇角浸着血,下巴上也是星星点点的血污,看了令人作呕。猎物的心脏则是平均分配的,有几座希楞柱就要分成几瓣,那破碎的心到了人的手中,基本也是被生吃了。我吃生肉,但不喜欢生吃动物的内脏,因为我觉得那些脏器都是储血的容器,吃它们等于是在吸血。

很多次我都想在祭奠时刻去看看皮口袋里的神,然而每次都错过机会。我不知道嘴被涂抹了心血的神,嘴唇也会像人一样地嚅动吗?

从女人们开始晒肉条的举动上可以想见,堪达罕被连夜运了回来,而且祭奠仪式已经完成。但我还是心存侥幸,去了尼都萨满那里。

尼都萨满的希楞柱外站着一头灰白花的陌生的驯鹿。驯鹿上放着鞍桥,搭着鞍垫,说明有人骑乘。看来营地来了陌生人了。

来找尼都萨满的,都是与我们相邻的乌力楞的人,与我们不是一个氏族的。他们找尼都萨满,总是一个目的——请他去跳神。不是所有的乌力楞都有萨满的,逢到那里有人生了重病的时候,他们会循着树号,找到有萨满的乌力楞,请萨满为病人祛病。他们来的时候会带来礼物,野鸭或山鸡,把它们献给玛鲁神。很少有萨满会拒绝来人的请求。萨满去了另一个乌力楞跳完神归来,通常还要带回来一头驯鹿,那是他们给萨满的酬谢物。

在我的记忆中,尼都萨满有两次被人请去跳神。一次是为一个突然失去光明的中年人看眼病,一次是为一个孩子看疥疮。他为人看眼睛去了三天,而给孩子看疥疮当天就返回来了。据说尼都萨满让那个已经在黑暗中连续待了十几天的人又重见了天光;而那个孩子的疥疮,在他的舞蹈声中飞快地结了痂,不再往出流脓了。

我进希楞柱的时候,尼都萨满正在整理他跳神用的东西。一个佝偻着腰的满面尘灰的大嘴男人站在旁边等着。我问他,额格都阿玛,你要出去给人看病?他抬头看了我一眼,没有说他要出去跳神的事,而是对我说,昨晚打到的堪达罕很大,肉好,皮子也好。我跟你依芙琳姑姑说了,让她熟好皮子后,给你做一双靴子。

依芙琳做靴子的手艺是最好的,她做的靴子又轻便又结实,靴靿儿上轧上各种花纹,使靴子看上去很漂亮。看来我跟着林克去猎堪达罕的事情他也知道了,他一定认为我是功臣,才会让依芙琳给我做靴子。

我对靴子不感兴趣,我想跟着尼都萨满去别的乌力楞,去看他跳神。

我见他把神衣、神帽、神裤、神裙、披肩裹在一起,用一块藏蓝色的布包起来,然后又把神鼓和狍腿做的鼓槌装到一个皮口袋中。当他带着它们往外走的时候,我对他说,额格都阿玛,我想跟着你一起去。

尼都萨满摇了摇头,他对我说,他要走很远的路,带着我去不安全,也不方便。再说,他出门又不是为了玩的。他说以后他会带我去珠尔干,那里有好看的,比如商铺、马车和客栈。

我告诉他,我只想去看他给人跳神,不想去珠尔干。

尼都萨满说,这次去不是给人跳神,而是为生病的驯鹿跳神,没什么好看的,他让我留在营地帮助母亲晒肉干。

达玛拉已经把肉干晒上了! 我气恼地说。

尼都萨满吃惊地望着我,他没有想到我不叫母亲为"额尼",而是像林克一样叫她"达玛拉"。他说,难道昨晚打到的堪达罕把你的记忆也带走了,你连"额尼"都不会说了?!

他那讥讽的口吻更加激起了我的不满,我赌气地说,你不让我去,你给什么跳神,什么都不会好的! 肯定不会好的!!

我的话让尼都萨满捧着神鼓的手哆嗦了一下。

如果你们问我,你这一生说过什么错话没有? 我会说,七十多年前的那个夏天,我不该诅咒那些生病的驯鹿。如果尼都萨满治好了那些驯鹿,林克、达玛拉和尼都萨满的命运,可能会是另外的样子,不会让我在追忆时如此心痛。

尼都萨满回来的时候,是三天以后了。我们都以为那个乌力楞的驯鹿得救了,因为送尼都萨满回来的人,还送来两只驯鹿作为酬谢。一只是褐色带着白花的,另一只是灰黑色的。来人对我们说,春季时他们乌力楞的周围下了场黄尘雪,据说吃了这种雪的驯鹿会得瘟疫的。雪是深夜下的,他们正在睡梦中,夜晚寻食的驯鹿就在他们不知情的情况下吃了黄尘雪。他们怕驯鹿生病,每天都要在驯鹿的保护神阿隆神前叩拜,可是驯鹿还是病了。不过尼都萨满去了以后,那些已趴在地上多日的驯鹿又能站起来了。那人说这一切的时候,尼都萨满的脸上并没什么喜色。

那时驯鹿还没有脱尽冬毛,所以这两只新来的、背部看上去有小块癞痕的驯鹿,并没有引起大家的警惕,因为有的驯鹿冬毛脱得狠的时候,也会出现瘢痕。

驯鹿很容易合群,新来的驯鹿第二天就随着我们的鹿群出去觅食了。它们黄昏出去,早晨归来。它们回到营地的时候,身上似乎还有一股清爽的晨露气息。我们笼起烟,为它们驱赶蚊虻。它们有的趴在地上休息,有的则舔着盐吃。是达玛拉在给驯鹿喂盐的时候发现那两头新来的驯鹿是有毛病的。它们不像别的驯鹿见了盐就像久旱的植物见着了雨水,贪馋地吮吸,它们对盐毫无兴趣。达玛拉以为它们刚来,会像人一样害羞,就把盐放在掌心,送到它们唇下。它们大约不想辜负了达玛拉的好意,伸出舌头舔了舔,但舔得很勉强。舔完盐,它们还咳嗽起来。达玛拉觉得这两只驯鹿有些不对头,就对林克说,新来的驯鹿不太精神,要不让它们留在营地吧,别跟着鹿群出去了。林克跟达玛拉开玩笑说,这是两只被阉割的鹿,它们来到我们这里,发现有那么多漂亮的母鹿,可它们无能为力,快到交配期了,它们触景伤情,所以就没精打采的。达玛拉的脸红了,她对林克说,你以为驯鹿像你一样,一天只想着那种事情?父亲笑了,母亲也笑了,他们的笑冲淡了对驯鹿的担心。

不久,我们发现大部分驯鹿脱毛脱得厉害,驯鹿身上出现大块大块的瘢痕,好像被暴雨侵蚀后的路面出现的坑坑洼洼。而且,它们也不爱舔盐吃了。它们外出归来的时间推迟到正午,它们到达营地后全都瘫倒在地上。而新来的那只白花驯鹿,有一天回到营地趴下后,再也没能站起来!跟着,它的伙伴,那只灰黑色的也跟着死去了。这两只外来驯鹿的突然离去终于让我们觉醒了:它们带来了可怕的瘟疫,我们的驯鹿要遭殃了!尼都萨满不但没有治好那个乌力楞的驯鹿的病,而且把我们这群生气勃勃的驯鹿也带到了死亡的悬崖!

　　尼都萨满的脸颊几乎是在一夜之间就塌陷了。他黯然无神地穿戴上神衣、神帽、神裙和神裤，为挽救驯鹿而开始了跳神。这次跳神我记忆深刻，尼都萨满在天刚擦黑儿的时候就开始跳，一直跳到月亮升起、繁星满天，他的双脚都没有停止运动。他敲着神鼓，时而仰头大叫，时而低头呻吟。他一直跳到月亮西沉、东方泛白，这才"咕咚"一声倒在地上。他足足跳了七八个小时，双脚已经把希楞柱的一块地踏出了个大坑，他就栽倒在那个坑里。他倒在坑里后毫无声息，不过没有多久，一阵"呜哇呜哇"的哭声响了起来。从尼都萨满的哭声中，我们明白驯鹿在劫难逃了。

　　那场瘟疫持续了近两个月，我们眼看着我们心爱的驯鹿一天天地脱毛、倒地和死亡。天渐渐凉了，林中的树叶黄了，草枯了，蘑菇出来了，可能够吃蘑菇的驯鹿只剩三十几头了。那三十几头是林克从病鹿中精心挑选出来的，他把它们赶到一个三面环山、一面临水的地方，让它们的活动范围限定在那里，与其他的驯鹿隔绝，使它们奇迹般地存活下来。而驻留在营地的驯鹿，无一例外地死亡了。那段时间，我们几乎天天都在埋葬驯鹿，为了防止瘟疫传到另外的乌力楞，我们把坑挖得很深很深。乌鸦活跃极了，它们几乎天天都在我们营地盘旋，并"哑哑"地叫。达西放出猎鹰，驱赶这些可恶的家伙。可乌鸦太多了，赶走了一群，又来了一群，它们就像黑压压的云一样，让人压抑。达西一看到我们在埋葬驯鹿，就"呜噜噜"地叫，叫得泪水横流。没人理会他的泪水，因为人人的心底都淤积着泪水。

　　在瘟疫发生的那段时光，我们没有搬迁。狩猎活动也终止了。之所以不搬迁，是不愿意让瘟疫蔓延，殃及其他乌力楞的驯鹿。

　　当林克带着三十几头驯鹿回到我们中间的时候，很多人都流下了泪水。林克保存下来的就是我们的"火种"。那些驯鹿已经开始生长冬毛,虽然刚刚摆脱瘟疫的它们看上去有些虚弱,但它们又喜欢吃盐了,又能够自己出去寻找苔藓了。大家把林克当成了英雄。他看上去更加瘦削,但他的眼睛很亮很亮,仿佛那些死去的驯鹿的目光都凝聚在他的眼睛中了。

尼都萨满在这场瘟疫中彻底地苍老了。原本就不爱讲话的他,更加地沉默了。埋葬驯鹿的时候,他把死去的驯鹿颈下的铃铛都摘了下来,那些铃铛足足装了两桦皮桶。他把它们放在希楞柱里,常常呆呆地看着它们。他的眼睛是无神的,而那些铃铛看上去也像一只只无神的眼睛。每当我看到此情此景,身上就有一种寒冷的感觉。除了达西之外,没有人责怪他一句。达西责备他的时候,大家都会斥责达西。有一次达西对尼都萨满说,你知不知道你身上的神力为什么不管用了?我告诉你吧,那是因为你身边没有女人,没有女人,你哪有力量?!尼都萨满的嘴唇哆嗦了一下,可他什么也没反驳。坐在一旁的伊万见达西如此放肆,非常生气,他对达西说,你身边也没有女人,这么说你也缺乏力量?达西大叫着,我当然有力量了,我有奥木列呀!他说猎鹰给了他力量。伊万就接着数落那只猎鹰,说它是个没用的东西,它靠着别人猎获的东西生活,自己只知道张嘴吃肉,是个废物!达西气得眼珠要冒出来了,他说他的奥木列是神鹰,神鹰是用于报仇的,它要养精蓄锐,不能要求它与普通的猎鹰一样。

从那天开始,达西拒绝食物。一到吃东西的时候,他就用肩膀驮着猎鹰到伊万那里,声音嘶哑地喊着:伊万,你看啊,我什么也没吃,我把省下的给了我的奥木列!

伊万不答理他,娜杰什卡走了出来,她一见达西红着眼珠、翘着胡子、形同鬼魅的样子,就吓得白了脸,忍不住在胸前一遍一遍地画着十字。

达西绝食了三天。第四天猎鹰突然飞走了。哈谢对达西说，你白对它那么好了吧？到底是禽兽啊，说走不就走了?!

达西不急不慌的。他对哈谢说，等着吧，我的奥木列会回来的!

傍晚的时候，猎鹰果然扑棱棱地飞了回来。它不是自己回来的，它叼回了一只山鸡。那是只雄山鸡，它身上的羽毛是深绿色的，尾巴长长的，很漂亮。它把山鸡送到达西面前。达西的眼泪立刻就流了出来，他知道他的奥木列看他不吃东西，为他寻找食物去了。如果说先前乌力楞的人都觉得达西把报仇的希望寄托到猎鹰身上是痴心妄想的话，那么猎鹰这次的突然离去和归来，使人们相信这真的是一只神鹰，而不再嘲笑达西。

那个黄昏的达西一定是世界上最幸福的人了。他坐在火塘旁将山鸡的毛拔掉，然后用刀子切掉头、翅膀和尾巴，连同被掏出的内脏，一起用柔软的树条捆扎起来，一瘸一拐地把它挂在希楞柱外的一棵松树上，为山鸡做了风葬的仪式。以往达西是不屑这样做的。别人吃山鸡，从不拔掉鸡头、翅膀和尾巴上的毛，而是把这三个部分连着毛切下来，挂在树上。达西很瞧不起这样做的人，说是熊和堪达罕才配享受那样的葬仪。他吃山鸡，有时连毛都不拔，掏出内脏后，就放到火上囫囵个儿地烤着吃了。所以达西吃山鸡时总是自己吃，别人不碰那肉——没有经过葬仪的肉是不洁净的。

达西为山鸡做完祭礼后，把肉烤熟了，先撕下几条肉喂猎鹰，然后自己才吃。也许是绝食了三天对吃已经有些生疏，达西吃得慢条斯理的。他从月亮东升一直吃到月亮西沉，吃完，他拄着拐杖，肩膀上驮着奥木列，在营地走来走去。最后他停在伊万的希楞柱前，"呜噜噜"地叫着，把伊万叫了出来。伊万出来，他看见达西正对着他笑。伊万对大家说，那是他见过的世界上最让人胆寒的笑容。

那是我们搬迁最为频繁的一个冬天。除了灰鼠之外，野兽格外少。我们在山谷中看见许多死去的狍子，林克说瘟疫一定传播到了狍子身上。

猎物少了，狼却不少。它们大概也找不到可吃的东西了，常常三五成群地跟在我们身后。我们和我们那仅存的三十几头驯鹿是它们梦想的食物。入夜，营地周围的狼嗥听上去格外凄厉，我们不得不让希楞柱外的篝火彻夜不熄。狼的眼睛再厉害，也惧怕火的眼睛。达西一听到狼嗥，就会攥紧拳头，把牙齿咬得"咯吱咯吱"地响。他更加频繁地用那张狼皮训练猎鹰，猎鹰看上去也比以前更加机敏，充满了斗志，随时准备着为达西复仇。达西就是在这年最严寒的时令，带着他心爱的奥木列永别了我们。

达西对待所有的狼嗥都会愤怒，而猎鹰却不是这样，它虽然也昂着头，但很沉静。哈谢说，达西出事那天晚上的狼嗥却让猎鹰躁动不安，它在希楞柱里飞起落下的，像是受了什么惊扰。达西一见猎鹰这个样子，一反常态地哈哈大笑着，连连说，报仇的时刻到了！玛利亚和哈谢对达西怪诞的举止已经习以为常，所以并未特别理会，他们睡下了。

那个晚上达西带着猎鹰出去了，从此再也没有回来。早晨哈谢起来，没有看见达西和猎鹰，以为他去伊万那里了。自从伊万为尼都萨满而顶撞他以后，他特别爱找伊万示威。然而他不在伊万那里。哈谢又去别的希楞柱寻找，仍然不见达西的影子，看来他不在营地。想着他瘸着腿不会走远，很可能就在附近的树林中带着奥木列寻找猎物，哈谢也不着急。

驮运神像的玛鲁王和驮运火种的驯鹿也逃脱了瘟疫。看见它们，我们就像在黑暗中看见了两团火光。瘟疫过后，它们觅食归来,总是一前一后走在队伍里,白色的玛鲁王走在最前面,而灰色的驮火种的驯鹿断后。它们就像一个大家庭的两个家长,忠实地护卫着所剩不多的驯鹿。

这天早晨回到营地的驯鹿仍是玛鲁王走在最前面,然而它的嘴下多了一样东西,它叼着一只翅膀。迎着驯鹿的林克发现那只翅膀后,觉得奇怪,就把它拿到手中。他仔细地看那只翅膀,一看就心惊肉跳了,那褐色中隐藏着点点的白色以及条条深绿颜色的翅膀,难道不是达西的奥木列身上的翅膀吗?林克连忙拿着翅膀去找哈谢。哈谢一看,知道大事不好,就去尼都萨满那里,想把这事告诉给他。可是尼都萨满不在营地,哈谢和林克出去寻找,走了不远,就见尼都萨满在四棵直立的松树间搭着木杆。哈谢瘫倒在地上,他知道,尼都萨满一定是在为达西搭建墓葬。

那个时候死去的人,都是风葬的。选择四棵挺直相对的大树,将木杆横在树枝上,做成一个四方的平面,然后将人的尸体头朝北脚朝南地放在上面,再覆盖上树枝。尼都萨满是从夜晚的星星中看出达西要离开我们的。他在深夜时看见有一颗流星从我们营地划过,从那阵阵狼嗥中,他知道要走的人一定是达西,于是清晨起来,就为达西选择了风葬之地。

大家顺着驯鹿的踪迹,在营地附近的白桦林中找到了达西,确切地说是找到了一片战场。许多小白桦被生生地折断了,树枝上有斑斑点点的血迹;雪地间的蒿草也被踏平了,可以想见当时的搏斗有多么的惨烈。那片战场上横着四具残缺的骸骨,两具狼的,一具人的,还有一具是猎鹰的。林克说,那两只狼中的一只一定是当年从达西手中逃脱的小狼,它长大后,又生下了自己的狼崽,如今它是循着达西的气息,带着自己的孩子为它死去的老母狼来报仇的。

　　我和依芙琳在风葬地见到了达西，或者说是见到了一堆骨头。最大的是头盖骨，其次是一堆还附着粉红的肉的粗细不同、长短不一的骨头，像是一堆干柴。林克和伊万依据现场的情况，判断猎鹰确实帮助达西报了仇，不过他们在与狼搏斗时也是身负重伤，不能动弹。狼死了，他们也回不来了。血腥气吸引了另外几条恶狼，它们赶来，吃掉了达西和猎鹰。它们没有吃自己的同类，但那两只死去的狼也没有逃脱被吃的命运。凌晨时，成群的乌鸦和鹰隼将它们做了丰盛的早餐。驯鹿在回归营地的途中看到一片白骨，它们从残存的猎鹰翅膀上知道达西死了，为了给主人报信，玛鲁王就叼回了奥木列的翅膀。

　　我一想到达西和猎鹰很可能是在还有气息的时候被狼吃掉的，忍不住一个连着一个地打寒战。在我们的生活中，狼就是朝我们袭来的一股股寒流。可我们是消灭不了它们的，就像我们无法让冬天不来一样。

　　尼都萨满把猎鹰的骨架也拾捡起来，把它同达西葬到一起了。达西其实是幸福的，他最终看到了他的仇敌的覆灭，而且他是和心爱的奥木列葬到了一起。

　　依芙琳在达西的那堆骨头前告诉我，达西当年是为了保护驯鹿而成为瘸子的。夏天时，狼爱袭击落在驯鹿群后面的驯鹿崽。有一次丢了三只鹿崽，达西出去找。他看见那三只鹿崽被一大一小两只狼围困在山崖边，发着抖。达西没有带枪，身上只有一把猎刀。他搬起一块石头，扔向老狼，正砸在它的脑袋上，老狼被激怒了，血红着脸朝达西反扑。达西就赤手空拳和它搏斗，在搏斗的时候，那只小狼死死地咬住达西的一条腿不放。达西最终打死了老狼，可是小狼却在他眼皮子底下溜走了，它咬断了达西的一条腿。那三只鹿崽得救了，它们跟着达西返回营地。鹿崽是走回来的，而达西则是爬着回来的,他的手里还拖着一张血淋淋的狼皮。

猎鹰和达西走了。猎鹰的家在天上,达西跟着它走,是不愁住的地方了。

达西离开后,玛利亚突然病了,她吃什么都吐,虚弱得起不来了。所有人都认为玛利亚活不长了,只有依芙琳,她说玛利亚以后不会在给驯鹿锯茸的时候见着鲜血就流泪了。谁都明白,依芙琳认为玛利亚怀孕了。可达玛拉和娜杰什卡依据玛利亚的反应,判断她不是怀孕了,而是生了重病了,哪有怀孕的人连喝水都吐呢?人们眼见着玛利亚一天天地消瘦下去,连她自己也认为来日无多,她劝哈谢,她死了以后,一定要再娶一个女人,要健壮的、能生养的女人!哈谢哭了,他对玛利亚说,如果她离开了他,他就会变成鸿雁,追她到天上。

哈谢没能变成鸿雁,玛利亚有一天突然坐了起来,她能吃能喝了。春天快到的时候,她的肚子大了,脸也变得圆润了,看来依芙琳的判断是对的,从此后她和哈谢的脸上就总是挂着笑容。依芙琳说,玛利亚那么多年不孕,与达西剥下来的那张母狼皮有关。那张狼皮是不吉祥的。现在达西没了,狼皮也没了,希楞柱里再没有阴晦的气息,玛利亚才会怀孕。但是哈谢和玛利亚却不这样认为,他们觉得恰恰是达西的灵魂保佑他们有了孩子,因为达西一直想要自己的奥木列,他们甚至把未出生的孩子的名字都想好了,就叫他“达西”。依芙琳撇着嘴说,叫达西的人是没有好命的,乌力楞出一个瘸子达西还不够吗?!

春天的时候,驯鹿产崽了。不过产下的鹿崽十有八九都死去了。林克说,瘟疫让驯鹿的体质下降,它们交配出的鹿崽先天不足,所以频频死亡。他说必须要赶在秋末驯鹿交配期到来前,从别的乌力楞换来几头健壮的公驯鹿,不然的话,明年春天我们面对的仍然可能是不会给我们带来喜悦心情的鹿崽。他决定到阿巴河边的斯特若衣查节上去换驯鹿。

斯特若衣查节是我们庆祝丰收的传统节日。它到来时，雨季也来了。在我出生以前，每逢这个节日到来，人们都会渡过额尔古纳河，到普克罗夫克去过节。人们聚集在一起唱歌跳舞，交换猎品，有的氏族之间还会联姻，比如哈谢和玛利亚就是在那里相遇，并且订了婚的。不过后来过节的地点改在珠尔干屯的阿巴河边了。很多安达喜欢这时候来到阿巴河边，用马队带来枪支、子弹还有各种生活用品，等待猎民换取。有的时候，乌力楞与乌力楞之间，也会进行猎品交换，比如驯鹿少的部落，会用自己的猎品换取驯鹿多的部落的驯鹿。

由于罗林斯基是我们信赖的安达，所有的猎品都是经由他交换出去的，我们很少缺过什么东西，所以尽管我们氏族连年都有人去阿巴河畔欢聚斯特若衣查节，但我们乌力楞却很少有人去。在我的印象中，那些年只有尼都萨满和坤德各去过一次。尼都萨满是为一个升天的萨满跳神而去的，那个生活在阿巴河畔的萨满正好在这个节日前离去。而坤德去那里是想用桦皮桶换取几匹马，他用驯鹿驮着几十个大大小小的桦皮桶，结果只换得一匹瘦马回来。依芙琳耻笑他的时候，坤德气得双颊的肉像风中的裙摆那样颤抖，他说阿巴河边要是没有那些安达就好了，他会直接从蒙古人那里换来马匹，起码能换三匹！他说做安达的都是狼！那匹瘦马跟着我们不到一年就死去了。

林克带着猎品和剩余的子弹，出发去阿巴河畔换取驯鹿的那天，是个阴沉沉的日子。母亲似乎有某种预感似的，父亲临行的时候，她一遍遍地嘱咐着跟随着父亲的猎犬：伊兰，你一定要保护好林克呀，让他带着驯鹿好好回来呀！伊兰跟惯了父亲，它很通人性,达玛拉跟它说完,它就将两只前爪搭到母亲的腿上,顿了顿头。达玛拉得到了承诺,脸色和悦了,她俯身摩挲着伊兰的脑门儿,那股温柔让伊兰十分心醉,它"呜呜"地叫着,把我和鲁尼都逗乐了。父亲对母亲说,你放心吧,有你在,我的身体就是不想回来的话,我的心都不会答应的!达玛拉叫着,林克,我不能光是要你的心,我还要你的身体呀!

我的身体和心都会回来的!父亲说。

雨季一到,森林中常常电闪雷鸣的。尼都萨满说雷神共有两个,一公一母,掌管着人间的阴晴。在尼都萨满的神衣上,既有圆环铁片的太阳神和月牙形的月亮神,也有像树杈一样的雷神。他跳神的时候,那些形形色色的铁片碰撞到一起,发出"嚓嚓"的响声,我想那一定是雷神在说话,因为太阳和月亮是不发音的。雷声响起来的时候,我就觉得天在咳嗽,轻咳的时候,下的是小雨,重咳的时候,下的就是暴雨了。下小雨的时候,应该是母雷神出来了;下暴雨的时候,出来的一定是公雷神。公雷神的威力很大,他有时会抛出一团一团的火球,劈断林中的大树,把它们打得浑身黢黑。所以打雷的时候,我们一般都在希楞柱里。如果是在外面,一定要选择靠近河流的平缓地带,避开大树。

父亲离开营地不久,天变得更加阴沉了,深灰的浓云聚集在一起,空气很沉闷。林中的鸟低飞着,微风也变成了狂风,使树林发出"哗哗"的声响。母亲抬头看了一眼天,问我,你说这雨能下来吗?我知道她担心路上的父亲,不希望下雨,就顺着她说,我看这风会把云刮走的,雨不会下来的。达玛拉仿佛受到了安慰,她和颜悦色地去收那些阴干在希楞柱外面的柳蒿菜。在柳蒿生长的季节,我们一般会采集很多,晒上一些,冬季用它炖肉吃。就在母亲把柳蒿菜拿进希楞柱的时候,天空突然出现一个炸雷,"轰隆——"

一声，森林震颤了一下，亮了一下，雨点噼啪噼啪地落了下来。雨是从东南方向开始下的，一般来说，从这个方向来的雨都是暴雨。顷刻间，森林已是雨雾蒸腾，一派朦胧了。雷公大约觉得这雨还不够大，它又剧烈咳嗽了一声，咳嗽出一条条金蛇似的在天边舞动着的闪电，当它消失的时候，林间回荡着"哇——哇哇——"的声音，雨大得就像丢了魂儿似的，四处飞舞，空中出现的不是丝丝串串的雨帘，而是一条条奔腾而下的河流了。母亲听着暴雨的声音，吓得一直大张着嘴。我想她如果像娜杰什卡一样信奉圣母的话，一定会在胸前一遍遍地画十字了。当闪电把人的脸也照亮的时候，我不仅看见了母亲那张惨白的脸，她眼底的惊恐也被照亮了，那是一种极度的惊恐，我一生都不会忘了那样的眼神。

雨停了以后，母亲大张的嘴才合上。她看上去非常疲倦，好像在暴雨的时候她变成了雷母，跟着兴风作雨去了。她有气无力地问我，你说你阿玛不会有事吧？我说他凭什么有事？不过是一场暴雨，他见得多了。母亲松弛了许多，她笑了笑，自我安慰道，就是嘛，林克什么没有经历过？

雨后的天空出现了彩虹。先是一条，很朦胧，跟着又出现了一条，非常清晰，颜色也浓。第二条彩虹一现身，第一条彩虹的形态和颜色也跟着清晰和浓烈起来。两条彩虹弯弯的，非常鲜艳，就像山鸡翘着的两支五彩羽翎，要红有红，要黄有黄，要绿有绿，要紫有紫。全乌力楞的人都出来看彩虹，大家都被它的美给迷住了。然而看着看着，有一条彩虹忽然淡了颜色，很快就消失了。另一条虽然形态还完整着，但它顷刻间变得陈旧了，那些鲜艳的色彩不见了，彩虹里仿佛飞进了灰尘，乌蒙蒙的。彩虹的变色使大家的脸色也变了，谁都知道那是不吉祥的兆头，母亲提前回到希楞柱。等那条几乎变成黑色的彩虹消逝的时候，她才走了出来。她的脸上挂着泪珠,已经提前哭我的父亲了。

傍晚的时候,伊兰回来了。它见着母亲,把前爪搭在她膝上,满眼是泪。它那哀怨的神情使母亲知道父亲不在了,她狠命地拍着伊兰的脑门儿,一遍遍地说,伊兰,我是怎么跟你说的?你怎么没把林克给我带回来呀!伊兰!!

父亲是在经过一片茂密的松林时被雷电击中的。被雷电击中的还有两棵粗壮的大树。它们被拦腰劈断了,断裂处有着被烧焦的痕迹。伊兰把大家带到出事现场的时候,已经是深夜了。父亲弯曲着身子,趴在一个断裂的树桩上,垂着头和胳膊,好像走累了,在休息。暴雨后的夜空格外明净,月光照亮了每一棵树,也照亮了父亲。我哭了,母亲也哭了。我哭的时候一遍遍地叫着阿玛,而母亲叫的则是"林克啊,我的林克!"

尼都萨满连夜在那片松林中选择了四棵直角相对的大树,砍了一些木杆,担在枝丫上,为父亲搭了他最后的一张铺。那张铺很高,尼都萨满说,林克是被雷神取走的,雷来自天上,要还雷于天,所以他的墓一定要离天更近一些。

我们在清晨时把父亲用一块白布裹了,抬到他最后的那张铺上。尼都萨满用桦树皮铰了两个物件,一个图形是太阳的,一个是月亮的,把它们放在父亲的头部。我想他一定是希望父亲在另一个世界中还拥有光明。虽然那时我们的驯鹿为数不多了,尼都萨满还是让哈谢带来一只驯鹿,把它宰杀了,我想他是想让父亲在另一个世界还有驯鹿可以骑乘。跟着父亲一起风葬的,还有他的猎刀、烟盒、衣服、吊锅和水壶。不过这些东西在陪葬前,都按照尼都萨满的吩咐,由鲁尼对它们进行了破坏:用猎刀暴砍石头,让它豁了口;用熟皮子的刀子将桦皮烟盒戳了个洞;用剪子把衣服的领子和袖子铰去了;用石头砸坏了吊锅和水壶的一角。据说如果不这样做,活着的人就会遭殃。这些残缺的东西让我无比难过。父亲的衣服没了领子和袖子,他会不会冻着胳膊和脖子呀?他的猎刀卷了刃、缺了口,他打到猎物怎么剥皮呀?那吊锅和水壶漏了,他煮肉时肉汤把火浇灭了怎么办呀?一想到父亲带去的东西没有一件是完整的,我真的想哭。可我忍着,因为我怕自己一哭,母亲会跟着哭得无法自持。

伊兰是父亲最爱的猎犬,它似乎很想跟着父亲走,用爪子在林地上刨来刨去的,好像在为自己挖墓穴。尼都萨满按住伊兰,要在它身上下刀子的时候,被母亲拦住了。她说,把伊兰留给我吧。尼都萨满就收起了刀子。母亲领着伊兰,最先离开了父亲,那时风葬的仪式还没开始呢。尼都萨满怕母亲寻死去了,就让依芙琳跟着她。事后依芙琳对大家说,达玛拉在回营地的途中是一路走,一路玩,就像个孩子似的,碰到蝴蝶捉蝴蝶,碰到鸟儿学鸟叫,碰到野花就采上一枝,插到头上。所以到了营地的时候,她满头都是花,就像顶着个花篮。只是到了营地的时候,她不肯进希楞柱,坐在地上哭了起来。她叫着林克的名字,说,你不在了,我不愿意进去,我嫌里面冷清啊……

父亲走了,他被雷电带走了。从此后我喜欢在阴雨的日子里听那"轰隆轰隆"的雷声,我觉得那是父亲在和我们说话。他的魂灵一定隐藏在雷电中,发出惊天动地的光芒。父亲没能换来他梦想的驯鹿,他把母亲的笑声和裙子也带走了。达玛拉以前是那么爱笑,爱穿裙子,他走了后,笑声和裙子都从她身上消失了。她依然像以前一样喜欢给驯鹿挤奶,不过她挤着挤着奶,手就会突然停下来,呆呆地想着什么。她烙格列巴饼的时候,泪珠常常溅在烙饼的热石头上,发出"吱啦吱啦"的叫声。她不喜欢戴鹿骨簪子了,头发乱蓬蓬的。冬天又来的时候,她的头发也呈现出了寒冬的气象,干涩不说,还白了许多。

她苍老了,我和鲁尼却长大了。鲁尼背着父亲留下的连珠枪和别力弹克枪,跟着伊万和哈谢去狩猎了。他真的是林克的儿子,打枪几乎是百发百中,从不浪费子弹。我们乌力楞在那年冬天有两样大的收获,一个是狩猎获得了丰收,我们用那些数量可观的皮张,不仅换来了面粉、食盐和子弹,还从别的乌力楞那里换取了二十只驯鹿,使我们的驯鹿队伍又一天天地壮大起来,那些曾因瘟疫而留下来的鹿铃又派上用场了,它们又能随着驯鹿在山间河谷歌唱了。还有,玛利亚在冬天时生了个男孩,非常活泼,哈谢和玛利亚果然给他取名为"达西",爱笑的小达西给我们带来了许多快乐。

父亲走了以后,尼都萨满仿佛变了个人。以前他胡子拉碴的,现在他却把脸刮得光光溜溜的。以前他总是把自己往女人上打扮,现在却恢复了男人的样子。依芙琳冷言冷语地对我和鲁尼说,你们的额格都阿玛不想做萨满了。

除了相貌发生了改变之外,不爱与人说话的尼都萨满还喜欢让大家到他的希楞柱去坐,任何一点儿小事都要邀众人商议,与他以前一人决定事情的做派大不相同。母亲不喜欢去他那里,如果有什么事情,都是我去。那时尼都萨满就会问我,达玛拉为什么不来?我反问他,为什么一定要她来呢?自从林克离开后,我对尼都萨满就有了一种说不出的反感,如果不是他把瘟疫带了回来,林克不会出去换驯鹿,也就不会遭遇雷电。想着尼都萨满能让鹿崽死去,我甚至怀疑那天的雷电是他引来的。他一直嫉妒父亲,就动用神力,让雷电充当了刀箭的角色,除去了父亲。

搬迁的时候,尼都萨满喜欢跟在母亲身后,我想他是想偷偷看母亲的背影吧。母亲的背影对他来说也许就是太阳和月亮,不然他怎么老是要追逐她呢?驯鹿行走的时候并不总是一个节奏,所以他骑乘的驯鹿和达玛拉骑乘的驯鹿常常并排走到了一起。尼都萨满一和母亲并排在一起的时候就要咳嗽,能把脸给咳嗽红了。依芙琳有一次说尼都萨满,你倒着骑算了,倒着骑风小,呛不着你,不过你倒着骑看见的是我依芙琳,而不是达玛拉了。尼都萨满和达玛拉这时就显得慌张了,达玛拉用脚在驯鹿身上踢上一脚,催它快走;而尼都萨满干脆停了下来,装上一锅烟来抽。那时我隐隐约约感觉到,母亲和尼都萨满之间,也许会发生什么事情。一想到母亲曾和父亲在希楞柱里搅起过一阵又一阵的风声,我对尼都萨满就满怀警惕,我可不想让他和母亲制造那样的风声。

　　那两年我们搬迁格外频繁,我怀疑这与尼都萨满想看达玛拉的背影有关。渐渐地,我发现了达玛拉对尼都萨满来说是那么的重要。有一回我们就要搬迁了,连希楞柱都拆卸了,母亲不过对着周围的景色发了声感慨:这里的花儿可真好看呀,真是舍不得离开啊!尼都萨满就决定继续驻留原地,直到那些五颜六色的花朵凋谢。还有一回,我和母亲给驯鹿挤奶,她对我说,她梦见了一支银簪子,那簪子上刻着很多花朵,漂亮极了。我就问她有鹿骨簪子漂亮吗?她说那不知要漂亮多少倍呢!在一旁给驯鹿卸笼头的尼都萨满听到了我们的话,就对达玛拉说,梦里见着的东西哪有不美的?他虽然嘴上这样说,可罗林斯基再来我们营地的时候,他就让他换一支银簪子过来。我知道,尼都萨满是为了达玛拉。可自从列娜死后,罗林斯基从来不带女人用的东西给我们了,而且他每次来总是匆匆离去。罗林斯基温和地对尼都萨满说,如果他想换银簪子,就找别的安达去,他现在不换女人的物件。他的话激起了尼都萨满的愤怒,他蛮横地对罗林斯基说,那你以后就不用来我们乌力楞了!罗林斯基一点儿都没恼,他长吁一口气,说,很好很好,我现在来你们乌力楞,心里也难过。我的心不想来,可一想到你们需要换取东西，我们是老相识了，我的腿还是让我来了。从今以后我就不用来了，我的心也不会那么痛了。谁都明白，能让他心痛的是列娜。就这样，一支无形的银簪子，把我们最信赖的安达从身边推开了。从那以后，图卢科夫走进了我们的生活，他也是个俄国安达，我们背地叫他"达黑"，就是鲇鱼的意思。因为他不仅嘴长得跟鲇鱼一样大，性情也与鲇鱼相似，非常狡猾，仿佛浑身都涂满了黏液。

尼都萨满倾注给达玛拉的热情，在最初两年是没有任何回应的，然而一件羽毛裙子的出现，却改变了达玛拉对尼都萨满的态度。我发现女人在自己心爱的物件前，是难以抑制住占有欲的。她接受了那条裙子，等于接受了尼都萨满的情感，而那种情感又是为氏族所不允许的，注定要使他们因痛苦而癫狂。

我们谁也没注意到，尼都萨满在那两年吃山鸡的时候将拔下的羽毛精心挑选了，收集起来，悄悄为达玛拉缝了一条裙子。尼都萨满的手艺真是好啊，那裙子是用几块藏蓝色的粗布做的衬里，百合花的形状，腰身紧，下摆宽。羽毛的大小和颜色不一，但都是羽根朝上，羽尖朝下，顺着缝下来的。固定羽毛的线是堪达罕的细筋，他先把羽毛中间的那根草棍一样的茎缠上几道，然后再缝在布上，所以羽毛本身一点儿也没受到破坏，很完整，看上去非常柔顺。尼都萨满很会为羽毛安排位置，那些小片的、绒毛细密的、呈现着微微灰色的被放在腰身的地方；再往下是那些不大不小的羽毛，颜色以绿为主，点缀着少许的褐色；而到了裙子的下摆和边缘处，他用的是那些泛着幽蓝光泽的羽毛，蓝色中杂糅着点点黄色，像湖水上荡漾的波光。这裙子自上而下看来也就仿佛由三部分组成了：上部是灰色的河流，中部是绿色的森林，下部是蓝色的天空。当尼都萨满在林克走后的第三年的春天，把这样一条羽毛裙子送给母亲时,你们都能想到,她看到它的时候是多么的惊异、欢喜和感激。她捧着那条裙子,说这是她见过的世上最漂亮的裙子了。她先是在希楞柱里把它平铺在狍皮褥子上,用手轻轻摩挲着,反反复复地看;然后她又把它抱到外面,挂在一棵白桦树上,忽而走远,忽而靠近地看。春日的暖阳把羽毛裙子照得华美极了,那种美真的能让一个女人心惊肉跳。达玛拉的脸红了,她一遍遍地对我说,你的额格都阿玛一定是长着一双神手啊,他怎么能做出这么漂亮的裙子呢!我觉得母亲那时就是一只奔跑着的翘着大尾巴的灰鼠,尼都萨满是个好猎手,那条羽毛裙子是他专为母亲而设下的"恰日克"夹子。所以当达玛拉穿上它,问我漂亮不漂亮的时候,虽然我在心底赞叹那裙子是专为她而生的,她穿上后那股久违的青春和朝气又高傲地抬头了,使她显得无比的端庄和高贵,但我还是冷冷地说,你穿上它像只大山鸡!母亲的脸白了,她有气无力地问我,我现在真的那么让人看不得了?我咬着牙,冲她点了点头。达玛拉哭了。她从下午一直哭到黄昏,最后她把这条羽毛裙子收了起来,对我说,留着你嫁人的时候穿吧。再过两年,你也许就用得上它了。

达玛拉虽然没有正式穿上它,但她每隔一段时间都要捧出那条羽毛裙子,无限迷醉地看上一刻,那时她的眼神格外温柔。她有意无意地总要在尼都萨满的希楞柱外晃悠着,若是看见他突然出来,她就会吓得"嗷——"地叫一声,转身跑掉。只有心已经被人征服的女人,才会怕见那个男人的身影。达玛拉为尼都萨满精心做了两样东西:一副狍皮"伯力"和一个"哈道苦"。

伯力就是手套,我们那时一般戴的是分成两瓣的手套,做起来比较简单。而达玛拉给尼都萨满做的,却是用短毛狍皮做的五指手套,这样的手套做起来非常费时。达玛拉挑针走线地足足做了半个月,她在手套的腕口处绣了三圈花纹,一圈是火纹,一圈是水纹,一圈是云纹。我还记得中圈的是火纹,一上一下的是水纹和云纹。她做完后问我那花纹怎么样,我知道她是为尼都萨满做的,就讥讽她:云和水在一起是对的,哪有火和水在一起的?我这句话让达玛拉白了脸,她"哦——"地叫了一声,仿佛被针刺着了。所以接下来她做哈道苦——烟口袋的时候,就没有绣任何花纹。那个烟口袋是用两条狍腿皮做的,葫芦形,口上和两边的缝口镶边,定带,带上系着打火石袋。达玛拉最初把父亲用过的打火石系在了烟口袋上,被我和鲁尼发现后,我们偷出了那块打火石,所以达玛拉最终送给尼都萨满的烟口袋是没有打火石的。说来也奇怪,那年冬天,尼都萨满戴上那副五指的狍皮手套后,他的手指也变得灵活了,打到了很难打到的狐狸和猞猁,它们的皮毛是最珍贵的,这让他无比快乐和自得。而那个烟口袋,他完全把它当作了护身符,一直佩戴在腰的右侧。

我不止一次找到依芙琳,我说我不想看到达玛拉和尼都萨满最终会住在一座希楞柱里。依芙琳总是对我说,那是不可能的,因为他们是不能在一起的。她说尼都萨满是林克的哥哥,按照我们氏族的习俗,弟弟去世后,哥哥是不能娶弟媳为妻的;但如果是哥哥死去了,弟弟可以娶兄嫂为妻。依芙琳跟我打比方说,如果是尼都萨满死去了,而林克还在,他的身边又没有达玛拉的话,他是可以娶额格都阿玛留下的女人的。我就对依芙琳说:额格都阿玛身边没有女人,阿玛要是娶他留下的女人,还不得是狍皮口袋里的那些神啊!阿玛跟神在一起可怎么生孩子呀!依芙琳本来跟我一样为达玛拉和尼都萨满的事担忧着,我的话使她大笑起来,她揉着她的歪鼻子,"哎呀哎呀"地一遍遍叫着我的名字,就像为我招魂一样,她说:你都到了嫁人的年龄了,怎么净说孩子话呀!

　　依芙琳以前是不爱提死去的林克的,可自从母亲和尼都萨满格外在意对方以后,她常常在大家坐在一起商议事情的时候故意地提起父亲,什么林克五岁的时候就会射箭啦,什么林克九岁时就会做滑雪板了,什么林克比兔子还善跑,十岁时追上过一只兔子啦。她每次说完,都要把头扭向母亲,说:达玛拉,你要是见到小时候的林克,你那时就会想着要快点儿长大,好早点儿嫁给他!这时母亲就会忧戚地看一眼尼都萨满,尼都萨满仿佛做了错事似的,把头低下来。渐渐地,达玛拉和尼都萨满不爱坐在一起了,他们明显感觉到大家对他们情感的敌意。从那以后,达玛拉再打开羽毛裙子的时候,就会对着它发出一阵一阵的笑声。那种笑声让我联想起达西展开狼皮让猎鹰扑向它的时候脸上所浮现的奇怪表情。她的笑声让人寒毛直立。她一这样笑,就会把我和鲁尼笑到希楞柱外。我们呆呆地看着天,希望它能刮来一股风,卷走那样的笑声。

　　我是大姑娘了。鲁尼也长大了,他开始长胡须了。我们眼见着达玛拉一天天地枯萎下去。她的背驼了,有一次刚学会说话的小达西来到我们希楞柱,他看着母亲突然说了一句,你的头上盖着雪,你不冷吗?达玛拉知道小达西在说她越来越多的白发,她凄凉地说了一句:我冷啊!我冷又有什么法子呢?也许雷电可怜我,会用它的光带走我,让我不再受苦?

　　从那以后,每逢雷雨天气,母亲总是跑到树林中,我知道她寻求什么去了。可是雷电并不想做勒住她脖子的绳索,只想用它们催生的雨滴敲打她,所以她每次都是平安归来。她披散着头发、浑身被雨水淋湿、打着寒战回到营地的时候,尼都萨满就会唱起歌来。尼都萨满一唱歌,小达西就会钻进玛利亚的怀中哇哇大哭,那歌声实在太哀愁了。

日本人来了。他们来的那一年,我们乌力楞发生了两件大事,一个是娜杰什卡带着吉兰特和娜拉逃回了额尔古纳河左岸,把孤单的伊万推进了深渊;还有就是我嫁了一个男人,我的媒人是饥饿。

中部　正　午

　　火塘里的火一旦暗淡了,木炭的脸就不是红的了,而是灰的。

　　我看见有两块木炭直立着身子,好像闷着一肚子的故事,等着我猜什么。

　　按照我们的习俗,如果在早晨时看见这样的木炭,说明今天要有人来,要赶紧冲它弯一下腰,打个招呼,不然就是怠慢了客人;如果是晚上看见直立的木炭,就要把它打倒,因为它预示着鬼要来了。现在既不是清晨也不是夜晚,要来的是人还是鬼?

　　正午了,雨还在下。安草儿走了进来。

　　安草儿不是鬼,但也不像人,我总觉得最后能和我留在一起的一定是神灵。安草儿走进希楞柱的时候,木炭倒下了,看来它真的是为他而生,为他而死的。

　　安草儿把一个桦皮篓放在我面前,那里面装着几样东西,是他打扫营地的时候捡到的:一只狍皮袜子,一个铁皮小酒壶,一方花手帕,一串鹿骨项链和几只白色的鹿铃。不用说,这是达吉亚娜他们早晨搬迁时遗落的。以往我们搬迁,总要把挖火塘和搭建希楞柱时戳出的坑用土填平,再把垃圾清理在一起深埋,让这样的地方不会因我们住过而留下疤痕,散发出垃圾的臭气。这次他们离去,虽然提前几天就开始清点东西了，但清晨出发时刻到来的时候，他们还是显得有些慌乱。从他们遗落下的东西来看，不仅人是慌乱的，驯鹿也是慌乱的，它们在互相挤蹭的时候，把铃铛都落在营地了。不过它们落得也是有道理的，帕日格对我说了，驯鹿要被圈进铁丝围栏的鹿圈，它们再也不能在熟悉的山间游走，那么鹿铃对它们来说又有什么用呢？那些戴着铃铛去的驯鹿，其实等于在脖颈下吊着个哑巴。

那只狍皮袜子一看就是玛克辛姆的，它是那么的大，只有玛克辛姆的大脚才能穿得。铁皮小酒壶是拉吉米的，清晨时我还见他对着它的嘴儿喝酒，他边喝边"呜噜噜"地叫，好像很快乐，又好像很难过，让我想起老达西的叫声。拉吉米丢了酒壶，到了布苏还不得急啊？拉吉米一急，西班可要遭殃了，他会拿西班出气的。不是没来由地骂他，就是往他身上扔石子，说要把西班砸死。布苏是个城镇，兴许不那么好捡石子，这样拉吉米就不能打西班了，只能骂。骂又不伤皮肉，西班就不会那么受罪了。那块花手帕，是帕日格的，他最喜欢鼓捣女孩子用的小玩意儿，我就见他曾把这块手帕包在头上，脑袋一顿一顿的，"嗨嗨"大叫着跳舞，就像啄木鸟在"笃笃"地啄树。帕日格从小就喜欢跳舞，他原来跳的舞很好看，腰和脖子晃得不那么厉害，可他在城里晃荡了一年回到山里后，他的舞就没法看了，他的腰乱扭着，脖子前后左右乱转，让我觉得他的脖子只剩下了一根筋。我最受不了他跳舞的时候故意哑着嗓子"嗨嗨"地叫，他明明有清脆、透亮的嗓子，可偏要把它弄哑了。那串鹿骨项链是柳莎的，她已经戴了好几十年了，是我的大儿子维克特亲手打磨，为她穿成的项链。维克特在的时候，柳莎天天戴着它；维克特死了以后，她只有到了月圆的日子才戴它，她戴着它是去月亮下哭泣。早晨离开的时候,我还见柳莎手里攥着这串项链,她一定是怕放在别处不安全,才亲手拿着的。想必搬迁时有几只驯鹿不肯上卡车,大家手忙脚乱地四处抓驯鹿,柳莎也跟着帮忙,就把项链给弄丢了。看来最不想丢的东西,却最容易撒手离去。

安草儿往火塘里添了几块木柴,那是用"风倒木"劈出的柴火。我们从来不砍伐鲜树做烧柴,森林中有许多可烧的东西,比如自然脱落的干枯的树枝,被雷电击中的失去了生命力的树木,还有那些被狂风击倒的树。我们不像后来进驻山林的那些汉族人,他们爱砍伐那些活得好好的树,把它们劈成小块儿的木柴,垛满了房前屋后,看了让人心疼。我还记得很多年前瓦罗加第一次路过一个汉族人的村落,看到家家户户门前摆满着木柴,他回来忧心地对我说,他们不光是把树伐了往外运,他们天天还烧活着的树,这林子早晚有一天要被他们砍光、烧光,到那时我们和驯鹿怎么活呢?瓦罗加是我的第二个男人,是我们这个民族的最后一个酋长,他看事情是有远见的。那天达吉亚娜召集乌力楞的人,让大家对下山做出表决时,我想起了瓦罗加的话。当我把桦树皮投向的不是妮浩留下来的神鼓,而是火塘的时候,我看见了瓦罗加的笑容。他的笑容在火光中。

安草儿给我的茶缸续上水,然后对我说:阿帖,中午吃肉。我点了点头。自从帕日格让安草儿像汉族人一样管我叫"奶奶"而不是"阿帖"的时候起,安草儿见了我就什么也不叫了。现在他大约想到那些叫我额尼、姑姑和波日根的人都走了,而且没谁让他叫我奶奶了,他就可以叫我阿帖了。

如果说我是一棵历经了风雨却仍然没有倒下的老树的

话,我膝下的儿孙们,就是树上的那些枝丫。不管我多么老了,那些枝丫却依然茂盛。安草儿是这些枝丫中我最爱的一枝。

安草儿说话总是格外简洁。他告诉我中午吃肉后,就去拿肉了。那是昨天吃剩的半只山鸡。下山的人们知道要彻底离开这里了,他们想在走之前跟我们好好团聚一次。那几天,玛克辛姆、索长林和西班天天出去打猎,可是他们总是空手而回。这些年山上的动物跟林木一样,越来越稀少了。幸好昨天西班打到了两只山鸡,索长林又在河汊用"亮子"挡了几条鱼回来,昨晚营地的篝火中才会飘出香气。玛克辛姆对我说,他们有天寻找猎物时看到了两只灰鹤,它们低低地飞在林间洼地上,当玛克辛姆要朝它们开枪的时候,被西班阻止了。西班说他们就要下山了,得把这些灰鹤留给我和安草儿,不然我们眼中看不到最美的飞禽,眼睛会难受的。只有我的西班,才会说出这样心疼人的话啊!

我切了一片山鸡,放到火上敬火神,然后才撒上盐,用柳条棍穿上它,放到火上烤。我和安草儿吃山鸡的时候,他突然问我:阿帖,下雨了,罗林斯基沟会不会有水了啊?

罗林斯基沟曾是一条水流旺盛的山涧,孩子们都喜欢喝它的水,然而它已经干涸了六七年了。

我对安草儿摇了摇头。我知道,一场雨是救不了一条山涧的。安草儿似乎很失望,他放下吃的,起身离去了。

我也放下了吃的,接着喝茶。看着那团又勃勃燃烧起来的火焰,我想接着讲我们的故事。如果雨和火这对冤家听厌了我上午的唠叨,就让安草儿拿进希楞柱的桦皮篓里的东西来听吧,我想它们被遗落下来,一定有什么事情要做的。那么就让狍皮袜子、花手帕、小酒壶、鹿骨项链和鹿铃来接着听这个故事吧！

如果你七十年前来到额尔古纳河右岸的森林，一定会常常与树间悬着的两样东西相遇：风葬的棺木和储藏物品的"靠老宝"。

我与拉吉达第一次见面，就是在"靠老宝"下面。在那以前，"靠老宝"在我心中只是装着我们生活用品的林中仓库，自从在它的下面与拉吉达订下婚约后，"靠老宝"在我心中就是一轮方形的月亮，因为它照亮并温暖了我当时那颗灰暗而冷寂的心。

图卢科夫在民国二十一年的秋天把日本人到来的消息带到我们乌力楞。他骑着马，只驮来少许的子弹、面粉、食盐和酒。他说现在是日本人的天下了，他们成立了"满洲国"，人们分析他们很快要对苏联发起进攻，所以在珠尔干的很多俄国安达怕受到日本人的迫害，都回到额尔古纳河左岸去了，因而物品短缺，不好交换了。

我们那些品质上乘的鹿茸和上百张的灰鼠皮只交换来这么点儿东西，哈谢很生气。他对图卢科夫说，你不要以日本人为借口，来克扣我们！罗林斯基对我们从来没有这么黑心过！

图卢科夫变了脸，他说，我这可是冒着掉脑袋的危险来给你们送东西的呀！现在你们看看，有几个蓝眼睛的安达还敢在日本人的眼皮底下做生意？你们要是觉得吃亏，我就把东西带走，你们找别人换去吧！

那时我们的子弹就像黎明前的星星一样，没剩几颗了；装面粉的袋子也瘪了肚子；驯鹿爱吃的盐就像遭遇春风的积雪一样，一天比一天消瘦。图卢科夫带来的东西，对我们来说就是救命的稻草，不管代价多大，我们都得抓住它。尽管我们在心里骂着他：狡猾的达黑！可还是与他交换了东西。

图卢科夫看上去心满意足了,在离开营地的时候对吉兰特说,都说日本人要进山清理蓝眼睛的人了,你跑吧,别在这儿等死了!吉兰特本来就胆小,图卢科夫的话把他的脸吓白了,他牙齿打着颤,带着哭音说,我从小就活在这林子里,日本人凭什么清理我啊?图卢科夫说,凭什么?就凭你眼睛的颜色!它要是跟这儿的土地一样是黑色的就好了,你就可以扎根了,可它的颜色是天空的蓝色,这颜色可就危险了,你等着瞧吧!他又转向娜拉,对她说,你要是不跑,比吉兰特还会倒霉,因为你是一个姑娘,日本人爱睡蓝眼睛的花姑娘!

娜杰什卡的头发已经白了多半,但她依然那么结实。她一边在胸前画着十字,一边对伊万说,这可怎么好,我们的眼睛怎么才能变成黑色的?让尼都萨满帮帮我们的忙吧,把我们的眼睛和头发都变成黑色!在关键时刻,她求助的是我们的神。大概因为尼都萨满离她很近,而圣母离她却十分遥远吧。

伊万说,蓝眼睛怎么了?我的女人和儿女就是蓝眼睛!日本人要是敢清理你们,我就先把他们腿里夹着的东西给清理了!

伊万的话让大家笑了起来,娜杰什卡却笑不出来。她张着嘴,忧愁地看着吉兰特和娜拉,好像一个饥饿的人采到了两只美丽的蘑菇,却疑心它们有毒,只能眼睁睁地看着。吉兰特就像被霜打了的草一样,蔫蔫的。娜拉呢,她痴痴地看着自己的那双手,由于各种色彩的熏染,她的指甲不是粉红色的了,那上面有紫有蓝,有黄有绿。她大约在想,她这么会染色,为什么不能把眼睛也染成黑色的呢?

吉兰特不像他的父亲伊万那么剽悍,文弱的他对打猎毫无兴趣,倒是喜欢做女人的那些活计,熟个皮子啦,做个桦皮盒啦,缝副皮手套啦,采集点山野菜啦等等。乌力楞的女人都喜欢他,而伊万却嫌他没个男孩的样子，说是不会打猎的男人将来怎么娶女人呢？娜拉呢，她最乐意做的就是给布染色。她染色用的是果实或者花朵的浆汁。她用都柿的果实把白布染成蓝色，用红豆把白布染成水红的颜色。她有一块布，是用百合花的浆汁染就的。娜拉采了一个夏天的粉色百合花，把花瓣捣成泥，挤出浆汁，对上水和盐，在锅里足足煮了一下午。傍晚的时候，她把染好的布在河里漂洗过了，搭在一棵碧绿的杨树上。最先看到这块布的玛利亚以为是晚霞落到我们营地了，就喊大家出来看。它确实像一片晚霞，而且是雨后的晚霞，那么的活泼和新鲜，我们都以为是神灵显现了！如果不是娜杰什卡埋怨娜拉的声音传来，没人认为那是一块布。娜杰什卡嫌娜拉没有把染布的锅刷洗出来，她怎么做晚饭呢？远远地看着那块布的人这才明白那不过是块布，才纷纷叹息着离开。我没有离开，我仍旧把它当一片晚霞看待。它确实就是一片晚霞，那种湿润的粉色不是很均匀，仿佛里面夹杂着丝丝的小雨和缕缕的云。正是这块布，做了我嫁衣的花边。

娜拉染了布，喜欢拿着它到我们的希楞柱给鲁尼看。鲁尼跟林克一样喜欢枪，他对娜拉说，人缺了猎物，就会饿死；而人只要有一套厚的和一套单的兽皮衣服，一辈子都够了，布是可有可无的东西。娜拉一听鲁尼这样说，就会气呼呼地对在一旁发呆的达玛拉说：你怎么把鲁尼生得这么傻呀！受到责备的达玛拉也不恼，她看一眼娜拉，再看一眼她手中的布，叹息着对娜拉说：你就是再会染色，也不会有我的羽毛裙子漂亮啊！那些羽毛的颜色是谁染的？是天！天染的色你能比得上吗？

娜拉被气走了，发誓不再给我们看她染的布。然而下次她染了布，又得意扬扬地提着它来了。

图卢科夫走后，娜杰什卡做事总是不那么专心。她不止一次在切肉时把手指切出了血,我还常见她和娜拉在一起说着什么,把娜拉说得泪汪汪的。有一天,我正和依芙琳给驯鹿恩拴铃铛,娜拉突然跑过来问依芙琳,日本人是从哪里来的?他们是在额尔古纳河的左岸还是右岸?依芙琳气愤地说,额尔古纳河跟日本人有什么关系?左岸右岸都不是他们的地方!他们住的那个地方,要过海呢,以前有人放木排去过日本,到了那里的人就没再回来过!娜拉说,他们跟额尔古纳河没有关系,怎么会来这里?依芙琳说,如果没有好的猎手,有肉的地方就有狼跟着!

我想使娜杰什卡萌生了逃跑的念头的,是图卢科夫的话;而最终促使她行动的,应该是哈谢的一次奇遇。

哈谢有一天寻找走失的两只驯鹿的时候,碰到一个背着桦皮篓的汉族老人,他是来采黄芪的。哈谢问他,采黄芪是熬鹿胎膏吗?因为我们用铁锅熬制鹿胎膏的时候,常在里面加些手掌参和黄芪等药材。老头儿说,他哪里能打到鹿胎呢,他采黄芪,不过是拿到药铺卖了,换口饭吃。他说现在日本人来了,饭更不好混了。哈谢就问他,日本人真的要清理蓝眼睛的俄国人吗?老头儿说,那我怎么知道!不过日本人一来,蓝眼睛的人快跑光了!

哈谢回到营地,在晚饭的时候把遇见老头儿的事对大家说了,娜杰什卡的眼神里满是惊恐。她大口大口地吃着肉,吃得直打嗝,可还是抑制不住地往嘴里填着肉。吉兰特没吃完,就心事重重地走了。伊万对着吉兰特的背影叹息着说,他可真不像我伊万的儿子啊,没点儿硬骨头!依芙琳一直怀疑吉兰特的身世,她"哼!"了一声,说,吉兰特的眼睛那么蓝,当然不像你伊万的儿子了!娜拉很反感依芙琳这样说吉兰特,她站了起来,对依芙琳说,你少"哼"些吧,你的鼻子都歪成那样了,再"哼"别人,鼻子就歪到额尔古纳河左岸去了!她的话让在场的人大笑起来。依芙琳气得蹦了起来，她说，我的鼻子再怎么歪，也歪不到额尔古纳河左岸去，那里有你们的尿臊味儿，我嫌脏了我的鼻子！我宁愿我的鼻子向右歪，一直歪到日本海去！

那时谁一提“日本”二字，娜杰什卡就像听到雷声一样不安。依芙琳的话把娜拉气走了，娜杰什卡却仍坐在原地，一动不动的，大口大口地吞咽着肉。她这种吃相把伊万吓着了，伊万说，娜杰什卡，你可只有一个肚子啊！娜杰什卡不回答，仍旧吃肉，依芙琳大约也觉得自己刚才的话说重了，她叹息一声，起身离开了。那天晚上，有两种声音交替出现在营地，一种是娜杰什卡的呕吐声，一种是娜拉发出的呀呀呀的叫声。娜杰什卡是因为吃了太多的肉，娜拉是在学乌鸦叫。那是她们留给这个营地的最后的声音了。

第二天，伊万同以往一样，清晨吃过早饭后，跟着哈谢和鲁尼出去打猎了。当天晚上回到营地，他发现他的希楞柱里空无一人。平时随意堆放着的狍皮褥子和被筒，叠得整整齐齐的；他的烟盒里装满了烟丝，放在火塘旁；他喝茶用的缸子，光光亮亮地摆在铺位上，那些浓厚的茶锈被除去了。这种非同寻常的整洁让伊万心惊肉跳，他知道事情不妙，就去看装着衣物的鹿皮口袋，发现衣物少了一半，娜拉染的那些布只剩下一块粉色的，而桶里装着的肉干也少了许多。看来他们是带着食物和衣物逃走了。

早晨的时候，我在河边洗脸时还见着了娜拉。娜拉把青草团在一起，当成抹布，用河底的细沙擦拭茶缸里的茶锈。我问她，你擦它干什么呀？娜拉说，茶锈多了，茶水看上去就不清亮了。我洗完脸要离开河边的时候，娜拉突然对我说，我染的布多好看呀，鲁尼怎么一块也不喜欢呢！我对她说，你不是说鲁尼是个傻瓜吗？傻瓜当然不懂得美了！娜拉噘起了嘴，她说，你怎么能说鲁尼是傻瓜呢？全乌力楞的人数他最聪明！娜拉问我最喜欢她染的哪块布,我说是粉色的那块,当时那布一出来,我们都以为营地落了一片晚霞呢。

娜拉留下了那块粉色的布,我相信那是留给我的。我在离开河边以后,才想起忘了问她:昨晚又没有吃熊肉,你学乌鸦叫做什么呀?

当晚聚集在篝火旁吃饭的时候,伊万是垂着头独自来的。他的脚步是那么的沉重。玛利亚问他,娜杰什卡和孩子们呢?伊万慢吞吞地坐下来,用他那双大手搓了搓脸,然后落下手来,微微抬起头,凄凉地说:他们逃走了——你们不要去找,想走的人是留不住的。

听到这消息的人都沉默着,只有依芙琳"呀——"地大叫了一声,说,我早就说过,娜杰什卡早晚有一天要带着她的孩子回老家去!这娜杰什卡也太黑心了,她把两个都带走,应该给伊万留下一个呀!吉兰特她带走应该,他可能不是伊万的骨肉!娜拉呢,她就是伊万的孩子呀,她怎么忍心把她也带走呢?只有当过妓女的人才会这么心狠呀!

伊万对依芙琳咆哮:谁要是说娜杰什卡是妓女,我就撕烂她的嘴!

依芙琳打了个激灵,收回舌头,闭上了嘴。

我回到希楞柱,把娜杰什卡逃跑的消息告诉达玛拉。没想到她竟然笑了起来,说,跑了好,跑了好,这个乌力楞的人要是都跑光了多好呀!我赌气地说,那你也逃跑吧!她说,我要是跑,就跑到拉穆湖去!那里没有冬天,湖里常年开着荷花,多自在啊。说完,她扯下自己的一绺白发,把它扔到火塘里。她那疯癫的样子让我格外难过。我又到尼都萨满那里去,我说娜杰什卡带着吉兰特和娜拉跑了,你是族长,你不去追啊?他对我说,你去追跑了的东西,就跟用手抓月光是一样的。你以为伸手抓住了，可仔细一看，手里是空的！

我很鄙视一个族长因为自己的情感受到压抑连同情心都丧失了。我对他说，只要我们去追，总能把他们追回来的！

你们追不回来的！尼都萨满说。

伊万没有出去寻找娜杰什卡，出去寻找的是哈谢、鲁尼、坤德和我。我们用木棒敲击大树，游走在附近的驯鹿知道有人要役使它们，不一会儿就有六七头返回营地。我们选择了四头健壮的，分别骑了上去。

我们知道娜杰什卡是朝额尔古纳河逃跑了，所以追逐她的方向是确定的。

秋日晴朗的夜空下，山峦泛出蓝色的幽光，而河流泛出的是乳色的幽光。由于寻人心切，一出发我就左一声"娜拉"、右一声"娜拉"地叫着，我的叫声惊飞了树上的猫头鹰。它们从我们面前飞过，眼睛划出两道亮光，像流星，这不祥的光芒像针一样刺痛了我的心。坤德对我说，走夜路不能大声说话，会惊着山神的。再说娜杰什卡是想逃跑的，你的呼唤如果被他们听到了，只能使他们更远地避开我们。哈谢说，他们没有骑驯鹿，走到额尔古纳河起码要两天的时间。他们就是到了那里，也不一定能找到渡河的船只，只能在岸边等着。

一开始我们是四人一组，翻过一座山后，哈谢说有一条更近的路可以通往额尔古纳河，那路虽然很难走，不过有驯鹿开路，是没有问题的。我们商量了一下，分成两路，哈谢带着鲁尼走，我跟着坤德。我们说好了，如果我和坤德当晚找不到人，清晨一定返回营地，而哈谢和鲁尼会一直奔向额尔古纳河。

哈谢他们一走，我们才转过一座山，坤德就说娜杰什卡他们走了一天了，我们很难追上，不如向回转吧，反正哈谢和鲁尼能继续寻找他们。我对他说，兴许他们没有走远，他们出来后娜杰什卡可能会后悔，说不定猫在什么地方呢！坤德说，我没带那么多子弹，我们还是往回走吧，你要是出了什么事，我回去怎么向你依芙琳姑姑交代！我对坤德说，我们都出来了，总要多找一会儿才能回去啊。坤德就不做声了。不过他很不积极，让驯鹿走得慢吞吞的。

其实在森林中寻人跟在大海中捞针一样，是十分艰难的。到了后半夜，我们都困乏了。坤德停了下来，他说要吸口烟提提神，而我则想去解个手。我对坤德说，我去别处有点儿事，马上就回来。坤德明白我要去做什么，他嘱咐我不要走远，他和驯鹿在原地等我。我从驯鹿身上跳下来，觉得双腿又酸又软的，只听得坤德在我背后自言自语着：烟丝这么潮，明天准下雨。娜杰什卡真是能折腾人啊！

在寂静的夜晚，再微弱的声音都会比白日要显得响亮。我怕坤德听见我解手的声音，就一直朝密林深处走。那是一片高大的松树林，微风在树梢制造出"哗哗"的声响，好像风儿也在解着小手。我走了很远，认定坤德不会再听到任何声音时，这才蹲下去。

我的迷山就起于这一蹲一起，由于缺觉，等我站起身时，觉得天旋地转的，眼前发花，一个跟斗栽倒在地。等我再站起来时，我的双脚实际上已经踏向了偏离原路的方向。我迷迷糊糊走了一会儿，没有看见驯鹿的影子，觉得事情不妙了，抬头看了一眼月亮，觉得我应该朝它去的方向走去才对，因为来的时候，营地在我们的后面，也就是西侧。结果这又是一个错误的判断，先前我只是偏离了目的地，这回我是彻底走向了与原路相反的方向。我走了很久，仍然是不见坤德，我就大声地呼唤他。事后我才知道，我离开后，坤德抽过烟后，就趴在驯鹿身上睡着了，否则他发现我那么久没有回来,会寻我的。不过他要是真寻上我的话,我也就不会遇见拉吉达了。

如果不是阵阵凉风把坤德吹醒了,那么他可能还会睡着。他醒来的时候,天已经有亮光了。他发现我不在,知道我出事了,又是放枪又是呼喊的,可那时的我离他越来越遥远,什么都听不见了。

当我度过一个令人胆寒的夜晚后,迎来的是个没有日出的黎明。铅灰的浓云布满天空。没有了太阳,我就更无从判断我该往什么方向走了。于是我就寻找小路,森林中那些曲曲弯弯的小路,都是我们和我们的驯鹿踏出来的。沿着这样的小路走下去,总会找到人烟。身上没有吃的,我就采了一些蘑菇充饥。迷路让我最担心的,是遭遇到野兽。除了那次林克带着我和鲁尼去打过堪达罕,我没有对付野兽的经验。走了没有多久,雨就来了。我跑到一处岩石下避雨。那片岩石是黄褐色的,上面生长着绿苔,那些绿苔形态非常漂亮,有的像云,有的像树,还有的像河流和花朵,看上去就像一幅画。

雨没有停的意思,我觉得在岩石下这么避下去,只能使自己的处境越来越糟糕,于是又开始了对那些小路的寻找。终于,我在一片灌木林中找到了一条弯曲的小路,看见它,就像看见了日出,让我欣喜若狂。然而我高兴得过了头,在一座山前,这条小路消失了。我绝望了,坐在山脚下,想哭,却哭不出来,于是我就拍着自己的腿,对着山林咒骂娜杰什卡,咒骂坤德,咒骂达玛拉和尼都萨满,我觉得是他们让我陷入绝境的。很奇怪,咒骂完他们以后,我心中的惊恐减淡不少。我站起身,打算去找河流。只要找到河流,沿着河岸走,也一样会摆脱困境。我先是找到了一条小溪,喝了一些水后,就顺着水朝前走,以为一定会找到河流,因为溪流最终要汇入那里。我充满信心地一直把天走得暗淡了，突然发现这条溪流汇入的不是河流，而是一个湖泊。被雨滴敲打的湖泊看上去就像一锅开了的水，沸腾着。我真想投进湖泊。

很多年以后，有一天喜爱看书的瓦罗加指着书页上的一个符号告诉我，说那是句号，如果书里的人说完了一句话，就要画上那样的符号的时候，我对他说，我迷山的时候，见过那样的符号，它写在森林中，是我看到的那个湖泊。不过那个像句号的湖泊给我的生活画上的并不是句号。

我怕夜晚遇见狼或熊，就在湖畔坐了一夜。想着如果它们出现了，我就跳进湖里。我宁愿湖水吞没我，也不想让野兽尝到我身上的一滴鲜血。雨停了，星星出来了，我浑身都是湿的，又冷又饿。就在那个夜晚，我遇见了两只来喝水的鹿。它们一大一小，出现在湖泊的对面。小鹿蹦蹦跳跳地走在前面，母鹿不慌不忙地跟在后面。小鹿喝水很淘气，喝着喝着就用嘴巴去拱母鹿的腿，母鹿就势去舔小鹿的脸，那一瞬间，我的心底突然涌起一股暖流，我非常渴望着有人能那么温暖地舔着我的脸。我觉得呼吸急促，脸颊发烫，眼前这个暗淡的世界突然间变得光明起来。当两只鹿一前一后离开湖泊的时候，我的心里充满了喜悦和幸福的感觉，我对自己说，我还没有尝过被喜欢的人所舔舐的滋味，我不能离开这个世界，我一定要活下去！

天亮了，太阳升起来了。我采了几只白蘑和几把红豆当早饭，爬上一座高山，想眺望一下附近有没有河流，结果令我失望。我的眼前是一座连着一座的山，它们像坟墓一样，带给我凄凉的心境。我是多想看到河水那白亮的身影啊！我走下山来的时候，腿越发没有力气了。既没有小路又没有河流，我该往哪里去呢？我求助地看着太阳，一会儿觉得该往日出方向走，一会儿又觉得该朝日落方向走。我的脑子嗡嗡叫着，就像一只撞到蜘蛛网上的蜜蜂一样，不得要领地团团转着。忽然，我听见前方传来一阵"喀嚓、喀嚓"的声响，好像有人在砍树。我以为那是幻觉，就停下脚步，仔细一听，确实是"喀嚓、喀嚓"的声响，我兴奋得简直要晕了，直奔响声而去。

前方果然有一块空场，那上面堆着一些碗口粗的松树。我冲向空场，只见前方有一个黑影，正在拔一棵树，它那毛茸茸的身躯使我发出惊恐的叫声，哪里是什么人啊，那是一头黑熊！听到响声，它转过身来，把两只前掌抬着，直立着朝我走来，就像一个人。黑熊走路的样子使我相信父亲曾对我讲过的话，他说熊的前世是人，只因犯了罪，上天才让它变成兽，用四条腿走路。不过有的时候，它仍能做出人的样子，直着身子走路。我看着它一步步地朝我逼近，它像个悠闲地逛着风景的人一样，好不得意地摇晃着脑袋。我突然想起了依芙琳的话，她对我说，熊是不伤害在它面前露出乳房的女人的。我赶紧甩掉上衣，我觉得自己就是一棵树，那两只裸露的乳房就是经过雨水滋润后生出的一对新鲜的猴头蘑，如果熊真想吃这样的蘑菇，我只能奉献给它。所以这世上第一个看到我乳房的，并不是拉吉达，而是黑熊。

黑熊在我露出乳房的一刻，停顿了一下，怔了怔，似在回忆什么。很快，它放下前掌，在地上走了几步，转过身，接着拔树去了。

我知道黑熊放过了我，或者说是放过了我的乳房。我想尽快逃跑，可却一步也走不动，我就那么呆呆地看着它把树一棵棵地拔起。当它拔第三棵树的时候，我才觉得腿脚有了力气。我离开那片空场。开始时走得很慢，后来恐惧感再次袭来，我怕它再跟上来，就跑了起来。跑了一刻，我想起父亲说过，跟熊周旋的时候，千万不能顶风跑，不然风会把熊眼皮上的毛吹开，使它能更清楚地看到人。我停下来，判断了一下风的走向，然后顺着风又跑起来。我跑不动的时候,太阳已经在中天了。我跌坐在一片灌木林中,这才发现自己仍然裸露着乳房,我忘了把脱掉的衣服拿在手上。不过即使有衣服我也不敢穿了,我怎么能知道我不会再遇见熊?

后来拉吉达告诉我,黑熊有"打场"的习惯,它们喜欢清理出一块地方来戏耍。而我觉得它们之所以喜欢打场,是因为那一身的力气没处使。

黑熊的出现,使我确定了前行的方向,那就是一直顺着风走下去,这样起码可以使我不会那么轻易地成为黑熊口中的食物。那时节的风还是西南风,所以我是朝着东北方向走的。一直走到太阳快落山的时候,又累又饿的我终于发现了一条小路,沿着它走了没多远,一座"靠老宝"出现在我眼前。

几乎每个乌力楞在山中都建有"靠老宝",少则两三个,多则四五个。盖"靠老宝"要在林子中选择四棵粗细相等、间距适中的松树,把树身的枝丫打掉,再截断树冠,以这四根自然竖立着的树干为柱子,然后在这四柱上搭上用松木杆铺成的底座和长方形的四框,框子上面苫上桦树皮,在底部留一个开口,作为送取东西的进出口。搬迁的时候,我们会把平时闲置和富余的东西放在里面,比如衣物、皮张、食品等,以备需要的时候来取。"靠老宝"高高在上,所以野兽是不能把它毁坏的。有了"靠老宝",还一定要做一个梯子,因为那仓库足足有两人高,不靠梯子是无法攀爬上去的。梯子一般放在"靠老宝"下面的树林中,平放着,需要时才竖起来。早期的时候,我们的"靠老宝"还常遭到黄鼠狼和山猫的偷袭,它们顺着四柱爬到"靠老宝"里面,偷取食物。为了防备它们,以后再建"靠老宝"时,我们就把四柱的外皮剥掉,树一变得光滑起来,它们就不容易爬上去了。再后来,我们还用薄铁皮包裹上四柱,铰出一些锯齿,这样再灵敏的动物也不敢以损伤爪子为代价而去攀爬了。除了黑熊有能力搬起梯子爬上"靠老宝"，其他动物只能眼巴巴地看着这座肥美的空中仓库，空舔着舌头。

我在离"靠老宝"很近的一棵枫桦树下找到了梯子，将它立起来，爬到上面。从我记事的时候起，大人们爱跟我们说这样两句话，一句是"你出门是不会带着自己的家的，外来的人也不会背着自己的锅走的"，另一句是"有烟火的屋子才有人进来，有枝的树才有鸟落"，所以我们的"靠老宝"从不上锁，即使你路过的不是本氏族的"靠老宝"，如果确实急需东西，也完全可以自取。取过后，将来把东西再还回来就是。就是不还的话，也没有人抱怨过路人取了里面的东西。

那个"靠老宝"里面的东西并不很多，只有一些闲置的炊具和卧具，没有贵重的皮张，但有我迫切需要的一桦皮篓狍肉干，还有两罐雪白的熊油。想着熊刚刚放过了我，满怀敬畏的我就没有吃熊油。我嚼起了狍肉干，也许是雨水的影响，肉干不那么脆了，咬起来很费力。开始时我吃得很慢，吃着吃着，饿的感觉却越来越强烈了，我大口大口地吞咽着。我知道自己得救了。我不仅有了食物，而且还有了一个可以暂时休息和躲避风雨的地方。我弯着腰坐在里面嚼着肉干，觉得自己是天下最幸运的女人。我打算吃完后先睡上一觉，然后再寻找回营地的路。以我的判断，"靠老宝"的附近一定会有人的。

太阳已经落了一半了，从"靠老宝"里面的松木缝隙中，仍然可以感受到它那暖融融的余晖。肚子里有了食物，就更加觉得困倦了。正当我斜着身子躺倒，屈起腿，打算睡上一会儿的时候，突然听见下面传来一阵"嚓嚓"的脚步声，脚步声很快到了身下，只听"扑通——"一声，梯子倒在地上，是谁把梯子撤了。我以为聪明的黑熊一路跟了过来，想把我永远困在"靠老宝"里呢。

我探出头来一看，哪里是熊啊，原来是一个活生生的男人，他正端着枪虎视眈眈地望着我！

他就是拉吉达。那个"靠老宝"是他们乌力楞的，他那天从这儿路过，看见梯子竖着，听着"靠老宝"里有响声，以为是黑熊在糟蹋东西，正准备撤了梯子绝了它的后路，一枪把它打死的时候，谁料我探出了头，而且我的乳房也跟着探了出来。拉吉达说他第一眼看见我的时候，吓了一跳。我头发散乱，脸颊和上身不仅被树枝刮伤，还有被蚊虫叮咬而起的疙瘩，不过我的眼睛却打动了他，他说那眼睛又清澈又湿润，他看一眼就心动了。

拉吉达看出我是因为迷山才落得那副样子，他什么也没有问，把梯子又竖了起来，让我顺着它走下来。一落地，我就软绵绵地扑入了他的怀抱。那时我早已忘却了自己是光着身子的。拉吉达说我那双柔软的、温热的乳房一埋入他的怀抱，他就觉得浑身燥热。他想这个女人的乳房既然进了我怀里，就不能让它们再入别的男人怀抱了。他萌生了娶我的念头，就是在那个时刻。那是落日时刻，也是一天中最美的时刻。

鲁尼和哈谢一直追到额尔古纳河，也没有把娜杰什卡、吉兰特和娜拉追回来。他们消失得无影无踪。不知他们是找到了桦皮船，顺利地渡过河去了左岸，还是游水过去时被河水给卷走了？他们离开我们后，我们再到额尔古纳河的时候，大家都沉默着，就像在内心哀悼着失去的亲人。

鲁尼和哈谢在返回途中遇见了寻找我的坤德和依芙琳。他们以为我走失了三天，一定是死了。谁也没有想到，在第四天的时候，我不仅平安回来，而且还带回了一个男人。

拉吉达所在的乌力楞是他们那个氏族最大的，有三十多人，仅他家就有十六口人。他有父亲，三个哥哥，两个妹妹，一个弟弟。

这些哥哥娶了女人,生下了自己的孩子,又为他们的家族增添了人口。我们成亲的那一年,他最小的弟弟拉吉米只有三岁。拉吉达告诉我,他母亲是个热爱生育的女人,她在六十岁的时候难产生下拉吉米后就死了。她是在看了一眼哇哇哭着的拉吉米后,笑着走的。我遇见拉吉达的时候,他刚好为母亲守满三年的孝,不然我们的婚期还要耽搁一段时日。

我对拉吉达说,我不能离开我们乌力楞,母亲有些疯癫了,她身边需要人照顾。拉吉达说,那我就去你们那儿,反正我有那么多兄弟留在了父亲身边。

拉吉达的父亲是个善良的老人,他不仅同意儿子来我们乌力楞"入赘",而且我们成亲的那天,他还亲自带着一行人,把拉吉达送来。在送拉吉达的同时,他还带来二十头驯鹿作为我们结婚的礼物。

我的嫁衣是依芙琳为我赶做的。伊万把娜拉染的那块粉色的布送给了我,我让依芙琳用它镶了嫁衣。那件蓝色大襟长袍的圆领、马蹄袖口和腰身,缋的都是那块粉布。我穿着它做了两次新娘。如今这衣服还在我身边,不过我已穿不得了。我老了,干枯了,那件衣服对我来说太宽大了。那衣服的颜色也旧了,尤其是粉色,它比蓝色还不禁老,乌涂涂的,根本看不出它原来的鲜润和明媚的气象了。

我的婚礼是简朴的,不过是两个乌力楞的人聚集在一起,围着篝火吃了一顿饭。那个聚会没有喜庆的气氛,伊万喝醉了,把酒肉呕吐在篝火上。依芙琳直蹙眉,我知道,她觉得这是不吉祥的征兆。达玛拉和尼都萨满表情冷淡,他们甚至都没有对我说一句祝福的话,可我却觉得无比幸福。当那个晚上我和拉吉达紧紧拥抱在一起,在新搭建的一座希楞柱里制造出属于我们自己的强劲风声的时候,我觉得自己是天底下最幸福的女人。我记得那是个月圆之夜,从希楞柱的尖顶可以看见一轮银白的月亮。我把头埋进拉吉达的怀里,告诉他我从来没有觉得这么温暖过。拉吉达对我说,他会让这种温暖永远伴随我。他亲吻着我的一双乳房,称它们一个是他的太阳,一个是他的月亮,它们会给他带来永远的光明。拉吉达那天晚上说了好几个"永远",这很像誓言,而誓言很少有永远的。

拉吉达喜欢打猎,而我为了能更多地和他在一起,常跟他出去打猎。一般来说,猎人是忌讳有女人跟着的,尤其是女人身上有月事的时候,认为那会带来厄运。但拉吉达不忌讳,只要是在营地附近狩猎,他肯定会脱离大家,把我带上。我跟他蹲碱场打过野鹿,在灌木丛的洞穴中捕捉过水狗,在松树林中射中过山猫。不过要是遇见"蹲仓"的黑熊,我一定会劝拉吉达放过它。

很多人都说林中最狡猾的动物是狐狸,而我觉得最狡猾的是山猫,也就是猞猁。猞猁的外形很像猫,但比猫要大多了。它通身黄褐色,附着灰色的斑点。它有着短短的身子,短短的尾巴,细长的四肢,耳端耸着两撮长毛。山猫爬树是最厉害的,转眼间就能爬到一棵大树的树梢。它喜欢捕食野兔、灰鼠、山鸡和狍子。它对这些动物发起攻击,通常以树为据点。它猫在树上,看到它们从树下经过,就俯冲下来,咬断它们的喉管,先吮吸血,然后再用爪子扒开皮,慢慢享用肉。我觉得它吮血的举动是残忍的,所以很讨厌它。它不仅残忍,而且狡猾,当它突然遇见黑熊或者野猪的威胁时,它会飞快地爬到树上,当黑熊和野猪尾随到树底下的时候,它会猛然间撒下一泡尿来,淋在野兽身上,使它们沾染了臊气后,再无与它周旋的兴致,败兴溜掉。所以在我眼里,山猫像猎人一样拥有子弹,它的子弹就是自己的尿水。山猫在冬天时喜欢埋藏吃不完的猎物，以备没有捕食到猎物的时候充饥，是个会留后手的家伙。

拉吉达打山猫，很少动用枪支和子弹，他用的是原始的弓箭。往往在山猫爬树的瞬间，埋伏在林中的拉吉达就会把箭射出，那箭基本都能直接扎在山猫的咽喉上，使它一个跟斗栽下来。有一次，我们发现一只山猫上树追逐一只山鸡，拉吉达眼疾手快地拉弓射箭，真的是一箭双雕啊，山猫和山鸡同时被击中了！

我能够怀孕，生下第一个孩子维克特，我想与水狗有关。从那以后，我就不打水狗了。

水狗就是水獭，它很喜欢吃水中的鱼，所以它的洞穴与水源是相通的。只要在靠近河流的地方发现了洞穴，而这洞穴旁又有散落的鱼骨的话，十有八九会找到水狗。水狗很悠闲，它白天时喜欢在河里游水吃小鱼，晚上回到洞穴休息。通常是我寻找到水狗所在的洞穴后，由拉吉达捕杀它们。那是我和拉吉达在一起后的第三年春天，我们发现了四只还没睁开眼睛的水狗幼崽。拉吉达说，水狗崽睁眼睛很慢，大约出生后一个月才睁开眼睛呢。我们知道它们的妈妈就在附近，所以没动小水狗。傍晚时，大水狗从河水中游回洞穴，当它露出光亮的头，拉吉达要对它下手的时候，被我制止了。我想那四只小水狗还没有见过妈妈，如果它们睁开眼睛，看到的仅仅是山峦、河流和追逐着它们的猎人，一定会伤心的。

我们放过了它们。之后不久，三年中一直没有怀孕的我，肚腹中有了新生命的气象，这使依芙琳看待我和拉吉达的目光发生了改变。在最初的那两年中，她看到我的肚子一直瘪着，总是冷言冷语地挖苦我们，说什么拉吉达的外表像只虎，骨子里却软得像老鼠，不然跟他在一起的女人为什么会不怀孕？她还埋怨我，不该跟着拉吉达打猎，打猎的女人怎么会有孩子呢？有一天晚上她睡不着觉，在营地溜达着，忽然听见了我们的希楞柱里传来的我的呻吟

86

和拉吉达的吼声。第二天她就撇着嘴、歪着鼻子对我说，你们做那种事用了那么大的力气，怎么还弄不出孩子来？把我说得两颊的肉就像火塘中的火炭，滚烫滚烫的。

我怀孕之后，就不跟着拉吉达出猎了。

拉吉达在相貌和性情上都很像父亲。他虽然很瘦，但肩宽臂长，骨骼强健。他的眉毛不像别的男人那么疏淡，很浓，这使他的眼睛仿佛笼罩了一片郁郁葱葱的树林，看上去分外的宁静。他跟林克一样爱开玩笑，夏天时捉过花瓢虫塞进我的裤腰里，冬天下雪时悄悄往手里攥上一把雪，塞到我的脖子里，把我冰得跳起来。我"哎哟"叫着，他就发出哈哈的笑声。瓢虫我是能忍受的，雪就不一样了，所以一到下雪的时候，看见他攥着拳头从希楞柱外进来，我就咯咯笑着躲闪，拉吉达会说，你说一句好听的话，我就饶过你。我怕冷，就说一大堆温柔的话来求饶，让那些肉麻的话融化了拉吉达手中的雪。

母亲送我的新婚礼物，是一团火，也就是我眼前守着的火。这团火是她和父亲结合时，母亲的父亲——我的那吉勒耶业送给她的。她从未让它熄灭过，即使她疯癫以后，搬迁的时候，总不会忘了带着火种。当她看到我穿上依芙琳缝制的嫁衣后，明白我是要做新娘了，就用手抚摩着我的脸颊，叹息着说，你要有自己的男人了，额尼送你一团火吧。

母亲从那吉勒耶业送给她的火上取了一团火给我，那个瞬间我抱着她哭了。我突然觉得她是那么的可怜，那么的孤单！我们抵制她和尼都萨满的情感，也许是罪过的。因为虽然我们维护的是氏族的规矩，可我们实际做的，不正是熄灭她心中火焰的勾当吗？！我们让她的心彻底凉了，所以即使她还守着火，过的却是冰冷的日子。

看着眼前这团比我还要苍老的火,就仿佛看见了母亲的身影。

也许是因为拉吉达太像父亲了,母亲很喜欢看拉吉达,看着他吃东西,看着他喝茶,看着他擦枪,看着他跟我开玩笑。她总是那么痴痴地看着,很知足的样子。可当我的肚子大了起来以后,她就不喜欢看拉吉达了,对他还表现出某种嫌恶。依芙琳说,达玛拉是把拉吉达当作了林克的幻影,当她发现拉吉达使我怀孕后,她感觉是林克对她不忠了,所以才仇恨拉吉达。

我知道父亲与尼都萨满之间的恩怨,是在临产的时候。拉吉达帮我搭了一个产房,我们叫它"亚塔珠",男人是绝对不能进亚塔珠的。女人呢,也很忌讳帮别人助产,据说那样会使自己的丈夫早死。当阵痛把我搅得发出野兽一样的号叫的时候,依芙琳来了。依芙琳为了安抚我,给我讲了两个神话故事。她以为那美妙的故事会减轻我的痛苦,谁料它起的是相反的作用。我大叫着,说那都是骗人的鬼话!我完全被疼痛折磨得丧失了理智。依芙琳见状,就没有好气地对我说,那我就给你讲一个真实的故事吧,这可不是骗人的故事,你听了这个故事,可不要再叫了!

依芙琳一开始讲述,我就停止了号叫,因为那是两个男人和一个女人的故事,而且故事的主角是林克、达玛拉和尼都萨满,我完全被它吸引住了。

那还是一个疼痛的故事,它使我忘却了自己的疼痛。当我听完它的时候,维克特平安降生了,他的哭声为这个故事画上了一个句号。

我的祖父在世的时候,有一年夏天,他带着氏族的人搬迁,走到约谷斯根河畔的时候,与另一个氏族的人相遇了,他们也在搬迁。于是两个不同氏族的人停了下来,开始了三天三夜的聚会和狂欢。大家打来野兽,围着篝火喝酒吃肉,唱歌跳舞。林克和尼都萨满就是在那里与达玛拉相识的。依芙琳说,达玛拉是那个氏族中最爱跳舞的姑娘,她穿着一条灰布长裙,能从黄昏跳到深夜,从深夜又跳到黎明。她那欢蹦乱跳的样子格外讨人喜欢,林克和尼都萨满都喜欢上了她。他们几乎是同时跟我的祖父说,他们喜欢那个叫达玛拉的姑娘,要娶她为妻。祖父为难了,他没有想到自己的两个儿子爱上的是同一个姑娘。祖父把这事悄悄说与达玛拉的父亲,想让他问问自己的女儿,她相中了哪一个。如果她一个也没看上的话,事情就好办了。谁知这个爱跳舞的姑娘跟她的父亲说,这两个小伙子都不错,胖的看上去温和、忠厚;瘦的看上去精明、开朗,她跟哪一个都行。这让达玛拉的父亲和我的祖父都犯了难。她自己却不犯难,她把林克和尼都萨满的魂儿都勾出来了,而她自己却稳着神儿,依然跳她的舞,每跳完一曲还要甜甜地冲别人笑一笑。

祖父最后想出了一个主意。他把林克和尼都萨满都叫来,先对他们说,你们都是我可爱的儿子,既然你们看上的姑娘是同一个,这个姑娘又说你们谁都可以做她的新郎,那么你们当中必须有一个人要做出让步。他先问尼都萨满,你愿意让达玛拉跟林克在一起吗?尼都萨满摇了摇头,说,除非是雷电化作绳索,把达玛拉捆到林克面前,否则我不会答应的。祖父又问林克,你愿意达玛拉被你哥哥娶走吗?林克说,除非这世界洪水滔滔,洪流卷走了我,而把达玛拉和哥哥冲到一个岛上,否则我不会答应的。祖父就说,那好吧,我求了天了,天让你们用自己的箭来说话。

那时正值雨季,森林中有一种生长在树上的白色蘑菇,会在这时节出现,我们叫它"猴头"。它有拳头那么大,毛茸茸的。如果把猴头蘑和山鸡炖在一起,再嘴刁的人也会赞叹它的鲜美。猴头蘑生长在柞树上,它是一种有趣的蘑菇,一般是孪生的,如果你在一棵树上发现了它，那么在这棵树附近，往往有另外一个与它相对着。

　　祖父就在约谷斯根河畔的森林中找到了两个相对着的猴头蘑，让林克和尼都萨满比试箭术。也就是说，谁射中了猴头蘑，谁就娶达玛拉。如果双方都射中，再找下一对猴头蘑做靶子，总之是要决出胜负。依芙琳说，那两棵生长着猴头蘑的柞树在一条线上，相距一个希楞柱那么长的距离，看上去像是一对兄弟。林克和尼都萨满带着弓箭来到那两棵树前的时候，两个乌力楞的人都跑来看。不过达玛拉没来，她穿着裙子，一个人在河畔跳舞。他们年轻的时候，都是射箭的好手。那两只猴头蘑被阳光照得莹白明亮、晶莹剔透的，就像树上长出的耳朵。当林克和尼都萨满在祖父的一声喝令下，同时将箭射出的时候，依芙琳说她捂上了眼睛。只听得两声"唰唰"的声响，像两股风吹过，那是两支离弦之箭发出的行走的声音，不过那声音瞬间就发生了变化，"唰唰"声分裂出了"嚓——"和"笃——"的两种声响后，消失了。周围寂静极了。依芙琳说她睁开眼睛的时候，发现林克面对的猴头蘑上穿着箭，而尼都萨满则把箭射偏了，它扎在树身上，那上面的猴头蘑完好无损。就这样，在众目睽睽之下，林克赢得了达玛拉。从那以后，尼都萨满无论是射箭还是打枪，很少有准的时候，其实在此之前，他是个出色的射手。

　　依芙琳说，她一直怀疑尼都萨满是故意让着林克的。因为尼都萨满看着他那支失败的箭时，目光是那么的镇定。但我不这么想，既然他跟祖父表示了他不能放弃达玛拉，并且同意与林克用箭一决胜负，他一定会竭尽全力的。如果他改变了主意，一定是在最后的时刻，也许他不忍心看到林克失望的目光吧。

　　当大家把林克赢得了达玛拉的消息报告给她本人时，达玛拉正坐在河岸上,用掌心兜着两只黑蚂蚁,看它们角斗。她知道自己即将成为林克的新娘时,站了起来,扔掉蚂蚁,拍了拍裙子,笑了。她的笑容使大家相信她在心底是想嫁给林克的。

第二年给驯鹿锯茸的季节,林克把达玛拉娶到了我们乌力楞。达玛拉带来了一团火和十五只驯鹿。他们成亲的时刻,尼都萨满用刀子划破了手指,人们眼见鲜血一滴滴地流下来,依芙琳要给他取鹿食草止血的时候,被尼都萨满制止了。只见他竖起滴血的手指,放在嘴前吹了吹,那血竟奇迹般地止住了。

很久以前,有个猎人在森林中遇见一只鹿,他射了两箭,都没有击中要害。那鹿流着血,边走边逃。猎人就循着血迹追踪它。想着它已受重伤,血流尽了,自然也就走不动了。然而追着追着,猎人发现血迹消失了,鹿顺利地逃脱了。原来这是只神鹿,它边逃边用身下的草为自己治疗伤口。猎人采到了那种能止血的草,它就是鹿食草。依芙琳说,当大家看到尼都萨满不用鹿食草,而是用自己的气息止住血的时候,比看到血本身还惊恐。

依芙琳说,从那以后,尼都萨满的行为越来越异于常人。他几天几夜不吃不喝,却仍能精力充沛地走上一天的路。他光着脚踏过荆棘丛的时候,脚却没有一点儿划伤,连个刺都不会扎上。有一天,他在河岸被一块石头绊了脚,气得冲它踢了一脚,谁知这块巨石竟然像鸟一样飞了起来,一路奔向河水,"咚——"的一声沉入水底。大家从这超乎寻常的力量上,知道他要做萨满了。

那时我们氏族的萨满去世已经三年了,新萨满还没有诞生。一般来说,新萨满会在旧萨满去世的第三年产生。他一定是本氏族的人,但他产生在哪一个乌力楞,却是不确定的。没想到,我的额格都阿玛成了一名萨满。依芙琳说当人们把置办好的神衣、神帽、神鼓、神裙等跳神用的法具捧给额格都阿玛的时候,他足足哭了一天一夜，哭得营地周围的鸟儿都飞走了。后来另一个氏族的萨满来我们乌力楞，为尼都萨满主持任萨满的仪式，他们跳了三天的神。我的祖父就在他们跳神的时刻死去了。

维克特降生了，尼都萨满的新形象也在我心中诞生了。我开始同情他和达玛拉。我想命运已经把他自己射偏的那支箭又还给了他，他完全有权利让它成为幸福之箭。我不再反感达玛拉展开那条羽毛裙子，不再反感尼都萨满在搬迁途中跟在母亲身后。但他得到的，也永远是她的背影。如果说闪电化成了利箭，带走了林克，那么尼都萨满得到的那支箭，因为附着氏族那陈旧的规矩，已经锈迹斑斑。面对这样的一支箭，达玛拉和尼都萨满的枯萎和疯癫就是自然的了。

维克特三岁的时候，我的弟弟鲁尼娶了妮浩，那年大概是"康德"五年吧。在欢庆婚礼的篝火的灰烬旁，在黎明时分，达玛拉永远地走了。她是穿着尼都萨满为她缝制的那条羽毛裙子，跳着舞走的。

鲁尼认识妮浩，与伊万有关。

娜杰什卡的离开，使伊万变成了沉默的人。只几年的光景，他就歇顶了。依芙琳张罗着要给伊万再找一个女人，有一次她托了一个媒人，被伊万知道了，他对依芙琳大发了一场脾气。他说他的生命中只有一个女人，那就是娜杰什卡；他的生命中也只有一双儿女，就是吉兰特和娜拉，谁也不可能改变。依芙琳总是把别人气哭，但那次伊万把她气哭了。

伊万是我们乌力楞的铁匠。春天的时候，他常在营地生起一堆火来，为大家打制工具。打铁通常要用四五天的时间，这时打铁的火是绝对不能熄灭的。他打铁的时候，吉兰特、娜拉、鲁尼和我喜欢跑去看。有一回淘气的鲁尼往打铁用的狍皮风箱上撒了泡尿，伊万很忌讳，说这样打出的铁具肯定被上了咒语，不会好的。

结果打出的工具果然都有缺欠：砍树刀的柄被锤子敲断了，鱼叉的尖顶是钝的，扎枪的枪头就像白鹤的头一样弯曲着。从那以后，再打铁的时候，伊万见我们来了，就让我们站在远处看，绝对不许靠前，更不许碰锤子、风箱、钳子、垫铁、炉子这些打铁的器具。打铁的时候不仅我们是不能靠前的，女人更不能靠前。好像女人是水，一靠前，就会熄灭炉中的火焰似的。

别的乌力楞的人知道伊万打铁的手艺好，春天的时候，他们往往顺着树号寻找到我们的营地，求伊万打铁。他们给伊万带来酒或肉做报酬。伊万也从不会让他们失望，他那双能把石头攥碎的手，好像就是为打铁而生的。所以来人总是能心满意足地带着他们的工具离开我们的营地。

娜杰什卡走后，伊万把打铁的时间改在秋天了。林间飞舞的落叶像一群黄蝴蝶，落在狍皮风箱上，也落在伊万的身上。他打铁仍然是那么的铿锵有力，每一件经过锤炼的器具也仍是那么的精致，所以求他打铁的人仍是很多。就在这年的秋天，一个叫阿来克的猎人骑着驯鹿，带着他的女儿来到我们营地，求伊万为他打两个砍树刀。阿来克的女儿也就十三四岁的样子，她虽然沿袭着我们这个民族的女人生就的扁平脸，但下巴稍稍尖出一点儿，使她显得很俏皮。她的高颧骨被两绺刘海遮盖着，细长的眼睛又黑又亮的。她梳着一条辫子，辫子上插着几朵紫色的野菊花，笑起来甜甜的。她就是妮浩。依芙琳只看了她一眼，就喜欢上了这个小姑娘，说是有朝一日，一定要把她娶到我们乌力楞来，做她的儿子金得的媳妇。鲁尼那时已到了成家的年龄了，他跟依芙琳一样，也是一眼相中了妮浩。他本想让依芙琳为他做媒人的，可一听说依芙琳要让妮浩嫁给金得，他就主动出击，在妮浩即将离开的时候，他当着全乌力楞的人向妮浩求婚。他对妮浩说，我喜欢你的笑容，我会把你装在心里,当我的心一样保护着,你嫁给我吧!

阿来克没有想到他找伊万打砍树刀,竟打出了女婿。他认识林克,他从鲁尼身上看到了林克的英俊和勇敢,当然愿意妮浩嫁给鲁尼。不过他说妮浩还小,再过两年才可以成亲。

依芙琳已经悄悄跟金得说了,要为他和妮浩说亲,而金得也相中了妮浩。所以鲁尼的公开求婚,让金得绝望得流下泪来。但依芙琳却很沉得住气,她附和着阿来克,说妮浩确实太小了,不能那么早成亲;就是定亲的话,也要由媒人去正式说合一下,这么好的一个姑娘,成亲的事万万不能草率了。

妮浩离开我们营地的那个晚上,依芙琳把金得捆在一棵树上,用一根树条抽打他。她嫌他是个没有骨气的人,怎么当众流下了泪水,那不等于承认败给鲁尼了吗?为女人流泪的男人,还会有什么出息?!金得也确实没出息,依芙琳打他一下,他就"哎哟哎哟"地叫喊一阵,这更激起了她的愤怒,她越发狠命地抽打他,并且咒骂金得和他父亲坤德一样,都是女人脚下的蚂蚁,只能弯着腰活着,一身的贱骨头、软骨头,活该遭女人的践踏。她一直把那根树条抽断了,这才罢休。依芙琳鞭打金得的声音传遍了营地,谁也没有上前阻拦,人们都知道依芙琳的脾气,劝阻只能使她加重对金得的惩罚。

依芙琳的行为,让鲁尼觉得追逐他的狼已到眼前,而他站在了悬崖边上,他做出了更为大胆的一个举动。他在依芙琳鞭打金得后的次日离开了营地,他说要出去打猎,三天后才会回来。

三天后鲁尼真的回来了,他带来的猎物就是妮浩。他的猎物是由阿来克护送着的,他带来了送亲的队伍,一行人喜气洋洋地来到我们乌力楞。鲁尼是怎么说服了阿来克,让他在妮浩还没有完全成人的情况下心甘情愿地把女儿嫁给他,我们并不知道。我们看到的,是被打扮得花枝招展的小妮浩,她那娇羞的笑容让人感觉出她内心的喜悦,她一定是非常喜欢跟鲁尼在一起的。

尼都萨满主持了鲁尼和妮浩的婚礼。他看了一眼坐在篝火旁却仍然打着冷战的达玛拉,意味深长地对鲁尼说,从今天起,妮浩就是你的女人了。男人的爱就是火焰,你要让你爱的姑娘永远不会感受到寒冷,让她快乐地生活在你温暖的怀抱中!他又把头转向妮浩,对她说,从今天起,鲁尼就是你的男人了。你要好好爱他,你的爱会让他永远强壮,神会赐给你们这世上最好的儿女的!

尼都萨满的话让几个女人的表情发生了变化,妮浩笑了,依芙琳撇着嘴,玛利亚赞叹地点着头,而达玛拉,她不再打寒战了,她眼睛湿湿地望着尼都萨满,脸上仿佛映照着夕阳,现出久违了的柔和的表情。

太阳下山了,人们手拉着手,围着篝火跳舞的时候,达玛拉突然带着已经老眼昏花的伊兰出现了。伊兰无精打采的,达玛拉却神采飞扬,这实在太出人意料了。

我永远忘不了母亲那天的衣着,她上穿一件米色的鹿皮短衣,下穿尼都萨满送她的羽毛裙子,脚蹬一双高勒儿狍皮靴子。她把花白的刘海和鬓发掖在长发里,向后梳,高高绾在脑后,使她的脸显得格外的素净。她一出场,大家不约而同发出惊叹声。那些不熟悉她的送亲的人惊叹她的美丽,而我们则惊叹她的气质。她以前佝偻着腰、弯曲着脖子,像个罪人似的,把脑袋深深埋进怀里。可是那个瞬间的达玛拉却高昂着头,腰板挺直,眼睛明亮,让我们以为看见了另外一个人。与其说她穿着羽毛裙子,不如说她的身下缀着一片秋天,那些颜色仿佛经过了风霜的洗礼,五彩斑斓的。

达玛拉开始跳舞了,她跳起来还是那么的轻盈。她边跳边笑着,我从未听见她那么畅快地笑过。已经老迈的伊兰趴在篝火旁,歪着脑袋,无限怜爱地看着它的主人。淘气的小维克特见伊兰那么老实,就把它当作了一个皮垫子,坐了上去。他一坐上去就对拉吉达嚷着,阿玛,阿玛,这个皮垫子是热乎的!维克特捡了一根草棍,用它拨弄伊兰的眼睛,边拨弄边说,明天你的眼睛就会亮了,我再给你肉,你就能看见了!原来,有一天维克特朝伊兰扔了一块肉,谁知它睬都不睬,低着头走掉了。我明白它是不想吃肉了,想把身体里的热量尽快耗光,可是小维克特认为伊兰的眼睛不好使了。

妮浩很喜欢达玛拉的裙子,她像只围绕着花朵的蝴蝶,在达玛拉身边转了一圈,又转了一圈,羡慕地看着那条裙子。鲁尼大约觉得母亲穿着羽毛裙子在众人面前舞蹈不太庄重,他让我想办法把她叫走。可我不忍心那么做。她看上去是那么地充满生机,我不愿意驱散那样的生机。何况除了依芙琳和金得之外,大家都为鲁尼和妮浩的事而高兴着。高兴的时候是可以放纵情怀的。

篝火渐渐淡了,跳舞的人也越来越少了,送亲的人都到伊万那里休息去了。只有达玛拉,还在篝火旁旋转着。开始时我还陪着她,后来实在是困倦得无法自持,就回希楞柱了。我走的时候,陪伴着母亲的,只有昏睡的伊兰、惨淡的篝火和天边的残月。

我有点儿不放心鲁尼,怕他太鲁莽,妮浩承受不起,会弄伤她,因为她实在是太小了。我没有回自己的希楞柱,而是到了鲁尼那里,想听听动静。结果还没到那里,就见妮浩跑了出来。她哭着,见了我就扑到我怀里,说鲁尼是个坏东西,他身上带着一支箭,要暗害她。我听得笑了起来。我一边安抚妮浩,一边责备鲁尼,对妮浩保证,如果鲁尼再敢用箭伤害她,我就惩罚他,妮浩这才回去了。她边走边嘟囔嫁男人是个受罪的事。鲁尼有些不好意思地看着我,我对他说,你着急把她抢来了,她是你的人不假,可她太小了,你先陪着她玩两年,再做新郎吧。鲁尼叹了口气,冲我点了点头。所以最初的那两年,鲁尼和妮浩虽然住在一起,但他们的关系却像兄妹一样纯洁。

我回到希楞柱里,想着母亲孤独地舞蹈着,就觉得周身寒冷。我牙齿打颤,拉吉达在黑暗中把我拉入他温暖的怀抱。可我仍然觉得冷,不管他把我抱得多么紧,身上还是打哆嗦。我睡不着,眼前老是闪现着母亲跳舞的身影。

天上出现曙光的时候,我披衣起来,走到昨夜大家欢聚着的地方。结果我看到了三种灰烬:一种是篝火的,它已寂灭;一种是猎犬的,伊兰一动不动了;另一种是人的,母亲仰面倒在地上,虽然睁着眼睛,但那眼睛已经凝固了。只有她身上的羽毛裙子和她斑白的头发,被晨风吹得微微抖动着。这三种灰烬的同时出现,令我刻骨铭心。

林克走了,母亲也走了。我的父母一个归于雷电,一个归于舞蹈。我们把母亲葬在树上,不同于父亲的是,我们为她选择的风葬的树木不是松树,而是白桦树。做母亲殓衣的,是那条羽毛裙子。尼都萨满为达玛拉主持葬礼的时候,南归的大雁从空中飞过,它们组成的形态像树杈,更像闪电。不同的是闪电是在乌云中现出白光,而大雁是在晴朗中呈现黑色的线条。尼都萨满为达玛拉唱了一支送葬的歌,这首与"血河"有关的歌,让我看出了尼都萨满对母亲的那份深深的爱。

我们祖先认为,人离开这个世界,是去了另一个世界了。那个世界比我们曾经生活过的世界要幸福。在去幸福世界的途中,要经过一条很深很深的血河,这条血河是考验死者生前行为和品德的地方。如果是一个善良的人来到这里,血河上自然就会浮现出一座桥来,让你平安渡过;如果是一个作恶多端的人来到这里,血河中就不会出现桥，而是跳出一块石头来。如果你对生前的不良行为有了悔改之意，就会从这块石头上跳过去，否则，将会被血河淹没，灵魂彻底地消亡。

尼都萨满是不是怕母亲渡不过这条血河，才这样为她歌唱？

　　　　滔滔血河啊，
　　　　请你架起桥来吧，
　　　　走到你面前的，
　　　　是一个善良的女人！
　　　　如果她脚上沾有鲜血，
　　　　那么她踏着的，
　　　　是自己的鲜血；
　　　　如果她心底存有泪水，
　　　　那么她收留的，
　　　　也是自己的泪水！
　　　　如果你们不喜欢一个女人
　　　　脚上的鲜血
　　　　和心底的泪水，
　　　　而为她竖起一块石头的话，
　　　　也请你们让她
　　　　平安地跳过去。
　　　　你们要怪罪，
　　　　就怪罪我吧！
　　　　只要让她到达幸福的彼岸，
　　　　哪怕将来让我融化在血河中，
　　　　我也不会呜咽！

尼都萨满唱歌的时候，妮浩一直打着哆嗦，好像歌中的每一个字都化成了黄蜂，一下一下地蜇着她。那时我们并不知道，她的前世与这样的神歌是有缘的，她其实像一条鱼一样，一直生活在我们看不见的河流中，尼都萨满的神歌是撒下的诱饵，把她击中了。但那时我们以为她是被死亡吓的，鲁尼很心疼她，一直拉着她的手。妮浩在离开母亲风葬之地的时候说：她的骨头有一天会从树上落下来——落到土里的骨头也会发芽的。

达玛拉去世后，尼都萨满更懒得打理日常生活了。什么时候狩猎，什么时候给驯鹿锯茸，什么时候搬迁，他都不闻不问的。他消瘦得越来越快。大家觉得他已不适合做族长了，就推举拉吉达为新族长。

拉吉达当了族长所做的第一件事，就是让乌力楞这个大家庭分化成几个小家庭，大家虽然还一起出猎，但猎物运回营地后，除了皮毛、鹿茸、熊胆等归乌力楞所有，拿它们换取我们需要的日常生活用品外，兽肉要以各家的人数为主，平均分配下去。这就意味着，不到节日的时候，人们不再聚集在一起吃饭，而是各吃各的。最拥护这个决定的，是鲁尼。我明白，他不想再听到依芙琳当着众人的面，三天两头地讥讽天真烂漫的妮浩；更不想看到金得看待妮浩的那种贪馋而仇恨的目光。依芙琳对此坚决反对，她说拉吉达这样做是没有人性的，是在搞分裂，说伊万和尼都萨满是这世界上最孤独的人了，如果他们连和大家坐在一起吃东西的机会都没有了，他们跟谁说话去？难道让尼都萨满每天只跟玛鲁神说话，让伊万每天只跟驯鹿说话？我很清楚，依芙琳这是借尼都萨满和伊万的孤独来诉说她自己的孤独，她是不喜欢和坤德、金得坐在一起吃饭。她常常流露出对他们父子的嫌恶。但我并不清楚这嫌恶的根源在哪里。我去询问玛利亚，她帮我解开了这个谜团。

　　玛利亚说，坤德原来是一个英气勃勃的人，有一年他到阿巴河边的集市上交换猎品，爱上了一个蒙古族姑娘，可他的父亲不同意，因为他的父亲和我的祖父已经为他和依芙琳定下了婚事。坤德迫不得已娶了依芙琳后，整天灰心丧气的。依芙琳最看不起精神萎靡的男人，她常常数落坤德，把他说得一无是处。坤德的父亲很反感，有一次就对依芙琳说，我要是知道你这么对待坤德，我不如让他退了婚，把蒙古族姑娘娶回来！依芙琳这才明白坤德为什么在她面前总是没精打采的。性情好强的依芙琳气坏了，一怒之下跑回我们乌力楞，发誓再不回到坤德那里，那时她已怀有身孕。坤德受父亲的指令，几次来请她回去，都被她骂了回去。依芙琳生下了金得后，想到孩子不能没有父亲，才接受了坤德，不过她提出得让他到我们乌力楞来。到了我们乌力楞的坤德从此过着低眉顺眼的日子，依芙琳稍有不快，就会拿他出气。坤德为着金得，一直忍气吞声着。但是谁也没有想到依芙琳为了惩罚坤德，从来不和他睡在一起。玛利亚说，有一次坤德和哈谢出去打猎，坤德喝多了酒，哭着告诉哈谢，说他活得根本就不像个男人，自从来到我们乌力楞，依芙琳没有接受过一次他的求欢，说是为他生下一个孽种已经足够了。玛利亚觉得依芙琳这样做太过分，就私下劝慰了她几句，谁知依芙琳大发雷霆，她说她依芙琳永远不跟不喜欢她的人睡觉，她一想到在暗夜中坤德可能会把她当作别人，就觉得恶心。玛利亚说，坤德年轻的时候就像一棵碧绿的汁液浓郁的青草，到了依芙琳手里，经过她天长日久的揉搓，已经成了一棵干枯的草了。我这才明白，依芙琳为什么常会对别人的幸福和真情流露出那样的嫉妒和鄙视。我同情坤德，但也同情依芙琳，因为他们跟尼都萨满和达玛拉一样，都是为爱而受苦的人。

　　我跟拉吉达说，既然依芙琳有难言之隐，尼都萨满和伊万又确实很孤独,那么大家还是像过去一样,坐在一起吃饭吧。拉吉达对我说,你让孤独的人和欢乐的人坐在一起,他们会觉得更加地孤独,还不如让他们单独待着,那样还有美好的回忆陪伴着他们。因为在这个世界上,再也没有女人能像娜杰什卡和达玛拉那样,牢牢地占据伊万和尼都萨满的心。至于依芙琳,既然她嫌恶坤德,而他们又必须生活在一起,消除他们之间隔阂的唯一办法,就是让他们更多地待在一块儿。拉吉达说,两个人日久天长地坐在一起,会越坐越衰老。他们互相望着衰老的脸,心也就会软了。

于是,新族长的决定就在依芙琳的咒骂和抗议声中执行了。依芙琳时常在晚饭时在营地生起一团篝火,独自坐在那里吃东西。有的时候还对惦记她手中食物的、盘旋着的乌鸦破口大骂着。谁都知道,她骂乌鸦,就是在骂拉吉达。拉吉达并不在意,他说时间久了,依芙琳觉得这样做是没趣的,也就会和坤德、金得坐在一起了。果然,雪花到来的时候,依芙琳不再在营地生篝火了,她开始学会在自己的希楞柱里围着火塘吃饭。不过她对拉吉达仍然心怀不满,老是挑剔他,不是说分配给她家的肉量少了,就是说肉里的骨头太多了。拉吉达也不分辩什么,下次分配猎物的时候,他就把依芙琳叫去,让她先挑。开始时依芙琳总是理直气壮地拿最好的部位的肉,几次之后,她发现拉吉达总是把最次的肉留给自己,就不好意思了,从此不再挑肥拣瘦的。

那年的夏天到冬天,图卢科夫一直没有来我们的营地。我们的面粉已经短缺了。拉吉达正准备和哈谢到珠尔干去交换食品的时候,营地来了一个骑着三河马的矮胖的汉人,他叫许财发,山东人,在珠尔干开了两家商铺,看上去面目和善。他与拉吉达的大哥相熟,特意进山来为他送东西。拉吉达的哥哥惦记着弟弟,就分了一些面粉、食盐和酒,让许财发送到我们乌力楞。他告诉我们,在原来的珠尔干,也就是现在的乌启罗夫,日本人成立了"满洲畜产株式会社",以后交换猎品,都要去那里。不过日本人很能克扣人,以灰鼠皮为例,一张灰鼠皮只能换一盒火柴,三张灰鼠皮换一个弹壳,六张灰鼠皮换一瓶酒,七张灰鼠皮只换一小盒茶叶。很多安达看生意没法做了,该溜的都溜了。

依芙琳说,这日本人比图卢科夫还黑心?

许财发知道图卢科夫,他说,图卢科夫已经回苏联去了,黑心人遇见黑心人,留下的只能是更黑心的人!

我惦记着罗林斯基,就跟许财发打听他。许财发说,罗林斯基是个好人啊,不过他命不好!他这些年恋上了酒,去年冬天,他从扎兰屯往乌启罗夫运一批货物,与狼遭遇,马受了惊,一路狂奔,货物没事,他倒是活活被马给拖死了。

依芙琳哼了一声,说,货物当然会没事了,货物本来就是死东西!

许财发说,他们以后也不敢贸然进山来送货了,如果被日本人知道,恐怕没什么好果子吃。他卸下货物后,只喝了几口酒,吃了两块肉,就下山了。拉吉达送了他一些灰鼠皮和狍皮。

许财发走后不久,一个下雪的日子,三个骑马的人来了。一个是日本人,叫吉田,是个上尉;一个是日本人的翻译,是个汉人,叫王录;还有一个叫路德的鄂温克猎民,是他们的向导。那是我第一次听人讲日本话,那叽里哇啦的声音听起来就像人短着舌头在说话,不仅我被逗笑了,小达西和维克特也跟着笑了。吉田见我们笑,皱起眉头,很不高兴的样子。王录是个好心人,他见吉田对我们的嘲笑表现出敌意,就编瞎话对吉田说,鄂温克猎民喜欢一个人的讲话时,就会对他发出笑声。吉田的眉头就舒展开了。吉田说,前年的时候,大部分猎民被召到山下,开了会,重新选了自己的部族长。你们是被遗落的。不过我们不会忘记你们,我们来了,你们就会过上幸福的生活。他说苏联人都是坏人,以后不许和他们打交道,日本人才是你们最可信赖的朋友。知道他听不懂我们的话,所以王录一翻译完吉田的话,依芙琳就说,狼要吃兔子的时候,总要说兔子是漂亮的!哈谢也说,是我们的朋友的话,一张灰鼠皮为什么只换一盒火柴?罗林斯基起码能给我们五盒!拉吉达说,这些日本人带来的看来只是锅,他们等着我们的肉下锅呢!鲁尼说,他们的舌头那么短,我看吃肉也不那么容易!鲁尼的话让大家笑起来。但一直垂着头的伊万却没有笑,他失神地看着自己的那双大手,就像看着两个生锈的铁具,一脸的茫然。吉田见翻译和向导跟着笑了,以为是在赞同他的话,也就跟着笑,并向大家竖起大拇指。

我们被召集到一起听吉田讲话的时候,尼都萨满没有来。当吉田问王录,这个乌力楞还有什么人没到场的时候,尼都萨满进来了。他手持神鼓,披挂着神衣,穿着神裙,没戴神帽,任那稀疏、斑白的头发披散着。他那怪异的样子把吉田吓得打了个哆嗦。他后退了一步,张口结舌地指着尼都萨满问王录,他是什么人?王录说,他是萨满,就是神!吉田问,神是做什么的?我告诉他,神能让河流干涸,也能让枯水横流;能让山林獐狍遍地,也能让野兽绝迹。但王录翻译过去的却是,神是为人治病的。吉田的眼睛亮了,他说,那他就是医生了?王录说,是。吉田就撩起裤管,指着他腿上一道刚被树枝划出的血痕问尼都萨满,你能让这伤痕立刻消失吗?王录面露惊慌之色,但尼都萨满却很平静,他让王录告诉吉田,如果他想让自己的伤口消失,那得以他骑的那匹马做牺牲品。他说这话的时候,一改平日的疯癫和消沉之气,那么的镇定自若。吉田以为尼都萨满要杀他的马,他火了,说那匹马是战马,是从上百匹马中挑选出来的，是他的好伙伴，绝不能杀的！尼都萨满说，如果你想让战马存活，就不会看到伤口结痂的情景。而且他说他尼都萨满让战马死去，不会用刀，而是用舞蹈结束它的性命。吉田笑了，他根本不相信尼都萨满有这样的神力，所以他痛快地说，如果尼都萨满果真能用舞蹈让他的伤口消失得无影无踪，他愿意献上自己的战马。但如果他失败了，尼都萨满要当众烧了自己的法器法衣，跪在他面前，求他原谅。当王录把这些话翻译完的时候，希楞柱里一派死寂。那时正是黄昏时分，太阳半落不落的，尼都萨满说，要等黑夜来临了，才能开始跳神。吉田意味深长地说，你要等来的，一定是你的黑夜。王录翻译完这句话后对尼都萨满说，要不就不跳了，就说今天体力不行，改日再跳。尼都萨满叹了口气，对王录说，我要让他知道，我是会带来一个黑夜的，但那个黑夜不是我的，而是他的！

　　黑夜降临了，尼都萨满敲起神鼓，开始跳舞了。我们蜷缩在希楞柱的四周，为他担忧着。自从驯鹿的瘟疫事件发生后，我们对他的法力都产生了怀疑。他时而仰天大笑着，时而低头沉吟。当他靠近火塘时，我看到了他腰间吊着的烟口袋，那是母亲为他缝制的。他不像平日看上去那么老迈，他的腰奇迹般地直起来了，他使神鼓发出激越的鼓点，他的双足也是那么的轻灵，我很难相信，一个人在舞蹈中会变成另外一种姿态。他看上去是那么的充满活力，就像我年幼时候看到的尼都萨满。

　　那时我正怀着安道尔，还不到临产的日子，但我心惊肉跳地看尼都萨满跳了一阵神后，开始觉得肚子一阵一阵地绞痛。我的手心和额头频频出汗，我把手伸向拉吉达，他以为那汗是被吓出来的，就在我的耳朵旁悄悄吻了一下，安抚我。就这样，我忍着剧痛，看完了尼都萨满跳神。我怎么也没有想到，与母亲在鲁尼婚礼上的舞蹈一样,那也是尼都萨满的最后一次舞蹈。舞蹈停止的时候,吉田凑近火塘,把他的腿撩起,这时我们听到了他发出的怪叫声,因为他腿上的伤痕真的不见了!那伤痕刚才还像一朵鲜艳的花,可如今它却凋零在尼都萨满制造的风中。

我们跟在尼都萨满身后,走出希楞柱,去看马。在星光映照的雪地上,在营地的松林中,我们只看到两匹伫立的马,吉田的那匹战马,已经倒在地上,没有一丝气息。这匹战马让我想起我开始有记忆的那个时刻,倒在夏日营地的那只灰色的驯鹿崽。吉田抚摩着那匹死去的、身上没有一道伤痕的战马,冲尼都萨满叽里哇啦地大叫着。王录说,吉田说的是,神人,神人,我们需要你!神人神人,你跟着我走,为日本效力吧!

尼都萨满咳嗽了几声,返身离开我们。他的腰又佝偻起来了。他边走边扔着东西,先是鼓槌,然后是神鼓,接着是神衣、神裙。神衣上缀着许多金属的图腾,所以它们落在雪地上的时候,发出"嚓嚓"的声响。除了妮浩,我们都围聚在死去的战马身边,就像守着一块从天而降的巨石,呆呆地看着尼都萨满的背影,谁也没有起身。我们看着他在前面扔东西,而妮浩慢慢地跟在他身后拾捡着。尼都萨满扔一件,她就拾起一件。当他的身体上已没有一件法器和神衣的时候,他倒在了地上。

就在那个夜晚,因为来不及搭建一座专为生产的亚塔珠,我来到尼都萨满的希楞柱里,生下了安道尔。我知道,尼都萨满走了,可我们的玛鲁神还在,神会帮我渡过早产的难关的。我没有让依芙琳留在身边,在尼都萨满住过的希楞柱里,我觉得光明和勇气就像我的双腿一样,支撑着我。当安道尔啼哭着来到这个冰雪世界时,我从希楞柱的尖顶看见了一颗很亮的发出蓝光的星星,我相信,那是尼都萨满发出的光芒。

吉田离开我们营地了。他骑着战马来,返回时却是徒步。他把另外两匹马送给我们了。他无精打采的,就像一个拥有锐利武器的人与一个赤手空拳的人格斗,却吃了败仗,满怀沮丧。

达西喜欢这两匹马,他成了它们的主人。那个冬天,他每天都要把马放在向阳的山坡上,让它们能够吃到枯草。背阴山坡的草,都被厚厚的积雪掩埋了。因为坤德以前换来的一匹瘦马没有养活,依芙琳对马是最反感的。她说既然来到我们乌力楞的第一匹马没有给我们带来幸运,这两匹日本人留下的马只会带来灾祸。

第二年的春天来得似乎格外早。安道尔还不会走路呢,我就把他吊在营地的摇车里,让维克特看着他,我和拉吉达去做碱场。

堪达罕和鹿喜欢舔舐碱土,猎人们掌握了这个习性,就在它们经常出没的地方,先把地面的土挖出一尺来深,然后再用木楔钻出一个个坑,把盐放进去,再把挖出的土培上,使土地碱化。这样鹿经过这里时,就喜欢停下来舔碱土吃。我们只需隐蔽在碱场外的树林中,就能把它们打死。所以从某种程度上说,碱场就是鹿的墓地。

我们乌力楞有一大一小两片碱场,但连续两年,在雨后的夜晚我们去蹲碱场,都毫无收获。拉吉达说我们的碱场做的位置不太理想,太靠近水源了。他说堪达罕和鹿都喜欢在向阳山坡活动,碱场应该做在那里。拉吉达偷着下了一次山,到乌启罗夫的许财发那里换来两袋盐,做了一片碱场。

我们用了两天时间,把新碱场做成了。拉吉达趴在我耳边说,这片松软的碱土就是最好的铺,我们应该在这里要一个女儿。他的话让我激动起来,我仿佛看见了像花蝴蝶一样围绕着我们的女孩,我说,这真是个好主意。春日的阳光是那么和煦,它们照耀着新碱场,那丝丝白光就像入了土的盐发出的芽,鲜润明媚。我们无所顾忌地拥抱在一起，为这春光注入一股清风。那是最缠绵的一次亲昵，也是最长久的一次亲昵，我的身下是温热的碱土，上面是我爱的男人，而我爱的男人上面，就是蓝天。在那个动人的缠绵的过程中，我一直看着天上的云。有一片白云连绵在一起，由东向西飘荡着，看上去就像一条天河。而我的身下，也流淌着一条河流，那是女人身下独有的一条暗河，它只为所爱的男人涌流。

夏日来临的时候，有一天清晨起来，我去给驯鹿挤奶，突然晕倒在地。等我醒来的时候，拉吉达笑眯眯地看着我，温存地说，那块新碱场真是不错，看来你的肚子已经守到一只小梅花鹿了。我想了起来，在怀安道尔的时候，我也曾晕倒在地，那次拉吉达被吓坏了。

就在我们给驯鹿锯茸的时候，营地来了三个人，其中的两个是我们的熟人了：向导路德，翻译王录。另一个也是日本人，不过他不是吉田，而是铃木秀男。他又矮又瘦，留着八字胡，穿着军服，背着枪，一到营地就要酒要肉，酒肉落肚后又让我们给他唱歌跳舞，很嚣张。王录说，日本人在乌启罗夫的东部成立了"关东军栖林训练营"，也就是后来人们所说的"东大营"。铃木秀男这次来，就是召集男猎民下山接受训练的。凡是十四岁以上的男人，都必须接受训练。拉吉达说，我们是山上的猎民，为什么要下山呢？王录说，反正下山也就一个来月，现在是日本人的天下，违抗他们只能是自讨苦吃，不如跟着下山去摆摆样子，喊喊号子，练练枪法，权当是去逛风景。拉吉达说，那不是让我们充军吗？我们就是充军的话，也不能做日本人的兵啊！

王录说，这哪是充军啊，就是受训，又不打仗，很快就会回来。

拉吉达叹了口气，说，真要是充军的话，我们就当海兰察那样的兵。

海兰察的故事,我还是听父亲讲的。

海兰察是鄂温克人,他幼年丧父,母亲早逝。他很小的时候就去海拉尔给一个商号放马。他没去放马前,那个商号的马常遭狼害,他去了以后,狼都不敢靠前了。据说他睡觉的时候,会发出虎一样的啸声,声音能传到几里之外。狼群自然是远远地避开他放牧着的马群了。乾隆年间,海兰察应征入伍,出征新疆,参加了平定准噶尔的叛乱,活捉了一名叛军将领,从此声名大振。乾隆帝很赏识他,又先后让海兰察率兵出征缅甸、台湾、西藏等地,他成了赫赫有名的鄂温克将领。父亲说,海兰察不仅勇猛过人,而且英俊健壮,他对我说,你将来要找男人,就找海兰察那样的!我还记得当时我就摇着头对父亲说,那可不行,他睡觉时候发出跟老虎一样的叫声,把我的耳朵震聋了可怎么办哪?我的话让父亲笑弯了腰。

依芙琳哼了一声,说,要是海兰察活到今天,日本人敢来我们这里吗?海兰察赶跑过高鼻子的英国人,他还怕矮鼻子的小日本儿?他不把他们的肠子打得流出来才怪呢!

王录吓得嘴都哆嗦了。他对依芙琳说,这个日本人现在能听懂一点儿鄂温克语,千万不能当着他瞎说,要掉脑袋的!

依芙琳说,人就一个脑袋,别人不砍的话,它自己最后也得像熟透的果子烂在地上,早掉晚掉有什么不一样?

铃木秀男感觉到谈话的气氛有点紧张,他就追问王录,这些"野人"在说什么?他不像吉田管我们叫"山民",他称我们为"野人"。王录告诉他,野人们在说,下山受训是好事情,他们很愿意跟着去呀。

铃木秀男狐疑地指着依芙琳说,那为什么这个女人看上去不高兴?

王录随机应变地说,这个女人嫌受训的都是男人,她说山上的女人跟男人一样强壮,为什么不让女人去?

铃木秀男笑了,他连连说着,这个女人好呀,这个女人好呀,她的鼻子要是不歪就更好了。

当王录把这话完整地翻译完时,大家都笑了。依芙琳也笑了。依芙琳说,你告诉他,我要是鼻子不歪,他就不会在山中看见我了,我就当皇后去了!说完,她叹了一口气,扫了一眼坤德和金得,说,我乐得他们离开,让我清静清静。他们要是在兵营里把骨头锤炼硬了,也算我依芙琳有福气!

依芙琳愿意坤德和金得离开她,玛利亚可就不一样了。她的儿子达西那时刚好到了受训的年龄,可她舍得她的男人哈谢下山,却舍不得达西。一想到达西可能要出去吃苦,玛利亚就忍不住落泪。铃木秀男指着玛利亚问王录,这个女人为什么哭了?王录说,这个女人一高兴就哭,她是想自己的儿子真有福,年龄正好是十四岁,要不就不能去受训了,不受训就成不了男子汉了!铃木秀男赞叹着,说这个乌力楞的女人都很了不起!说完,他把目光放在妮浩身上。妮浩就像一盏灯,而铃木秀男的目光像飞蛾,总是抑制不住地往她身上扑。

妮浩长大了,她已被鲁尼滋润成一个丰腴的女人。她怀孕了,和鲁尼正处在最热烈最缠绵的时候,所以她也不舍得鲁尼下山。她很聪明,当她发现铃木秀男频频看着她时,就把胳膊搭在鲁尼肩头,她是在用这亲昵的举动告诉那个日本人,她爱的是她倚靠着的这个男人!

男人们集合起来,到乌启罗夫受训去了。我们送他们离开营地的时候,见林中飞舞着许多白色的蝴蝶,虽然阳光灿烂,但感觉被白蝴蝶笼罩的他们是走在雪中。一般来说,夏季白蝴蝶多,冬季的雪就会大。我还记得拉吉达伸出手抓了一只蝴蝶,回过头对我说,送你一朵雪花吧。他笑着,撒开手,那只白蝴蝶果然翩翩朝我飞来,让送行的女人们发出快乐的笑声。

留守在营地的我们,在最初的日子里觉得无比快乐。我们给驯鹿锯完茸角后,每天聚集在一起喝茶,吃东西,做活计。但我们很快就发现,缺了男人有许多事情是难以应付的。比如每天回到营地的驯鹿,总要少上几头,如果男人在,就由他们寻找,而现在这活儿却落在我们身上了。往往是为了找两三只驯鹿,我们就要集体出动,用上半天的时间。出去的时候,又怕野兽来营地祸害小孩子,我还要背着维克特,而把安道尔放在摇车里,高高地吊在树上,听任他哇哇哭着。有一次我们回来,把安道尔放下来,发现他的脸上到处是肿包,看来黄蜂把他粉嫩的小脸当作花朵,狠狠地蜇了一顿。他早已哭哑了嗓子。还有,男人们不在,就无人出猎了,习惯了吃新鲜兽肉的依芙琳尤其不能忍受。男人们把枪都带下山了,不过就是我们手里有枪也是没用的,没人会使它。依芙琳想到了自己去打野兽,她记得我和拉吉达做了一片碱场,就从伊万那里取了一支扎枪,让身子不便的我和妮浩留在营地,她跟玛利亚去蹲碱场了。然而她们接连去了三个夜晚,归来时却是一无所获。她们早晨回到营地的时候,脸色苍白得就像没有日出的黎明。但依芙琳并不气馁,她做事是有韧性的,第四天的时候,她仍然跟玛利亚去蹲碱场。那天下了一阵小雨,而鹿最喜欢在雨后的夜晚出来,所以出发的时候,依芙琳是满怀信心的,她对我和妮浩说,准备好煮肉的锅吧,我的扎枪今天一定能派上用场。

依芙琳没有食言,次日清晨,她和玛利亚抬回来一只小鹿。扎枪正中小鹿的咽喉。依芙琳说,知道鹿喜欢顶风行动,她和玛利亚就埋伏在下风口的树丛中。后半夜,一阵"嚓啦嚓啦"的响声传来,碱场出现了一大一小两只鹿。依芙琳说她之所以选择扎小鹿,是因为它在碱场中侧身对着她,它的脖颈正好成了靶子,而母鹿是背对着她的。玛利亚说,依芙琳抛出的那支扎枪就像闪电一样,"唰——"的一声飞向小鹿,小鹿一个跟斗栽倒在碱场上。玛利亚兴高采烈诉说的时候,我却觉得一阵阵心痛。因为我在那片碱场受了孕,我不想让一只母鹿在那儿失去它的孩子。

我们搭了一个三角棚,割下鹿头,挂上去风葬;然后取出内脏,把它们捧到希楞柱里,祭玛鲁神。尼都萨满的法器和神衣被妮浩捡起来后,一直留在了她那里。拉吉达说,从妮浩的举动中,可以看出她将来可能要做萨满的,所以把尼都萨满敬奉的玛鲁神也供在了妮浩那里。我从小就想看到的玛鲁神,终于在祭奠依芙琳打回的那只小鹿的时刻见到了。

狍皮口袋里装着的是十二种神偶,我们统称为"玛鲁"。其中主神是"舍卧刻",也就是我们的祖先神。它其实就是两个雕刻而成的木头人,一男一女。它们有手有脚,有耳有眼,还穿着鹿皮做成的小衣服。由于它们的嘴涂了太多的兽血,所以它们是紫红色的。其余的神偶都与主神舍卧刻有关。舍卧刻喜欢听鼓声,就用鹿皮为它做了小鼓;舍卧刻喜欢骑乘"嘎黑"鸟,就把嘎黑鸟的皮剥下来,陪着它;舍卧刻喜欢骑驯鹿,就把驯鹿的笼头和缰绳交给它。除了这些,狍皮口袋中还有舍卧刻喜欢的灰鼠皮、水鸭皮、刻如那斯皮,以及铁皮仿制的蛇神,用白桦木做成的雀形的保护小孩的乌麦神,用落叶松的弯枝做成的保护驯鹿的阿隆神和熊神。

妮浩为我讲解神偶的时候,我的耳畔回荡着唰唰的风声。这风声是从玛鲁神的神偶身上发出来的。我问妮浩,你怎么对神偶这么了解?妮浩告诉我,她很小的时候,就看她的祖父雕刻这些神,所以她知道它们都是掌管着什么的。

我久久地看着那些用木头、树枝、兽皮组成的神偶,它们都来自于我们生活的山林。这使我相信，如果它们真的可以保佑我们的话，那么我们的幸福就在山林中，不会在别处。虽然它们不如我想象的那么美丽、神奇，但它们身上产生的那股奇妙的风，却让我的耳朵像鸟儿的翅膀一样，一扇一扇的，使我对它们满怀敬意。我至今耳聪目明，一定与听过这样的风声有关。

那天晚上，我们在营地燃起篝火，边吃肉边喝酒。依芙琳和妮浩喝多了，她们喝多了的表现截然不同，依芙琳哭，妮浩唱。妮浩的歌声是即兴的，她的歌声因为有了依芙琳的哭声做伴奏，很苍凉。依芙琳哭得很忘我，妮浩唱得也忘我，这一哭一唱，使吉田留下的那两匹马发出受惊的嘶鸣。玛利亚吓得连忙奔向马匹，生怕它们挣断绳索离开营地。达西去乌启罗夫的时候，最舍不得的就是这两匹马，他反复叮嘱玛利亚，让她看好它们，该让它们去哪里吃草，该饮哪条河沟的水，都一一做了交代。达西走后，玛利亚就像爱惜着自己的一双眼睛一样，爱惜着它们。

我这一生曾拥有了许多美好的夜晚，那个哭声和歌声相融合的夜晚就是其中的一个，我们一直等到营地的篝火暗淡了，这才回希楞柱。那个晚上的风很凉，安道尔睡了，维克特钻进我怀里，缠着我讲故事，我就把拉吉达讲给我的一个故事说给他听。

拉吉达说，他祖父年轻的时候，有一次上山围猎，由于当日无法返回营地，他们就搭建了一座希楞柱，七个男人都睡在里面，占据着不同的角落。半夜的时候，拉吉达的祖父起夜，发现希楞柱里很亮，原来那是满月的日子，一轮圆月正吊在希楞柱的上方。他看过月亮，再低头打量那些睡觉的人，突然发现大家睡得千姿百态的：有的像老虎一样卧着，有的像蛇一样盘着，还有的像蹲仓的熊一样蹲立着。拉吉达的祖父明白了，人们在月圆的日子显形了，从他们的睡姿上，可以看出他们前世是什么，有的是熊托生的，有的是虎,有的是蛇,还有的是兔子。

维克特问我,阿玛的祖父是什么托生的呢?我说,他醒着,就不知道自己睡觉时是什么样子了。维克特说,那我今晚不睡了,我要看看额尼是什么托生的。我笑了,对他说,月亮没圆,你是看不到额尼的前世的。我抱紧维克特,望着希楞柱顶上的星星,是那么地想念拉吉达。

我们以为男人们秋天就会回来了,然而他们一去两个月,没有任何音信,也没有一个人回来。我们在旧营地附近进行了三次小搬迁后,不得不为驯鹿而做出了大搬迁的决定。因为附近已经没有驯鹿可食的苔藓和蘑菇,它们越走越远,有时两天也不回一次营地,即使我们把驯鹿崽拴在营地牵制它们,也无济于事。为了找寻它们,我们吃尽了苦头。依芙琳说,我们必须离开这里了。于是大家开始整理东西,沿着贝尔茨河向西南迁移。

我们把闲置的东西放到"靠老宝"中,将生活必需品带上,领着七十多头驯鹿,两匹马,开始了两天的迁移。我走在最前面,用斧子砍着树号。依芙琳说,我们最好不要留记号,让回来的男人们不知道我们去哪里了,急死他们。我说那怎么行?他们要是找不到我们,冬天马上就来了,谁为我们打猎?我们哪里有肉吃啊?依芙琳大声说,我看你要吃的不是鹿肉熊肉,你是馋拉吉达身上的肉了吧?依芙琳的这句话让骑在驯鹿身上的妮浩笑得直摇晃,差点儿从上面摔下来;让走在最后面牵着马的玛利亚笑得一屁股跌坐在地上。我的身后是玛鲁王,其次是驮着火种的驯鹿。大批的驯鹿是跟在它们身后的。维克特也骑在驯鹿上,他见大家因为一句话笑成那样,就大声地对我说,额尼,你要是吃阿玛的肉,别吃他脚上的,臭!维克特的话让我们笑得更欢了。

走了几小时后,依芙琳接过我手中的斧子,把我扶上驯鹿,让我歇息着,由她来砍树号。她每每在树上用斧子留下记号的时候,都要"噢——"地叫一声,好像那被砍的树张开嘴说话了。没有男人的迁移本来就艰辛,再加上目的地不确定,我们行进速度很慢。所以本该是一天的路,我们拖拖拉拉走了两天。最终还是驯鹿帮助我们确定了新营地,它们在靠近河流的山脚下找到了蘑菇圈,停了下来。它们一停,我们也跟着停下来了。我们只搭建了两座希楞柱,妮浩和我们住在一起,玛利亚和依芙琳在一起。驯鹿到了新营地后不再走远,每天都能准时回来,看来搬迁是正确的。

北部森林的秋天,就像一个脸皮薄的人,只要秋风多说了它几句,它就会沉下脸,抬腿就走。才是九月底,从向阳山坡上还可以看到零星开放着的野菊花呢,忽然刮了两天的狂风,就把一个还充满生机的世界给刮没影儿了。树脱尽了叶子,光秃秃的,树下则积了层厚厚的落叶。寒风起来了,天说变就变。

雪花提前来了。一般来说,第一场雪是下不大的,通常是边下边融化。所以当我们看到雪花开始飘舞的时候,并不惊慌。然而这雪整整下了一天,傍晚的时候,我们在营地周围划拉柴火的时候,发现雪已经很厚了,空中还凝聚着厚重的云层。我为外出觅食的驯鹿担忧着,就问依芙琳,雪会不会一直下到明天?依芙琳傲慢地看了一眼天,就像打量一个灰头土脸的人一样,很肯定地说,第一场雪是下不大的,别看它们这么气势汹汹。依芙琳经历的多,所以我很相信她的话,放心地回到希楞柱里。妮浩在给她未出世的孩子缝手套,淘气的安道尔不时地伸出手抓着线,使她不能顺畅地干活。妮浩对我说,夏天时白蝴蝶多,冬天的雪果然就大啊。她的话让我想起了拉吉达离开的那个日子,我叹息了一声,妮浩也叹息了一声。我们都很牵挂自己的男人。不知道他们受训时挨没挨鞭子,吃得饱吗?睡得香吗?如今天冷了,日本人会不会给他们换上厚衣服？要是冻着了可怎么办？

那个晚上的雪很大，从火塘反射的微黄的光影中，我看到了飘向希楞柱的雪花。它们从烟道的小孔中，将那毛茸茸的头探进来。不过它们不像沙粒身体强硬，能一直坠到底，它们的身体实在是太柔软了，受不得一点儿温暖，一入希楞柱就融化了。我看了一会儿雪花，然后往火塘上压了几块湿柴，使它们不至于着得那么快，让火能稳稳地燃烧到天明，然后抱着安道尔睡了。

我们谁也没有料到，第二天起来，雪非但没有走，而是越下越大了。希楞柱外的雪厚得已经没膝了，气温降得很低很低，山林一片苍茫，河流已经结冰了。我刚走出希楞柱，就见依芙琳跌跌跄跄地朝我这儿走来。她大惊失色地说，这可怎么好，这不是要来"白灾"了吗？我们把雪灾叫作白灾。白灾不仅会给我们的狩猎带来不便，更可怕的是，它会威胁我们的驯鹿。驯鹿无法扒开厚厚的积雪去寻找苔藓，而会被活活饿死。

我们忧心忡忡地等着鹿群归来。上午过去了，营地还没有出现驯鹿的影子。雪花却依然漫天飞舞着。风也起来了，冷飕飕的风让人在外面站上一刻就直打哆嗦。依芙琳决定和玛利亚出去寻找驯鹿，让我和妮浩留在营地。两个大肚子的女人在那种时刻就是累赘。驯鹿去了哪里，依芙琳并不知道，若是在平常，我们会顺着它们的足迹去寻找，可这回大雪把它们的足迹掩埋了。

我和妮浩焦急地等待着，直到天黑了，不但驯鹿没有踪影，依芙琳和玛利亚也没了踪影。原先我们只是为驯鹿担心着，现在两种担心交织在一起，让我和妮浩坐立不安。我们一遍遍地走出希楞柱去张望她们，然而总是失望归来。我和妮浩急得要哭的时候，依芙琳和玛利亚终于回来了。她们的身上披挂着雪，头发上凝结着冰凌，看上去就像两个雪人。依芙琳说，她们一个下午走了不到两里,雪实在是太大了,根本走不动。她们看不到驯鹿的任何踪影,怕我们再出去找她们,就回来了。

那个夜晚我们是在无眠中度过的。我们跪在玛鲁神面前,祈祷驯鹿能安然渡过难关。这时候我们更加思念我们的男人,如果他们在,即便发生了白灾,也有办法应付。依芙琳安慰着我们,她说驯鹿是很聪明的,雪大的时候,它们会选择到山崖下躲避,那里不仅雪小、风小,还有可吃的苔藓,它们在那里待上三五天都是没问题的。等到雪停了,它们自然会蹚出路来,回到营地。

那场雪可以说是我这一生中所经历的最大的一场,足足下了两天两夜。第三天上,正当我们要出去寻找驯鹿的时候,男人们回来了。事后听哈谢说,日本人还想让他们再受训几天的,但拉吉达从云中看出天气要有大的变化,他不放心留在山上的女人们,就让王录跟铃木秀男说,他们得回到山上,不然发生白灾的话,驯鹿就要遭殃。铃木秀男不同意,拉吉达就找了吉田,东大营是由吉田掌管的。也许因为吉田目睹了尼都萨满能用舞蹈使他的战马死亡,让他的伤口消失,所以他对来自尼都萨满乌力楞的人一直怀着某种敬畏,他让铃木秀男把枪还给我们的男人,放他们回来。他们向回返的时候,天已开始落雪,他们还没到旧营地,就发现了我们留下的树号,知道我们已经搬迁,于是顺着树号,沿着贝尔茨河一路追寻而来。

他们已经两天没有休息,途中只打到一只野兔充饥。回到乌力楞后,拉吉达听说驯鹿已经两天没有回到营地了,只喝了几口水,就和大家分头出去寻找。他们分成三路:哈谢、达西和伊万一路,坤德带着鲁尼和金得一路,拉吉达独自一路。别人都穿着滑雪板,只有拉吉达骑着马。他说马和驯鹿在一起待了这么长时间,熟悉它们身上的气味了,能帮他找到驯鹿的。

　　我们乌力楞有十几副滑雪板，它们是用松木做的，板底贴着堪达罕皮，有九拃多长，前面弯，后面呈坡形，中间设有绑腿的皮带子。男人们在雪后出猎时，常常驾着滑雪板。一般来说，平常走三天的路，用滑雪板一天就能走下来。男人们来不及跟我们多讲几句话，就驾着滑雪板离开营地了。拉吉达是最后一个走的，我送他上马的时候，他见雪地上只有我们两个人，就指着我的肚子说，快了吧？我点了点头。拉吉达冲我挤着眼睛，笑着说，她出来我就再送进去一个，不能让它闲着！

　　第二天傍晚，拉吉达回来了。不过他再也不能跟我打招呼了，他趴在马上，一动不动了。那匹马已累得气息奄奄，一到营地就趴了下来。看来连日奔波着的拉吉达是太疲劳了，他在马上大概只想打个盹儿，没想到趴着睡着了。他是在睡梦中被活活冻死的。那匹马一定是察觉到骑在它身上的主人不再动弹，也不吆喝它，是出事了，所以才带着他返回营地。

　　我是多么后悔没有劝阻拉吉达跟别人一样驾着滑雪板去寻找驯鹿啊，那样他就不会打瞌睡，我也不会失去我和他在碱场上得到的孩子。我在看到僵硬的拉吉达的时候昏了过去，等我醒来的时候，肚子已经空了，早产的死婴已经被依芙琳装在一个白布口袋里，扔在向阳的山坡上了。她果然是个女孩。

　　依芙琳哭着，她是哭拉吉达和那个死婴；玛利亚也哭着，她除了哭拉吉达外，还哭那匹马。她看它又渴又累，就饮了一些水给它。谁知这马站起来喝完水后，竟"嗵——"的一声倒在地上，再无声息。一想到达西会因为马的死去而伤心，玛利亚就心如刀绞。

　　我也哭着，我的泪水小部分流向脸颊，大部分流向了心里。因为从眼里流出的是泪，而流向心底的则是血。拉吉达注入我身体的，正是一滴滴鲜浓而柔情的热血啊。

　　驾着滑雪板的男人们在第三天的时候纷纷回到营地。我们的驯鹿在白灾中走散,其中有三分之二走到背阴山坡下,雪本来就大,再加上西北风的作用,把一部分雪刮到那里,等于在它们周围筑起一道高高的雪墙,把它们围困在里面,使这部分驯鹿在三四天的时间里既走不出来,又寻找不到食物,大都被冻死、饿死,只有四只幸存下来。另外的三分之一由玛鲁王带领,躲避到一处面对沟谷的山崖下,那里雪小,岩石上又有可吃的食物,除了几只小驯鹿崽被冻死,其余的全都存活下来。但它们加在一起,也不过三十几头。我们的驯鹿数量锐减,等于那年瘟疫蔓延时的损失了。

　　我们把拉吉达风葬在营地附近。他走了,大家就推举伊万为新族长。

　　那个冬天对我来说就是一个漫无边际的长夜。即使在晴朗的白天,我仍然觉得眼前一片黑暗。男人们狩猎归来的脚步声一旦在营地响起,我还是像过去一样,满怀期待地跑出希楞柱,去迎候拉吉达。别的女人都迎着自己的男人回去了,只有我,孤零零地站在寒风中。那阵阵寒风让我逐渐醒悟:拉吉达真的不在了。我很想让寒风把我带到拉吉达灵魂的居所,但希楞柱里传来的维克特与安道尔玩耍时的笑声,又会让我回到火塘旁,回到孩子们身边。

　　妮浩在春天时生下一个男孩,鲁尼给他取名为果格力。我们都喜欢果格力,但依芙琳除外。她每次看到襁褓中的果格力,总是瞄着眼睛,说他额头上的红痣长得跟伊万的一样,伊万的命不好,他也不会有好命的。当然,她说这话的时候,伊万是不在场的。鲁尼并不在意依芙琳的话,他知道,金得没有得到妮浩,依芙琳一直心怀不满。果格力出生后不久,依芙琳为金得说了一门亲。那个女孩很能干,叫杰芙琳娜,性情很温和,但嘴巴有点歪,好像她终日为什么事情而气不顺。金得说他不喜欢那个女孩,而依芙琳说她喜欢。金得说，难道我有一个歪鼻子的母亲还不够，还要再娶一个歪嘴的女人回来？依芙琳气得要疯了，她大吼着：你喜欢的娶不上，不喜欢的会送上门，这就是你和你父亲的命！金得说，如果你逼我娶她，我就从山崖上跳下去！依芙琳冷冷笑着，说，你要真有这骨气，也算是我依芙琳的儿子！

雨季一来，男人们又去乌启罗夫了。他们走的时候把猎品也带去了，打算回来的时候换回我们需要的东西。

哈谢说，他们在东大营受训的时候，每天要列队跑步，练格斗和刺杀，还要学习侦察的科目。达西最机灵，他被编在侦察班。达西学会了拍照。日本人还教他们学日语。哈谢说伊万拒绝说日语，一让他说日本话，他就把舌头斜伸出来，让铃木秀男看，意思是他的舌头不管用，说不了。所以往往一到学日语的时候，伊万就要挨饿，铃木秀男惩罚伊万，说你的舌头都不能说话了，自然也不能吃东西了。

他们这次受训只有四十几天，秋天的时候就回来了。他们换回来的物品少得可怜，哈谢说，如果不是伊万有远见，偷着把二十几张灰鼠皮和六张狍皮藏在了东大营附近的一个山洞里，而没有全都拿到满洲畜产株式会社，那么他们带回来的东西会更少。受训结束后，伊万跑到那个山洞，悄悄取了东西，趁着天黑，到乌启罗夫找到许财发，换了些子弹、白酒和盐。不然，本来因为驯鹿的损失而使生活陷入困境的那一年，将会更加的艰难。

民国三十一年，也就是"康德"九年的春天，我们乌力楞出了两件大事，一个是妮浩做了萨满，还有一个是依芙琳强行为金得定下了婚期。

那年的"阿涅"节，也就是春节，刚刚过去，妮浩的行为就有些怪异。有一天傍晚下着雪，她忽然跟鲁尼说要出去看落日。鲁尼说,下雪的日子怎么会有落日呢?妮浩没说什么,她鞋也不穿,光着脚就跑出去了。鲁尼拎起妮浩的狍皮靴子去追她,说你不穿鞋子,脚会被冻坏的!妮浩只是哈哈大笑着在前面跑,头也不回。鲁尼是乌力楞中奔跑速度最快的人了,可他却怎么也撵不上妮浩,她越跑越快,很快就消失了踪影。鲁尼吓坏了,他叫来伊万和我,我们正准备分头去寻找她的时候,妮浩突然像旋风一样跑了回来。她依然光着脚在雪地上奔跑,那么地轻盈,像只灵巧的小鹿。回到希楞柱后,妮浩若无其事地抱起果格力,撩起衣服给他喂奶,好像什么都没发生过。她的那双脚,一点儿都没有冻着。我问她,妮浩,你刚才去哪里了?妮浩说,我就在这里给果格力喂奶呀。我又问她,你的脚冷不冷啊?妮浩指着火塘说,我守着火,怎么会冻脚呢?我和鲁尼互相看着,心里都明白,妮浩可能要做萨满了,因为那正好是尼都萨满去世的第三年,我们氏族该出新萨满了。之后不久,妮浩就病了,她躺在火塘旁,昼夜睁着眼睛,不吃不喝,也不说话,足足躺了七天,然后打了一个呵欠坐了起来,就像刚打完一个盹儿似的,问鲁尼,雪停了吗?七天前她躺下的那个时刻,天下着雪。鲁尼说,雪早停了。妮浩就指着果格力说,怎么我睡一觉的工夫,他就瘦成这样了?妮浩七天没有哺乳果格力,鲁尼只能给他喝驯鹿奶,他自然是要瘦的了。

　　就在妮浩坐起来的那个时刻,玛利亚慌慌张张地跑进来报信,说是玛鲁王死了。它活了有二十年了,是老死的。我们都沉浸在哀痛之中。一般来说,玛鲁王走后,它脖颈下的铜铃被取下来后,要存放在萨满那里,等选中了新的玛鲁王,再由萨满给它佩带上去。

　　我们到了鹿群中,只见玛鲁王侧身倒在地上,它身上的毛发由于经历了岁月风雨的侵蚀,看上去就像斑斑残雪。我们跪在它面前。妮浩很自然地走上前,她解下玛鲁王颈下的那对铜铃,突然把它们放入口中。鲁尼惊叫着,妮浩,你怎么吃铜铃呢?! 他的话音才落,那对铜铃已经被她干净利索地吞进口中。铜铃足有野鸭蛋那么大,就是牛的粗嗓子眼儿,也不可能那么顺利地把它们吞进去。鲁尼吓坏了。妮浩却像没事人儿似的,连个嗝儿都没打。

每年的四月底到五月,是母鹿产崽的季节。那时我们会找一处依傍着河流、石蕊比较丰厚的山沟做接羔地,把公鹿、阉鹿圈进简易鹿圈,以使接羔顺利。那时离母鹿产崽的日子还有一个月的时光呢,我们还没有选择接羔地,依然滞留在旧营地。吞下铜铃的妮浩突然对我们说,新的玛鲁王要出世了!

妮浩说得没错,有一只白花的母鹿,突然间发出叫声,跟着,一只雪白的小鹿崽诞生了! 它看上去就像落在大地的一朵祥云。我们和妮浩奔向那只鹿崽的时候,妮浩突然间停了下来,她张开嘴,伸出一双手来,轻而易举地就把铜铃从嘴里吐了出来。她一手托着一个铜铃,慢慢地走向刚诞生的玛鲁王。那铜铃看上去是那么的干净、明亮,好像刚被锻造出来,妮浩的身体里一定有一条清澈的河流,才能把铜铃上的风尘洗刷得如此彻底!

那只驯鹿崽成了我们的玛鲁王,妮浩最终把铜铃挂在了它的颈下。

我们埋葬死去的玛鲁王的时候,妮浩唱了一支歌,那是她唱神歌的开始——

> 你身上那雪一样的白色啊,
> 它融化在春天了。
> 你脚下那花朵一样的蹄印啊,
> 已经长出了青草。
> 天上出现的两朵白云啊,

是你那双依然明亮的眼睛！

妮浩唱神歌的时候,碧蓝的天空确实出现了两朵圆圆的、雪白的云。我们望着它,就像望着我们曾经熟悉的玛鲁王的那双明净的眼睛。鲁尼满怀怜爱地把妮浩抱在怀中,用手轻轻抚摩她的头发,是那么的温存和忧伤。我明白,他既希望我们的氏族有一个新萨满,又不愿看到自己所爱的人被神灵左右时所遭受的那种肉体上的痛苦。

草绿了,花开了,燕子从南方回来了,河流上又波光荡漾了。妮浩当我们氏族萨满的仪式,就在春光中举行了。

按照规矩,新萨满的请教仪式,须到老萨满所在的乌力楞去。那时妮浩又怀孕了,鲁尼怕她出去辛苦,就由伊万出面,从别的氏族请来了一位老萨满,为妮浩主持新萨满的出道仪式。她叫杰拉萨满,七十多了,腰板挺直,牙齿齐密,乌发满头。她声音洪亮,连续喝上三碗酒,眼神也不会发飘。

我们在希楞柱的北侧立下两棵火柱,左边的是白桦树,右边的是松树,它们须是大树。在这两棵大树的前面,还要立两棵小树,依然是右边为松树,左边为白桦树。然后在两棵大树间拉上一道皮绳,悬挂上供奉萨满神灵的祭品,如驯鹿的心、舌、肝、肺等,在小树上,涂抹上驯鹿的心血。除此之外,杰拉萨满还在希楞柱的东面挂上一个木制的太阳,在西面挂上的则是月亮。又用木块做了一只大雁、一只布谷鸟,分别挂上去。

跳神仪式开始了。全乌力楞的人都坐在火堆旁,看杰拉萨满教妮浩跳神。妮浩披挂着的,正是尼都萨满留下的神衣,不过它们经过了杰拉萨满的改造。因为尼都萨满一度胖过,又比妮浩高,神服对她来说过于肥大。妮浩那天仿佛是又做了一次新娘,穿上萨满服的她看上去是那么的美丽、端庄。神衣上面既有用木片连缀成的人的脊椎骨的造型，又有象征着人的肋骨的七根铁条、雷电的造型以及大大小小的铜镜。她系着那条披肩，更是绚丽，那上面挂的饰物有水鸭、鱼、天鹅和布谷鸟。她穿着的神裙，缀着无数串小铜铃，吊着十二条彩色的飘带，象征着十二个属相。她戴的神帽，像一只扣在头顶的大桦皮碗，后面垂着长方形的布帘，顶端竖着两只小型的铜制鹿角，鹿角杈上悬挂着几条红黄蓝的象征着彩虹的飘带，而神帽的前面垂着红色的丝条，刚好到妮浩的鼻梁那里，使她的目光要透过丝条的缝隙才能透射出来，为她的眼睛增添了神秘感。跳神之前，按照杰拉萨满所教的，妮浩先在全乌力楞的人面前讲了几句话，表示她成了萨满后，一定要用自己的生命和神赋予的能力保护自己的氏族，让我们的氏族人口兴旺、驯鹿成群，狩猎年年丰收。然后她左手持着神鼓，右手握着狍腿鼓槌，跟着杰拉萨满开始跳神了。杰拉萨满虽然年纪很大了，但她跳起神来是那么的有活力，她敲击着神鼓的时候，许多鸟儿从远处飞来，纷纷落到我们营地的树上。鼓声和鸟儿的啼叫交融在一起，那么的动听，那是我这一生听过的最美好的声音了。妮浩跟着杰拉萨满从正午一直跳到天黑，足足六七个小时，她们都没有停歇一刻。鲁尼心疼妮浩，他端着一碗水，想让妮浩喝上一口，可妮浩看也不看那碗一眼。妮浩的鼓打得越来越好，萨满舞也跳得越来越熟练，越来越好看。当她们停下来的时候，鲁尼碗里的水比先前多了，那是他额头上滚下的汗水注入其中了。

杰拉萨满在我们营地住了三天，跳了三天的神。她用她的鼓声和舞蹈使妮浩成为一名萨满。

杰拉萨满要走了，伊万带着两头酬谢的驯鹿去送她。就在他们要离开营地的时候，在送行者的行列中依芙琳出现了。她穿了一身的黑衣裳，看上去就像一只乌鸦。依芙琳说，她已为自己的儿子金得定下了婚期，等到金得从乌启罗夫受训回来，他就要迎娶他的新娘杰芙琳娜。她说她儿子的婚礼一定要由一位德高望重的萨满来主持，她喜欢杰拉萨满，所以提前向她发出邀请，请她答应。我还记得杰拉萨满只是抽了一下嘴角，既没点头，也没摇头，就骑上驯鹿，跟我们招了招手，唤伊万上路。他们离开营地的时候，附近的一棵松树上传来了啄木鸟清脆的啄木声，好像杰拉萨满曾在营地敲响的神鼓的余音。

　　杰拉萨满和伊万刚走，金得就和依芙琳吵了起来。金得对依芙琳说，我金得就是一辈子不娶女人，也不跟那个歪嘴姑娘住在一座希楞柱里，如果真那样的话，还不如让我住进坟墓里！说完，他目光湿湿地看了一眼妮浩，妮浩抿了一下嘴，赶紧低下头。依芙琳冷笑了一声，说，那你就住进坟墓中吧！

　　男人们去东大营的时候，依芙琳果然开始了对婚礼的筹备。她平素攒下的一块块布，全部被拿了出来。她要给金得和杰芙琳娜各缝制一套礼服。我羡慕依芙琳的手艺，所以她做活的时候我就抱着安道尔去看。依芙琳存有一件鱼皮衣，她把它展开给我看。它是浅黄色的，上面附着斑斑点点的灰色花纹，开领，直筒袖，拉带扣，非常简洁，又非常美观，是我的祖母年轻时穿过的。依芙琳说我祖母中等个儿，偏瘦，而她个子高，偏胖，所以她一直穿不上它。她说其实鱼皮衣比狍皮衣还结实，她把这衣服在我身上比量了一下，惊喜地说，我看你穿上行，紧不到哪里去，送你吧！我说，杰芙琳娜就要做金得的新娘了，她的身材穿它正好，留着给她吧。依芙琳叹了一口气，说，她跟我们又没骨血关系，这是祖上传下来的，凭什么给她！我从她的叹息声中感悟到，她骨子里对这门亲事也是不太满意的，就劝阻她，不要太拗着金得，他不喜欢杰芙琳娜，何必逼他呢？依芙琳直着眼，定定地看了我半晌，轻声说，你喜欢拉吉达，可拉吉达去哪里了呢？伊万喜欢娜杰什卡，最后娜杰什卡还不是带着孩子离开了他？林克和你额格都阿玛都喜欢达玛拉，可他们最后快成仇人了。金得喜欢妮浩，妮浩最后还不是嫁给了鲁尼？我看透了，你爱什么，最后就得丢什么；你不爱的，反而能长远地跟着你。说完，依芙琳又叹了一口气。我不忍心跟一个心底积存着深深的情感忧伤的女人再谈什么幸福对一个人的重要，哪怕那幸福是短暂的，也就随她去了。

依芙琳为金得缝制了一件藏蓝色的左右开衩的长袍，领口和袖口镶上浅绿的花边。她还用那些本已派不上大用场的碎狍皮和布头，为杰芙琳娜连缀成一件礼服。那是条上身紧、下摆宽的长裙，半月形的领子，马蹄袖，腰间镶着翠绿的横道，非常漂亮，让我想起尼都萨满为母亲缝制的那条羽毛裙子。配这件礼服的，是一双轧着花边的鹿皮靴子。此外，她还为他们做了一床狍皮被和一条野猪皮毛做成的褥子。她说不能让新娘睡熊皮褥子，那样会不生养的。

当男人们从东大营受训归来时，依芙琳已经把婚礼需要的东西置办齐全了。

那是晚夏时节，也是森林中的植物生长得最旺盛的时节。依芙琳跟金得说让他迎娶杰芙琳娜的时候，他不再反对。

达西这次回来显得神采飞扬，他带回来一件土黄色的棉大衣。他在东大营不仅学会了骑马，还跟着侦察班偷渡过额尔古纳河，到左岸去了。玛利亚听说达西去过苏联，吓得跌坐在地上，连连说着，要是回不来可怎么办啊，日本人这不是把我的独苗往悬崖下推吗？她这一番唠叨把大家都逗笑了。达西跟我们说，他是和另外两个人趁着黑夜，乘着桦皮船登上额尔古纳河左岸的。他们把船藏在岸边的树丛里,然后沿着公路去寻找铁路线,统计那一带有多少座桥梁和道路,还有兵力布防情况。达西负责拍照,其中会写字的那个人做记录,另一个人负责观察和报数,铁路线上每天往来列车的种类、次数以及列车的节数,都要一一记录下来。他们背着枪和干粮袋,干粮袋里装着足够七八天生活的肉干和饼干。达西说,有一天,他正在拍铁路线上一座圆拱形桥梁的时候,被巡逻的苏联士兵发现,大叫着追了上来,他们吓得一路狂奔,逃入林中。达西说幸亏他把照相机挎在了脖子上,否则会在惊慌中丢了。从那天起,他们发现道路和桥梁上增加了巡逻的人数和次数,他们的侦察也就越来越艰难了。达西他们在苏联境内待了七天,然后找到藏桦皮船的地方,趁着黑夜返回右岸。日本人对他们的侦察成果很满意,给每人奖励了一件棉大衣。

我们听达西讲述的时候,依芙琳突然对伊万说,要是你像达西一样学会了侦察,去了苏联,不就能把娜杰什卡找回来了吗?

伊万把那两只大手绞在一起,什么也没说,沉着脸走了。坤德叹了一口气,他大概想埋怨依芙琳几句,但终于没敢把话说出口。

哈谢说,日本人派人到苏联境内侦察这些东西,看来是要把"满洲国"的疆域延伸到那里去。依芙琳哼了一声,说,他们是做梦吧,这里都不是他们的地界,他们在这里等于是抢吃抢喝,还想到苏联那里再去捞一口?他们以为苏联那么好欺负?!我看他们是白惦记!

那时我们即将由夏营地向秋营地转移,依芙琳说一定要赶在这之前把婚礼办了。她跟坤德去了一次女方的乌力楞,定下了日子。

伊万一行带着金得把杰芙琳娜迎进我们乌力楞的时候,是个阳光灿烂的日子。金得穿着那件簇新的长袍,表情一直很冷淡。

杰芙琳娜穿着依芙琳缝制的礼服和靴子,插了满头的野花,歪着嘴乐,看上去喜气洋洋的。依芙琳本来要请杰拉萨满为金得主持婚礼的,但伊万坚持要由本氏族的萨满来主持婚礼,依芙琳只得让步。当妮浩代表全乌力楞的人对他们说出祝福的话的时候,杰芙琳娜满面笑容地看着金得,而金得却把目光放在妮浩身上。金得看妮浩的眼神是那么的柔情和凄凉,让我心里一阵难受。

婚礼仪式结束后,人们围着篝火喝酒吃烤肉,然后唱歌跳舞。金得很周到地给每一个人都敬了一碗酒,之后他挥了挥手,对欢聚着的人们说,你们好好地吃吧、喝吧、唱吧、跳吧! 我太累了,要离开你们了。大家都以为他被婚礼折腾累了,回希楞柱歇息去了。他刚走,达西也走了,谁都知道,他是去骑马了。他每天下午都要去河边骑一会儿马。

傍晚的时候,达西突然出现在篝火旁,他满面泪痕。大家正在嬉笑着看哈谢和鲁尼跳熊斗舞。他们俩喝多了,嘴里发出"吼莫、吼莫"的叫声,弯着腿,倾着身子,跳得摇摇晃晃的,十分有趣。达西的泪水让玛利亚一惊,她以为马出事了,刚要问他,只见妮浩从火堆旁站了起来,她打了一个激灵,对达西说:是金得吧? 达西点了点头。

达西骑马归来,快到营地的时候,在一棵风干的松树上看到了金得悬挂着的尸体。那棵树我见过,它虽然直立着,但已干枯,身上一片绿叶都没有,只有两扇鹿角似的斜伸出来的枝丫。当时我和依芙琳拾柴火的时候,我刚要在它身上动斧头,就被依芙琳制止了。我说这棵树已经死了,为什么不能砍? 依芙琳说既然这棵树的枝丫像鹿角,就不能轻易砍了它,没准儿哪一天它会复活。依芙琳怎么也不会想到,正是这棵树索去了金得的命。那枝丫看上去又干又脆,似乎连猫头鹰都禁不住,谁能想到它却能稳稳地把金得吊死呢？不是它是钢铁变成的，就是金得是羽毛变成的。

妮浩说，金得很善良，他虽然想吊死，但他不想害了一棵生机勃勃的树，所以才选择了一棵枯树。因为他知道，按照我们的族规，凡是吊死的人，一定要连同吊死他的那棵树一同火葬。

我还记得当我们到达出事现场的时候，那棵枯树突然发出乌鸦一样"嘎嘎"的叫声，接着，它的身子向西面倾斜，悬空的金得也跟着向西倾斜，它就仿佛是抱着金得一样，"轰——"的一声倒在林地上，断成几截。很奇怪的是，树身断了，那两扇鹿角似的枝丫却丝毫未损。依芙琳走上前，用脚狠命地踩着它，声嘶力竭地叫着：鬼呀，鬼呀！她用尽了力气，枝丫却完好无损，依然向她张开美丽的触角。依芙琳哭号着，坤德却哭不出来。坤德的脸被痛苦弄得扭曲了，他最后哆哆嗦嗦地对依芙琳说了一句话：这回他是你依芙琳的儿子了吧？

大概没有一个萨满能像妮浩那样，在一天之中既主持了婚礼，又主持了葬礼，而且是为同一个人。吊死的人通常当日就发丧，所以我们把金得活着时穿过的衣服、用过的东西都拿来，连同他和那棵树，一同火葬。当妮浩点起火来的时候，杰芙琳娜突然往火里冲去，她哭叫着：金得，别撇下我！金得，我要跟你一起走！我和玛利亚合力拉着她，可她的脚还是踏在火上了，她的力气实在是太大了。最后伊万用他那双力大无穷的手把她从火堆旁拉回来，她坐在地上，哭得那么的悲切。

火光撕裂了黑夜，也映红了杰芙琳娜的脸。我们谁也没有想到，就在这个时候，达西突然走到杰芙琳娜面前，他跪下来，对她说：金得不要你了，你就是跟着他走，他也是不要你的。你去追一个心里没有装着你的男人，是不是太蠢了？！你嫁给我吧，我娶你，我不会让你往火堆里跳的！

如果你们问我：你这一生经历过多少惊心动魄的时刻？我会告诉你，达西跪在火葬金得的现场，向刚刚成为寡妇的杰芙琳娜求婚，是我所经历的最难以忘怀的时刻。瘦弱的达西在那个时刻看上去就是一个威武的勇士。

在场的人都呆住了，不呆的只有火光。它越燃烧越旺盛，一股奇异的香气扑入鼻息，谁都知道，那是金得的肉体即将融化的气息。

玛利亚愣怔了许久后，突然醒过神来，她抱住达西，连声叫着，达西，达西，你醉了吗，你醒醒神啊！杰芙琳娜比你大这么多，又是个歪嘴，她现在已是寡妇了，你疯了吗？你可不要糊涂啊，达西，达西！

达西不说话，他推开玛利亚，依然跪在杰芙琳娜面前，温柔地看着她，好像燕子看着自己的巢穴。杰芙琳娜呢，她被这突如其来的姻缘惊呆了，她不再哭泣。她看着达西，就像一株枯萎的草在看着久违的雨水，满怀期盼和感念。就在大家都陷入沉默的时刻，妮浩唱起了神歌。为她伴奏的，是"噼啪噼啪"的火声——

> 魂灵去了远方的人啊，
> 你不要惧怕黑夜，
> 这里有一团火光，
> 为你的行程照亮。
> 魂灵去了远方的人啊，
> 你不要再惦念你的亲人，
> 那里有星星、银河、云朵和月亮，
> 为你的到来而歌唱。

火光渐渐小了，熄灭了。枯树和金得一起化为灰烬，黑夜又掉头回来了。我们返回营地。婚礼的篝火已经像花一样凋谢了,营地里弥漫着哀愁的气息。依芙琳哭泣着,玛利亚也哭泣着,我不知道该安慰她们哪一个人才好。我悄悄问走在我身边的达西:你真的要娶杰芙琳娜?达西说,我说的话,我就要去做。我又问他,你真的喜欢杰芙琳娜?达西说,金得不要她了,可她都嫁到我们这里了,是我们的人了。她成了寡妇,又是个歪嘴,我要是不娶她,她跟谁呢?我不愿意看到她的泪水,她太可怜了……达西的话让我的眼睛湿了。不过他看不见我眼里的泪花,那晚没有月亮,星星也是那么的暗淡。人置身在那样的黑夜里,也就成了黑夜。

我离着坤德的希楞柱最近,就在金得离去的那个夜晚,那座希楞柱里传出依芙琳一阵连着一阵的叫声。我以为坤德因为金得的死而怪罪依芙琳,在教训她,就披上衣服,打算劝阻一下坤德。待我走到近前,只听依芙琳在呼喊:坤德,我不要,我痛!我痛,我不要啊!坤德没有讲话,但我听见了他沉重而急促的喘息和一种鞭挞人的风声,他就好像在对依芙琳“哒哒哒”地发射着子弹。我明白坤德在用什么方式惩罚依芙琳了。我返回希楞柱,看见先前还在睡着的维克特已经醒来,他正往火塘里添木柴。他对我说,额尼,外面好像有狼在叫,我们得把火弄旺了,吓跑狼,要不狼进来把安道尔叼走可怎么办呀!

第二天早晨,伊万让大家收拾东西,准备向秋营地转移。我明白,他是要尽快离开这个令大家伤心的营地。只一夜的时间,依芙琳就瘦了一圈,她眼圈红肿,走起路来还有些跛脚。我们都用同情的目光望着她,只有玛利亚,她投向依芙琳的是仇恨的目光。我明白,她在内心深深地责备着依芙琳,如果不是她让金得强行娶他不爱的姑娘,金得就不会死。金得不死,达西就不会怜悯杰芙琳娜而动了娶她的念头。让玛利亚接受杰芙琳娜,等于让她光着脚在冰河上走过,实在太艰难了。

玛利亚对达西说,你真要娶杰芙琳娜,也得等她为金得守满三年孝。

达西说,我等。

玛利亚又说,杰芙琳娜现在还属于依芙琳家的人,这三年,她得跟依芙琳他们住在一起。

依芙琳和坤德没说什么,他们打量了一眼杰芙琳娜。

杰芙琳娜对达西说,我回我们那里去住,三年以后,你想娶我,就去找我。你要不去,我也不怪你。

达西说,我去!

我们在向秋营地转移的时候,达西骑着马,带着杰芙琳娜,送她回去。他们骑在一匹马上。虽然伊万告诉了达西我们搬迁的方向,但鲁尼还是不放心,边走边用斧头砍着树号。开始时玛利亚还无动于衷,但到了黄昏,当山谷和河流都沐浴着金色的落日霞光时,玛利亚抑制不住地哭了。那时鲁尼正在一棵大树上砍着树号,玛利亚冲上来,夺下鲁尼手中的斧子,大声地喊着:我不想让达西找到我们,让他走吧,别再让我看见他了!!她的声音回荡在山谷,传来阵阵回音。回音听上去是那么的悠扬,好像不是从玛利亚口中发出去的,想必那尖锐的声音经过了树木、云朵和微风的碰触,变得温柔了。

这年的秋天,我开始在岩石上画画了。

如果不是因为伊万打铁,如果不是因为打铁场地的泥土跟铁一样经过了冶炼,变得艳丽细腻起来,我就不会动了要把它当颜料的念头。

如果我不在岩石上画画,从小就爱跟着我的依莲娜也许就不会学画画,她青春的身影也不会那么早地随着贝尔茨河而去。

可我觉得画画是没罪的,它帮我说出了那么多心中的思念和梦想。

你们现在都知道贝尔茨河支流的阿娘尼河畔的岩石画,在河畔已经风化了的岩石上,呈现的是一片血色的岩画。我们的祖先利用那里深红的泥土,在岩石上描画了驯鹿、堪达罕、狩猎的人、猎犬和神鼓的形象。

我画岩画的时候,阿娘尼岩画还没被发现,虽然它早在我之前就存在了。

我在额尔古纳河右岸留下了许多处岩画,除了依莲娜知道几处之外,没人知道它们在什么地方,又都是些什么图形。如今依莲娜不在了,知道岩画的人也就只有我了。也许它们已经被岁月的风尘和雨水洗刷得消失了踪影,那些线条就像花瓣一样,凋零在山谷中。

我把伊万打铁后遗留下的泥土搓成条,一条条地摆在希楞柱里,待它们阴干了,用它们做画棒。我第一次画岩画,是在伊马其河畔的岩石边。那是一片青色的岩石,所以赭红的线条一落到上面,就像暗淡的天空中出现了霞光。我没有想到,我画的第一个图形,就是一个男人的身姿。他的头像林克,胳膊和腿像尼都萨满,而他那宽厚的胸脯,无疑就是拉吉达的了。这三个离开我的亲人,在那个瞬间组合在一起,向我呈现了一个完美的男人的风貌。接着,我又在这个男人周围画了八只驯鹿,正东、正西、正南、正北各一只,其次是东南、东北、西南、西北各一只,它们就像八颗星星一样,环绕着中间的那个男人。自从拉吉达离开我后,我的心底不再洋溢着那股令人滋润的柔情,很奇怪,当我在岩石上画完画后,心底又泛滥起温暖的春水了,好像那颜料已经渗入了我贫血的心脏,使它又获得了生机和力量。这样的心脏无疑就是一朵花苞,会再开出花朵来的。

那年秋天，妮浩生下了第二个孩子，是个女孩，她给她取名为交库托坎，也就是百合花的意思。

夜深时分，在营地依然能时时听到坤德鞭挞依芙琳的声音。依芙琳发出的呼喊总是那一句：坤德，我不要，我痛啊！依芙琳的背逐渐驼了下来，坤德的腰板却挺直了。有一次他喝醉了酒跟哈谢说，依芙琳还得给我生一个金得，她弄丢的孩子，她得给我找回来！

冬猎开始的时候，男人们又被召集到东大营受训去了。依芙琳咬牙切齿地说，日本人干脆留下他们，让他们充军得了！

然而坤德他们还是回来了。没有回来的是伊万。

达西对我们说，有一天列队走步的时候，坤德老是出错，让他向东转，他却朝西转，而且老是出列。铃木秀男气坏了，他让坤德站在训练场的中央，放出狼狗撕咬他。那条狼狗三下两下就扑倒了坤德，将坤德的脸和胳膊抓出一道道伤痕。先前伊万跟大家一样，只是目瞪口呆地看着这突发的情景，后来是在一旁观看这幕情景的铃木秀男发出的笑声激起了他的愤怒。伊万飞奔过去，用右手揪住狼狗的尾巴，把它当成绳索，紧紧攥在手中，然后一圈接着一圈地把狼狗悠了起来。只听狼狗嗷嗷惨叫着，它的尾巴很快就与身体脱离了。这条失去了尾巴的狼狗疯了似的朝伊万猛扑过来，伊万眼疾手快地把它按在自己的裤裆下，伸出脚狠狠地踢它，只三五脚的样子，它就不能动弹了。伊万的脚与手一样，力大无穷。铃木秀男惊呆了，他怔怔地看着伊万把一条活生生的狼狗在瞬息之间变成一只死老鼠，他的额头沁出了汗珠。当伊万提着那条狗尾巴，一步步地走向铃木秀男，把它撇到他怀里时，铃木秀男这才反应过来，他咆哮着，唤来两个士兵，把伊万架走，关进营房西侧的牢房。那个晚上,牢房里传来阵阵皮鞭声,可人们却听不到伊万的呼叫,他一定是忍受着,不发出一丝呻吟。就在那个夜晚,伊万逃跑了。牢房铁门紧锁,窗户竖着铁条,可伊万用他那双打铁的手掰断了铁条,像一只出笼的鸟一样,轻松地逃离了东大营。两个日本士兵带着狼狗去山中追捕伊万,然而连个影子都没寻到。

达西讲述伊万的遭遇时,坤德蹲在火塘旁,一直埋着头,很愧疚的样子。依芙琳先是瞟着眼睛看着坤德,然后呸了他一口,说,你连日本人的狼狗都对付不了,也就对付女人有点儿本事吧,算什么男人!

坤德依旧低着头,什么也没有辩驳。只听火塘发出扑簌扑簌的声响,看来是他的泪水滑坠到火上了。

从那以后,在夜晚的营地上,再也听不到依芙琳叫痛的声音了,想必那痛已转移到坤德身上了。依芙琳的背不那么驼了,她又高声大气地跟人说话了。而坤德的腰,却像被大雪压着的枝条似的,弯了下来。

伊万走了,我们就推举鲁尼为族长。那个冬天,我们猎到了三头熊。妮浩在为熊做风葬仪式的时候,总爱唱一首祭熊的歌。这首歌从那以后就流传在我们的氏族——

> 熊祖母啊,
> 你倒下了,
> 就美美地睡吧!
> 吃你的肉的,
> 是那些黑色的乌鸦。
> 我们把你的眼睛,
> 虔诚地放在树间,
> 就像摆放一盏神灯!

达西回到乌力楞不久，就骑着马去看望杰芙琳娜了。玛利亚终日唉声叹气的。依芙琳明明知道玛利亚忧戚的缘由，却偏偏还要刺激她。她对玛利亚说，达西娶杰芙琳娜的事情，你不用犯愁，她的礼服我来帮助准备。生性温顺的玛利亚这时也会按捺不住愤怒，她气愤地对依芙琳说，真要娶那个歪嘴姑娘的话，也不用你做礼服，你做的礼服谁穿上会有好命运呢！依芙琳冷笑着纠正玛利亚的话，说，你说错了，达西娶的不是歪嘴姑娘，而是歪嘴的寡妇！玛利亚完全被激怒了，她冲到依芙琳面前，揪住她的鼻子，骂她是狼托生的。依芙琳却依旧冷笑着说，好啊，好啊，我得感谢你揪我的鼻子，没准儿能把它正过来呢！玛利亚就松开手，转过身，呜呜哭着离开了。这对曾经最知心的人，从此变得形同陌路。

又一年的春天到来了，那也是"康德"十年的春天。这一年，我们在一条清澈见底的山涧旁，接生了二十头驯鹿。一般来说，一只母鹿每胎只产一崽，但那一年却有四只母鹿每胎产下两崽，鹿崽都那么的健壮，真让人喜笑颜开。那条无名的山涧流淌在黛绿的山谷间，我们把它命名为罗林斯基沟，以纪念那个对我们无比友善的俄国安达。它的水清凉而甘甜，不仅驯鹿爱喝，人也爱喝。从那以后，每到接羔时节，我们就是不到罗林斯基沟的话，也要在言谈中提起它，就像提起一位远方的亲人一样。

维克特是个大孩子了，他跟着鲁尼学会了射箭，能够轻松地把落在树梢的飞龙打落下来，鲁尼认定我们乌力楞又出了一个好猎手。安道尔也长高了，他能和果格力在一起玩耍了。安道尔虽然比果格力胖，又高上一头，可他却受果格力的欺负。果格力很顽皮，他跟安道尔玩着玩着，就要出其不意地把他一拳打倒，期待他发出哭声。安道尔呢，倒地后并不哭，他望着天，向果格力报告他看到天上有几朵白云了，果格力就会气得在他身上再踏上一脚。

安道尔依然不哭,他发出咯咯的笑声,这时的果格力就会被气哭。安道尔爬起来,问他为什么哭。果格力说,你被我打倒了,为什么不哭?我用脚踩着你,你为什么不哭?安道尔说,你把我打倒了,我能看云彩,这是好事啊,我哭什么呢?我浑身都是痒痒肉,你踩我,不就是让我笑吗?安道尔从小就被人说成是个愚痴的孩子,可我喜欢他。我的安草儿,很像他的父亲。

安道尔和果格力很喜欢那些鹿崽,到了给驯鹿锯茸的时节,鹿崽已经能四处啃青了。我们怕掉了队的鹿崽跟着鹿群出去会遭狼害,就把走得慢的拴在营地。安道尔和果格力喜欢为鹿崽解了绳子,牵着它们到罗林斯基沟去。他们去的时候,还会往口袋里揣上盐。他们喜欢把盐放在手心,让鹿崽去舔。有一天我去罗林斯基沟洗衣服,发现安道尔正在伤心地哭。果格力告诉我,安道尔说鹿崽既要吃盐,又要喝水,不如把盐撒在水里,直接让鹿崽去喝盐水不是更好吗?果格力告诉他,盐进了水里后,会随着流水而去,可安道尔却不相信。他把口袋里的盐全都撒在水里,看着那些白花花的盐融化了,把头贴着水面,去舔水,结果他尝不到盐的味道,就放声大哭,骂水是个骗子!从那以后,他就不吃鱼了,认定从水里捞出来的食物都是魔鬼,它们进了人的肚子,会把人的肚子咬得像渔网一样,到处是窟窿。

这年的夏天,山上"黄病"流行,日本人取消了东大营的集训,不让猎民下山了。疾病在这种时刻为他们换取了自由。

黄病的脚伸到了三四个乌力楞。得了这种病的人,皮肤和眼珠跟染霜的叶片一样地黄。他们吃不下东西,喝不下水,肚子跟鼓一样地肿胀着,走不动路。鲁尼听说,染了黄病的几个乌力楞的驯鹿无人放养,损失很多,而日本医生进驻那几个乌力楞所打的针剂,毫无起色,已经有很多人死去了。我们这里无人染上黄病,所以鲁尼不让我们下山,更不许大家到邻近氏族的乌力楞去,唯恐把黄病带来。

在黄病像蝗虫一样飞舞的时候,玛利亚显得十分亢奋,而达西则忧心忡忡的。我明白,玛利亚巴不得杰芙琳娜所在的乌力楞蔓延黄病,让上天带走那个歪嘴姑娘,她就可以顺理成章地为达西另觅新娘。而达西则是真心为杰芙琳娜担忧着。他不止一次跟鲁尼说要骑马去探望杰芙琳娜,可鲁尼不允许,他说作为一个族长,他不能让达西把黄病带到我们这里。达西说,那我就等黄病结束了再回来。鲁尼说,如果黄病把你永远留在了那里,谁来照应玛利亚和哈谢呢?达西就不做声了。他最终还是留了下来,不过他终日愁眉不展的。

黄病就像一朵有毒的花,持续开放了近三个月,在深秋时节凋零了。那次疾病夺去了三十多人的性命。我没有想到,拉吉达那个庞大的家族,被黄病席卷得只剩下了一个人,他就是拉吉达的弟弟拉吉米。当我得知那个乌力楞只剩下了九个人,而可怜的拉吉米失去了所有的亲人时,我就把他接到了我们乌力楞。虽然拉吉达不在了,但我觉得拉吉米还是我的亲人。

拉吉米那年十三岁了,矮矮瘦瘦的。他原本是个活泼的孩子,当他眼睁睁地看着亲人一个接着一个地像黎明前的星辰别他而去后,他就变得沉默寡言了。我去接他时,他像一块石头一样蹲伏在河畔,手里握着他父亲遗留下来的口弦琴——木库莲,一动不动地望着我。我对他说,拉吉米,跟着我走吧。拉吉米对我凄凉地说:黄病是天吗?它怎么能把人说带走就带走?说完,他把木库莲放在唇边,轻轻吹了一声,眼泪唰唰地流下来。

杰芙琳娜活了下来,达西无比高兴,而玛利亚又开始唉声叹气了。

　　达西很喜欢拉吉米，他教他骑马，两个人常一同骑在马上，看上去像是一对亲兄弟。我又能听见拉吉米的笑声了。他再吹响木库莲时，那音色就不是凄凉的了，木库莲里就仿佛灌满了和煦的春风，它们吹拂着琴身中的簧片，发出悠扬的乐音。不仅维克特这些小孩子爱听，依芙琳和玛利亚这些大人也爱听。营地有了琴声，就像拥有了一只快乐的小鸟，给我们带来明朗的心境。

　　每年的九月到十月，是驯鹿发情交配的季节。这种时候，公鹿为了争偶常常发生激斗，为了防止它们相互顶伤，要把公鹿的角尖锯掉，有的公鹿还要被戴上笼头。以前这些事情都是伊万和哈谢做的，现在则由达西和拉吉米来完成了。一般来说，除了种公鹿，其他的公鹿都要进行阉割。我最怕听阉割公鹿时它们发出的凄惨的叫声。那时阉割公鹿的方法很残忍，把公鹿扳倒在地后，用一块布包住它们的睾丸，然后再用木棒砸碎睾丸，这时被阉割的公鹿发出的叫声能传遍山谷。有的时候，被阉割的公鹿会死亡。我猜想它们不光光是因伤而死，也可能是气绝身亡的。一般来说，成年男人在阉割公鹿时总有些下不去手，我没有想到，只有十三岁的拉吉米做起这活儿来却是那么的干脆、利落。他说他从小就跟着父亲学会了这门手艺，他用木棒砸公鹿的睾丸时，出手快，这样它们就不会有那么大的痛苦。而且，阉割完公鹿后，他会为它们吹奏木库莲，用琴声安抚它们，使它们很快就能恢复过来。

　　达西和拉吉米白天把种公鹿圈起来，夜晚才放它们出来，让它们一边觅食，一边和母鹿交配。那一年，我们的公鹿没有一只因阉割而死，它们看上去都是那么的健壮。

　　这年冬天，一个叫何宝林的男人骑着驯鹿来到我们营地，他是来请妮浩的。他十岁的儿子得了重病，高烧不退，不能进食，何宝林让妮浩去救救他的孩子。一般来说，萨满是乐意去帮助人除病的,可妮浩嘴上答应着去,眉头却是蹙着的。鲁尼以为她担心孩子,就安慰她,说他一定能把果格力和交库托坎照应好。妮浩带着她的神衣和法器上路前,没有理睬在火塘边玩耍的交库托坎,而是把果格力抱在怀里,亲了又亲,眼里泪光闪闪的。她离开营地很远了,还回头张望着果格力,很舍不得的样子。

自从果格力出生后,妮浩一直陪伴在他身边。开始的两天,他还不太想念妮浩,他和安道尔跟着鲁尼在雪地上学熊斗舞,快乐极了。后两天的时候,他就开始朝鲁尼要额尼了,他说额尼是他的,为什么要被别人给领走?鲁尼告诉他,额尼是给小孩子看病去了,她很快就会回来。果格力开始像山猫一样地上树,说是要爬到上面看看路上有没有额尼的影子。就在妮浩要回到我们乌力楞的那个时刻,果格力爬上了营地附近最高的一棵松树。他刚在一簇大枝丫上坐定,一只乌鸦幽灵般地出现,扑棱棱地飞向他,果格力伸出手去捉乌鸦,乌鸦一耸身向着天空去了,而他则倾着身子跌落下来。那是上午的时光,我和玛利亚正站在营地上迎候着归来的驯鹿。果格力坠地的过程我们看得真真切切的。他看上去就像被箭射中的一只大鸟,从上面张着臂膀呼喊着掉了下来。他留给人间的最后呼唤是:额尼啊!——

我和玛利亚把血肉模糊的果格力抱回希楞柱的时候,妮浩回来了。她一进来就打了一个激灵。她看了看果格力,平静地对我们说,我知道,他是从树上摔下来的。妮浩哭着告诉我们,她离开营地的时候,就知道她如果救活了那个孩子,她自己就要失去一个孩子。我问她这是为什么,妮浩说,天要那个孩子去,我把他留下来了,我的孩子就要顶替他去那里。

那你可以不去救他啊!玛利亚哭着说。

妮浩凄凉地说,我是萨满,怎么能见死不救呢?

妮浩亲手缝了一个白布口袋,把果格力扔在向阳的山坡上了。她在那里为果格力唱着最后的歌谣——

> 孩子呀,孩子,
>
> 你千万不要到地层中去呀,
>
> 那里没有阳光,是那么的寒冷。
>
> 孩子呀,孩子,
>
> 你要去就到天上去呀,
>
> 那里有光明
>
> 和闪亮的银河,
>
> 让你饲养着神鹿。

凿冰化水,是冬天必不可少的一件活儿。我们用冰钎凿开河面上的冰,把它们装到桦皮桶或者口袋里。如果营地离水源近,就直接提回驻地。如果离得远,就需要驯鹿把冰驮运回来。那个冬天,鲁尼和妮浩就像疯了一样,每天都要去水源地凿冰,不管多远的路,他们也不用驯鹿驮冰,而是凭自己的力气把它们运回来。他们喜欢晚饭后出去凿冰,一趟,两趟,三趟地去,一直到月亮向西了,他们才精疲力竭地回到希楞柱,倒头便睡。他们似乎想在凿冰中把漫长的夜晚给消磨掉。营地前堆着高高的冰垛,在正午的阳光照射下,这冰垛发出五颜六色的光芒,好像无数宝石在闪闪发光。我常见妮浩呆立在冰垛前垂泪。依芙琳一见妮浩伤心,就会哼起歌来,谁都知道,她一直为妮浩没有嫁给金得而耿耿于怀。妮浩的不幸,大约会减轻她对金得的负罪感。

“康德”十一年,也就是一九四四年的夏天,向导路德和翻译王录又带着铃木秀男上山来了。铃木秀男这时已会说很多中国话了,他把乌力楞的人都召集到身边,先是问我们伊万回来过没有,我们对他说没有。铃木秀男就说，如果伊万回来，一定要把他押送到东大营去，他说伊万是个坏蛋，是我们的敌人，如果我们对他的归来隐瞒不报，吉田长官就会下令把我们乌力楞的人全部抓走。之后，铃木秀男说黄病已经过去了，今年的集训要正常进行。他说如果我们不好好集训，将来怎么对付苏联人？我想日本人那时已经预感到，他们的末日要到了。他让鲁尼把我们乌力楞的冬猎品全部带上，说是拿到乌启罗夫后由他负责换取我们需要的东西，然后让路德送上山来。看得出来，他是想兼做商人的营生，从中捞取好处。这一年拉吉米刚好十四岁，从黄病中死里逃生的他对日本人很警惕，铃木秀男给大家训话的时候，他远远地躲了起来。他毕竟是个天真的少年，他躲起来的时候吹奏起了木库莲，像山风一样鸣响着的琴声暴露了他的躲藏地，铃木秀男循声而去，问他多大了，拉吉米战战兢兢地说十四岁了。铃木秀男把他手中的木库莲拿过来，试着吹了几下，没有吹出声响，他摇着头把它还给拉吉米的时候，让他再吹奏一曲。拉吉米就又吹了一支曲子。铃木秀男很高兴，他对拉吉米说，你十四岁了，该为"满洲国"效力去了，你要去东大营。拉吉米离不开达西，达西去的地方，他当然愿意去。拉吉米点头答应着，铃木秀男又指着他手中的木库莲说，这个的要带上，吹给长官听的有！达西见铃木秀男为了讨好吉田让拉吉米带上木库莲，而他正不舍得把心爱的马留下来呢，他灵机一动，指着伫立在营地的那匹马对铃木秀男说，这是吉田长官留下的战马，他好几年没见它了，一定想得慌，不如把它带到东大营，让长官看看。铃木秀男同意了，他说刚好让马把我们的冬猎品驮上了。

鲁尼知道把所有的猎品带去后，铃木秀男肯定要克扣许多，等于是把几只肥美的兔子往狼嘴里填，所以趁铃木秀男纵情饮酒的时候，他悄悄塞给我三捆灰鼠皮和两个熊胆，让我把它们藏在营地附近的树洞里。出发的时候,铃木秀男显然对猎品的数量产生了怀疑,他问鲁尼,怎么这么少啊?鲁尼告诉他,去年冬天动物少,子弹又缺乏,所以打得少。铃木秀男说,如果藏匿了猎品,我会把你们的猎枪全部收走!鲁尼镇定地说,你翻吧,如果你找到了,我愿意把枪交给你!铃木秀男没有搜寻,他大约明白,我们藏起来的东西,他去寻找,跟登天一样地难。

营地又剩下女人和孩子了。我们又忙碌起来,既要照顾驯鹿,又要看管孩子。几天以后,铃木秀男果然让路德为我们送来了换来的物品:一袋黑面粉,一包火柴,两包粗茶叶和少许的食盐。依芙琳最盼望的就是酒,她一看换回的东西不仅少得可怜,而且一瓶酒都没有,就气得拿路德撒气,非说他中途把酒都喝了。路德很生气,他对依芙琳说,铃木秀男说山上留下的都是女人和孩子,不需要酒,所以他送到每个乌力楞的食品中都没有酒。再说,他路德就是想喝酒的话,也用不着抢别人口中的东西,他在乌启罗夫随时随地可以买到。依芙琳"呸!"了路德一口,说,你给日本人当奴才,是他们的活地图,年年带着他们进山,月月领饷,当然不愁吃喝了!路德叹了口气,他卸下东西后,连碗水都没喝,牵着马就走了。

我还存有一桦皮篓自酿的都柿酒,我把它捧给了依芙琳。那天傍晚她连喝了两碗后,摇摇晃晃地离开了营地。她喝多的时候,喜欢到河边喝水。她到了河边不久,我们听到一股悲凉的声音。开始时并没有辨出那是哭声,只觉得河水发出了强烈的呜咽,那时正值雨季,我还以为要涨水了呢。后来是妮浩听出了那是依芙琳的哭声。那是我第一次听见她纵情地哭。我们没有去劝阻她,只是坐在希楞柱的外面,安静地等着她回来。

河水旁的呜咽一直持续到深夜,依芙琳才摇晃着走回营地。那是个满月的日子,夜晚跟白昼一样地明亮。银白的月光簇拥着她,我们很清楚地看见她披散着头发,左手提着一条舞动的蛇。她走到希楞柱前的空场后,在我们面前舞起蛇来。她的脚跳来跳去的,那条蛇在她手里也跳来跳去的。突然,那蛇竟然奇迹般地从依芙琳手上挺立起来,它昂着头,将头贴向依芙琳的耳朵,似乎与她窃窃私语着什么。只片刻工夫,依芙琳突然"扑通"一声跪倒在地,她对着蛇说:达玛拉,对不起,你走好啊。那蛇从她怀里跳了出去,伸展了几下身子,一弯一曲地划着草地走了。

我不明白依芙琳为什么冲着蛇叫着我母亲的名字,也不知道她是怎么活捉了那条蛇的。蛇离开营地后,依芙琳就回希楞柱睡觉去了。第二天我问她为什么对着蛇喊我母亲的名字,她对我说,我真的带回来一条蛇吗? 你没有看错? 我喝多了,什么也记不得了。我以为她说的是真话,也就不再追问。多年以后,在伊万的葬礼上,当我们看着那两个突然出现的、自称是伊万干女儿的姑娘而猜测着她们的来历的时候,已经老眼昏花的依芙琳对我们说,这对浑身素白的姑娘,一定是当年伊万在山中放过的那对白狐狸。我们氏族的人,都听过伊万在深山中放过了一对白狐狸的故事。据说伊万年轻的时候有一次独自出猎,他走了整整一天,也没发现一个动物。黄昏的时候,他突然发现从山洞里跑出两只雪白的狐狸,伊万非常激动,他举起枪,正要冲它们开枪的时候,狐狸开口说话了。狐狸给他作着揖,说,伊万,我们知道你好枪法啊! 伊万一听它们说出的是人话,便明白了那是两只得道成仙的狐狸,就给它们跪下,放过了它们。就在伊万的葬礼上,依芙琳坦白地告诉我,当年她去河边哭泣,哭得想葬身水中的时候,一条蛇突然从她的身后悄悄爬了过来,盘在她的脖子上,为她擦拭眼泪。她知道这蛇是有来历的,就把它带回营地。没想到她舞弄蛇的时候,那蛇贴着她的耳朵说出了人话:依芙琳,你就是再跳,跳得过我吗? 她一听,那是达玛拉的声音,于是就跪下来,把蛇放走了。依芙琳跟我说这话的时候,已是一个风烛残年的老人了,我想她没有必要对我撒谎。而且,虽然我当年没有听见蛇在说话,但我确实听见依芙琳叫着达玛拉的名字,而且给蛇跪下了。从那以后,我绝不允许我的儿孙们打任何一条蛇。

一九四四年夏天的那次受训,是我们乌力楞的男人最后一次受训。第二年,日本就战败投降了。那次集训的时间很短,也就二十多天吧,男人们就回来了。不过拉吉米和那匹马没有回来,达西看上去格外的忧伤。他说吉田长官喜欢听拉吉米吹奏木库莲,把他留在身边,做他的马夫了,那匹马也因此留在了那里。我很担心拉吉米,问鲁尼为什么不坚持把他带回来。鲁尼说,我坚持了,可铃木秀男不允许,他说吉田喜欢拉吉米,喜欢听他吹奏木库莲,他离不开他。达西说拉吉米并不想留下,可铃木秀男威胁他,如果他不留下当马夫,就杀了达西和拉吉米都喜爱的那匹马,拉吉米只能留下来了。

可谁又能想到,正是那匹马,造成了拉吉米终生的不幸。

一九四五年的八月上旬,苏军的飞机出现在空中,山林中传来隆隆的炮声。很快,苏联红军已经渡过额尔古纳河,开始了对东大营的攻击。我们明白,日本人的末日到了。

事后拉吉米告诉我们,东大营在苏军到来前就已是一片混乱。日本人开始焚烧文件,清理物品,做着撤退前的准备工作。那时虽然日本天皇还没有正式宣告战败投降,但吉田知道日本大势已去,他在撤离东大营的时候,把一张地图揣在拉吉米的怀里,对他说,我保不住你的命了,你骑上马,回山上找你的亲人去吧。你年纪小,万一迷了路,就看地图。若是碰见苏军,千万不要说你给日本人当过马夫。他还给了拉吉米一杆步枪、一包火柴、一些饼干。临走前,吉田让拉吉米吹奏了最后一曲木库莲,拉吉米吹奏的是《离别之夜》,这支曲子是他的父亲传给他的,当亲人们一个接着一个在黄病中离去后,他为他们吹的就是这支曲子。这首忧伤而又缠绵的曲子把吉田听得泪流满面的。吉田在扶拉吉米上马的时候,对他说的最后的话是:你们很了不起,你们的舞蹈能让战马死亡,你们的音乐能让伤口结痂!

拉吉米不知道我们那时在哪里,但他判断出我们一定是在贝尔茨河流域活动,就沿着这条河寻找我们。那个时候,由于炮火的袭击,驯鹿开始失散,我们每天有多半的时间是在寻找驯鹿。炮声是大地制造的雷声,这个不速之客的到来让人和动物都惊惶失措。树间是惊飞的鸟,林地上也常见惊跑的动物,但我们的猎枪在这时候就是一堆废铁,因为子弹已经用光了。我们的面粉空了,肉干也所剩不多,为了食物,我们不得不宰杀心爱的驯鹿。

就是在这个特殊的时刻,我在贝尔茨河畔遇见了瓦罗加。

如果说我的第一个媒人是饥饿的话,那么我的第二个媒人就是战火。

苏军进攻的炮声一响起,驻扎在这一带的日本兵就纷纷逃离。所有的道路和渡口已经被苏军占领,他们只能钻进山林。他们不熟悉山中地形,往往一进来就迷失了方向。瓦罗加是一个氏族的酋长,当时他们那个氏族只有二十几人了。瓦罗加受苏联红军之命,率领部族的人追踪这些迷路的逃兵。我遇见他的时候,他刚抓获了两名逃兵。

当时日本逃兵正用斧子砍伐树木,想做一个木排,打算乘着木排顺贝尔茨河而下。瓦罗加带着部族的人包围他们的时候,日本兵自知寡不敌众,就扔下斧子和枪,向他们投降了。

那是正午时分,贝尔茨河水被强烈的阳光照耀得发出炫目的白光。河面上飞舞着一群蓝色的蜻蜓。清瘦的瓦罗加站在岸边，他的身上有一种非同寻常的气质。他下穿一条光板的狍皮裤子，上穿一件鹿皮背心，露着胳膊，脖颈上缠绕着一条紫色的坠着鱼骨的皮绳，脑后束着长发。我从他的头发上已经判断出他是酋长，因为只有酋长才会留起长发的。他的脸非常瘦削，面颊有几道月牙形的沟痕，他的目光又温和又忧郁，就像初春的小雨。他看着我的时候，我感觉有一股风钻进了心底，身上暖融融的，很想哭。

那个夜晚，我们两个部落的人在河畔搭起希楞柱，燃起篝火，聚集在一起吃东西。男人们用缴获的枪支和子弹，打了一头足有二百多斤重的野猪。野猪本喜欢成群活动的，但炮火同样让它们也走散了。我们猎获的正是一头孤独的失群的野猪，当时它正用尖利的牙齿啃杨树皮吃。我们烤野猪肉的时候，那对日本兵一直用贪馋的眼神看着橘黄的火焰。他们大约以为瓦罗加不会给他们食物，所以当他们被邀请吃最先烤熟的野猪肉的时候，他们脸上滚下了泪水。他们用生硬的汉语问瓦罗加，你们抓了我们，要杀了我们吗？瓦罗加告诉他们，他们将会被带出山外，作为战俘交给苏联红军。其中一个日本俘虏就央求瓦罗加，说他们到了苏联红军的手中，定死无疑，他说想跟着我们在山里生活，为我们放养驯鹿。没等瓦罗加回答他们，依芙琳就说，我们留下你们，不等于留下两条狼吗？你们从哪里来的，就回哪里去吧！说着，她起身走到日本战俘身后，把几根从野猪身上拔下的跟钢针一样坚硬的毛发，分别投进他们的领口，把他们扎得哇啦哇啦地叫起来。大家被依芙琳的举动逗笑了。

第二天，我们与瓦罗加率领的部落在河畔分手。他押着俘虏去乌启罗夫，而我们继续寻找失散的驯鹿。我知道他去的方向是额尔古纳河，就请求他帮我寻找拉吉米。我还记得他对我说，我会和拉吉米一起回到你身边的。他那含意深长的话我当时并没有领会。所以当十几天后他带着拉吉米突然出现在我面前，向我求婚的时候，我竟一下子晕了过去。

我想告诉你们，一个女人如果能为一个男人幸福地晕厥过去，她这一生就没有白活。

瓦罗加的女人因为难产，已经离别他二十年了。他深深爱着那个女人，再也没被其他女人打动过。他孤身一人，带着部族的人游猎在山中，以为自己的生活中不会再出现幸福了。然而就在贝尔茨河畔，他说他第一眼看见站在岸边的我时，他的心震颤了。我得感谢正午的阳光，它们把我脸上的忧伤、疲惫、温柔、坚忍的神色清楚地照映出来，正是这种复杂的神情打动了瓦罗加。他说一个女人有那么令人回味无穷的神色，一定是个心灵丰富、能和他共风雨的人。他说我的脸色虽然很苍白，但是阳光却使那种苍白变得柔和。而且我的眼睛虽然看上去忧郁，但非常清澈，瓦罗加说这样的一双眼睛对于一个男人来说，就是可以休憩的湖水。当他从鲁尼嘴中得知拉吉达已经别我而去后，就在心底做出了娶我的决定。

当我苏醒过来的时候，已经在瓦罗加的怀里了。每个男人的怀抱都不一样，我在拉吉达怀中的时候，感觉自己是一缕穿行在山谷间的风；而在瓦罗加怀里，我感觉自己就是一条畅游在春水中的鱼。如果说拉吉达是一棵挺拔的大树的话，瓦罗加就是大树上温暖的鸟巢。他们都是我的爱。

拉吉米虽然平安归来了，但他已经不是那个完整的拉吉米了。他在寻找我们的时候，有一天经过一片松树林，盘旋的苏军飞机投下了两颗炸弹，剧烈的爆炸声使马受了惊，它带着拉吉米狂奔，把他颠得天昏地暗的。当马终于停下来的时候，拉吉米只觉得马鞍一片湿热，一看，是一摊紫红的鲜血。他的阴囊被撕裂，睾丸已经被颠簸碎了。那架飞机就像一只凶恶的老鹰，而他的睾丸就像一对闷死在蛋壳中的鸟，还没有来得及歌唱，就被它给叼走了。拉吉米说他明白自己已不是一个真正的男人了，他不想活了，就编了一根草绳，把木库莲捆扎好，拴在马的脖颈上，让马自己去寻找我们。他想当达西看到马和木库莲的时候，就明白他不在人间了。拉吉米想用步枪自杀，可他试了两枪都不可能，而枪声把押解着战俘正路过这里的瓦罗加吸引过来，他救下了拉吉米，一直把他带到乌启罗夫。那时的东大营已是一片废墟，除了吉田在额尔古纳河畔剖腹自杀外，其他日本兵都被苏军俘虏了。

拉吉米带回了那匹马。它见到达西后，满眼是泪。它拒绝吃草，拒绝喝水，达西明白它的心思，把它牵到一条水沟旁，杀了它，把它埋在水沟旁。达西和拉吉米在葬马的地方哭泣着，我们知道，他们不仅仅是为了马而哭泣。

从那以后，我们乌力楞的人不再养马。而阉割驯鹿的活儿，都被拉吉米一人主动承担了。

那年秋天，"满洲国"灭亡了，它的"皇帝"被押送到苏联去了。妮浩在这年秋末的时候生下一个男孩，取名为耶尔尼斯涅，也就是黑桦树的意思，希望他能像这种树一样结实、健壮，经得起风雨。妮浩生下孩子后神情开朗了许多，她接连主持了两场婚礼，一个是达西的，一个是我的。达西没有违背誓言，他娶回了歪嘴的杰芙琳娜。在达西的婚礼上，玛利亚喝醉了，她借着酒劲，将一把面粉撒在依芙琳头上，依芙琳的头发和脸上扑满了面粉，看上去就像一个发了霉的人。而我和瓦罗加的婚礼是那么的隆重和热闹，他们的人和我们的人欢聚在一起，人们纵情地饮酒歌唱。我再次穿上了依芙琳为我缝制的那件礼服，做了新娘。瓦罗加也很喜欢那件蓝礼服的领口、袖子和腰身上所镶嵌着的粉色的布，他说它们就像出现在雨后天空中的几条彩虹一样。

　　谁也没有想到，就在我的婚礼上，当快乐像春水一样奔流的时刻，一个骑着马的蒙面人突然出现在我们营地。他骑的那匹枣红马非常剽悍，它让达西和拉吉米同时发出羡慕的叹息。蒙面人跳下马后，走到篝火旁，自己倒上一碗酒，一饮而尽。他握着碗的那双大手令我们无比的熟悉和震惊，所以还没等他摘下面罩，已经有人喊出了他的名字——伊万！

下部　黄　昏

　　希楞柱里暗淡了，看来是黄昏的时候了。火塘散发的暖流和昏暗了的天光，让我和我的故事都要打盹儿了，我想我该出去透透新鲜空气了。

　　雨停了，西边天上飘荡着几缕橘红的晚霞。如果说夕阳是一面金色的鼓的话，这些晚霞就是悠悠鼓声了。空中浮动的云经过了雨水的洗涤，已是白色的了。我发现营地变绿了，原来安草儿在那些刚刚拆卸了希楞柱的空地上，栽上了一棵棵松树。

　　营地只剩下一座希楞柱了，安草儿一定怕我看到那些空地会难过，所以才把树移植在那里。清新的空气和这突如其来的绿树，就像朝我跑来的两只温柔的小猫，它们伸出活泼而又湿润的舌头，一左一右地舔着我的脸颊，将我的困乏一扫而空。

　　驯鹿已经离开营地，出去觅食了。白天时为它们笼过烟的篝火，虽然已是灰烬了，但还洋溢着温暖的草木灰的气息。

　　驯鹿很像星星，它们晚上眨着眼睛四处活动，白天时回到营地休息。

　　我们只剩下十六只驯鹿了。在给我们留下多少只驯鹿上，达吉亚娜伤透了脑筋。她既怕留多了我和安草儿经管不过来，又怕留少了我们会觉得空虚。最后是我和安草儿圈定了这些陪伴我们的驯鹿。我们还将在林中搬迁,驮载神像的玛鲁王和驮火种的驯鹿是必需的,这两只是达吉亚娜留给我们的。其他的,一半是安草儿选的,一半则是我选的。安草儿是个满怀着怜爱之情和悲悯之心的人,所以他选中的六七只驯鹿都是年老体弱的,其中有两只还害着严重的咳嗽病。我呢,为了让我们的驯鹿能够壮大起来,我选中了两只最健壮的种鹿、三只正值生育旺季的母驯鹿和两只最活泼的驯鹿崽。我圈点完那几只驯鹿的时候,达吉亚娜眼里闪着泪花,她对我说,额尼的眼睛还是那么的亮!

安草儿一手提着水桶,一手握着一束紫菊花从远处走来。他知道我喜欢这种花,一定是在去河边打水的路上,特意给我采的。他看见我已走出了希楞柱,笑了。他走到我面前,把花递给我,然后提着水桶去浇那些刚刚栽上的树。

他浇完树,放下水桶后没有歇息一下,就进希楞柱取出晒干的蝙蝠,放在一块青石板上,用一块鹅卵石研磨蝙蝠,打算把它们捣成碎末,制成水剂,灌进那两只害病的驯鹿的鼻孔,治疗它们的咳嗽。

我回到希楞柱,发现火塘里的火比我出来时旺盛了,看来安草儿在取蝙蝠的时候,顺便往里面加了劈柴。火光把希楞柱照亮了。我打算找出桦皮花瓶,把紫菊花养起来。

我已经很久没有用那只花瓶了。瓦罗加知道我喜欢紫菊花,就特意做了个花瓶给我。为了衬托紫色,他选的桦树皮都是颜色偏暗而且有水样花纹的。花瓶只有一巴掌高,侧面看是扁平的,上下一样地宽,只不过瓶口微微往里收了收。瓦罗加说插这种菊花,不能用又高又细的花瓶,那样不但花插得少,而且看上去花仿佛是受了束缚,不耐看。插这种花朵不大而又枝叶繁茂的花,必须用口大而且瓶身低矮的花瓶,那样花儿看上去才精神。

我有一个鹿皮口袋,装着一些我喜爱的物件:罗林斯基送给列娜的小圆镜子,瓦罗加送我的花瓶;尼都萨满和妮浩用过的狍腿鼓槌,林克擦枪用的一块鹿皮;拉吉达装猎刀用的桦皮刀鞘,依芙琳送我的一块绣着一双蝴蝶的手帕;依莲娜留下的一张皮毛画,杰芙琳娜送我的一个镶嵌着鹿角纹和树纹的皮挎包。这些都是已故人留下的物件。

当然,那里面也有活着的人送我的物件,比如玛克辛姆用三叉树根为我做的烛台,西班用柞树上风干的树犄角给我雕刻的痰盂,达吉亚娜为我买的一支镌刻着梅花喜鹊图案的银簪子,还有帕日格在城里给我配的一副老花镜,柳莎送我的一块早已不再行走了的手表。

虽然我有九十岁了,可我的眼睛一点儿也不花,用不上老花眼镜;我偶尔会受风寒,但也只是咳嗽个一天两天就过去了,痰盂也就成了摆设;我喜欢月光和火塘反射出的火光,所以烛台在黑夜中也不会派上用场。太阳和月亮在我眼里就是两块圆圆的表,我这一辈子习惯从它们的脸上看时间,所以手表在我手里只能当瞎子。如果是黑发上插着一支银簪子,那么这支簪子就像落在希楞柱上的白鸟一样美丽,可我现在白发满头,银簪子落在这样的头发里,美就会被掩埋了,所以它也被搁置起来了。如果瓦罗加在就好了,我会把它送给爱看书的他,让银簪子做书签。

我打开鹿皮口袋,里面的物件就像久已不见的老朋友一样,纷纷与我来握手了。我刚碰过鼓槌,桦皮刀鞘就贴向我的手背了。我刚把扎手的银簪子拨弄开,那块冰凉的手表就沉甸甸地滑入我的掌心了。

我翻找出桦皮花瓶,注上水,插上紫菊花,把它摆到狍皮
褥子前。进了花瓶的花儿就像一个姑娘找到了一个可靠的男
人,显得更加的端庄和美丽。

安草儿进来了,看来他已经把蝙蝠研成碎末了。他把一
个格列巴饼递给我,我掰了一半,另半块给他了。

柳莎在走之前,烙了两口袋的格列巴饼留给我们,这种饼
放上一个月也不会坏。她足足烙了两天。也许是烟火把她熏
的,她的眼睛在那两天是红肿的。我就着茶吃饼的时候,安草
儿又出去了,他是个闲不住的人。我想晚霞一定落了,从希楞
柱的尖顶上,可以看出天色已经深灰了。不过在晴朗的夏夜,
这种深灰持续不了多久,月亮和星星就会把它调和成深蓝色。

我的故事还没有讲完。我想我刚打开的鹿皮口袋里的那
些物件,一定在清晨时就张开了它们的耳朵,上午时跟着雨与
火、下午跟着安草儿捡到那些东西,听了故事。我愿意把余下
的故事继续说给它们。如果刚来到我身边的紫菊花接不上我
的故事,你不要着急,先静下心跟着大伙儿一起听吧。关于这
故事的源头,等我讲完后,让桦皮花瓶再单独地说给你吧。桦
皮花瓶可不要推托,谁让你把紫菊花拥进怀抱,并且吮吸了它
身体里流出的清香的汁液了呢!

当伊万在我和瓦罗加的婚礼上摘下面罩的时候,营地简直沸
腾了。鲁尼像个孩子一样跳了起来,欢呼着,他马上给伊万斟上第
二碗酒,哈谢则切了一大块新鲜的狍子肝递给他。伊万飞快地喝
了第二碗酒,并把狍子肝吞下,之后,他走到我和瓦罗加面前,说他
听说我们在举行婚礼,所以才戴上面罩,想给我们一个惊喜。他自

斟了一碗酒,一饮而尽,为我们的结合而祝福。于是,我又为他斟上第四碗酒,欢迎他回到我们乌力楞。伊万喝完四碗酒后,告诉我们他在营地只能待一两天,他现在已是一个士兵了。他说那年他从东大营逃走后,在山里遇见了打鬼子的抗日联军小分队,由于形势险恶,为了保存实力,他们正准备撤到苏联境内。于是伊万就做了他们的向导,带领他们顺利到达额尔古纳河左岸。他在那里成了一名士兵,现在他们是配合苏联红军来打日本鬼子的。他说山中还有残存的鬼子,他要把他们彻底消灭后才会回来。

从天而降的伊万让玛利亚仿佛害上了梦魇,她捶着胸脯,"天啊天啊!"地叫着,似乎不相信伊万真的就在眼前。依芙琳则有点失落,她的腰仿佛被压上了一块沉重的石头,在瞬间就弯了下来。坤德呢,他就像蒙冤已久的人重见天日一样,泪流满面地看着伊万。如果伊万不回来,坤德将会在自责中度过余生。

拉吉米情不自禁地吹奏起了木库莲。自从他碎了睾丸后,他是第一次吹响它。谁都知道,他不仅仅是为了欢迎伊万,也是为那匹漂亮的枣红马唱着颂歌。因为他吹着吹着,就靠近了那匹马。达西跟在拉吉米身后,也朝马走去。他们的脸上都挂着泪痕,而那匹被琴声感染了的马的眼睛,也是湿漉漉的。

当口弦琴的声音像远去的流水一样消逝在林间后,玛利亚问了伊万一个愚蠢的问题:你到了苏联,找没找到娜杰什卡和孩子们呢?

伊万用他那双大手搓了一下脸,说出的话与十几年前娜杰什卡离开他时所说的是一个腔调:我不会去找他们的,想走的人是找不回来的。

伊万待了两天,骑着枣红马走了。他走的时候,达西把一张地图交给他,那是吉田送给拉吉米的地图。拉吉米回到我们身边,要把地图烧了的时候，被达西抢夺下来，他说那上面标着那么多曲曲弯弯的看不懂的东西，留着它也许有用呢。依芙琳说，日本都战败了，留着他们的东西，只能是祸害！但达西还是悄悄把它保存起来。

伊万离开的那个夜晚，我又在深夜时听见坤德鞭挞依芙琳的声音了。依芙琳依然凄惨地叫着痛。如果说伊万曾经化作了一条鞭子，并把它亲手交给了依芙琳，使她挺起腰来的话，那么他的归来却使这条鞭子转换了主人，它现在又握在坤德手上了。那年初冬，衰老了的依芙琳竟然怀孕了，营地时常传来她干呕的声音。坤德对待依芙琳明显温柔了，我们明白，坤德太想有一个孩子了。他对她表现出从未有过的体贴，不让她沾冷水，不让她劈柴，不让她给驯鹿喂盐，怕哪只驯鹿要是突然淘气了，会踢了她的肚子，打落他最想得到的花朵。就是依芙琳做针线活儿，坤德也要百般提醒，怕她闪了腰，动了胎气。

依芙琳对坤德的关心似乎无动于衷，有时甚至发出冷笑。她依然做她爱做的那些活儿。深冬的时候，有一天下着很大的雪，依芙琳突然失踪了。没人看见她去了哪里。坤德急得口干舌燥，一把一把地往嘴里填着雪，想必他的胃里蹿着无数的火苗。到了傍晚，雪住的时候，依芙琳像个鬼一样突然出现在营地。她披头散发地驾着滑雪板，脸上是浑浊的泪痕，狍皮裤子已被鲜血染成紫色。她叉着腿站在我们面前，那两条腿就像被狂风吹打着的干枯的树杈，剧烈颤抖着，从腿中央渗下一滴一滴的鲜血，鲜血为那片雪地点染了一片艳丽的红豆。

依芙琳驾着滑雪板，在山岭雪谷间穿梭了一天，终结了坤德日思夜盼的那个小生命。我永远忘不了依芙琳看着坤德时的那种眼神，那种快意的报复目光背后，透露着一股难以言传的悲凉之情。

那个夜晚,营地又传来了坤德鞭打依芙琳的声音,这次坤德用的是真正的皮鞭了。依芙琳不再叫痛,想必痛已经使她麻木了。从那以后,他们之间很少讲话了。他们在那个夜晚过后,都苍老了,沉默了。以后的岁月,他们就是两块对望着的风化了的岩石。

我在一九四六年的秋天生下了达吉亚娜。瓦罗加非常喜欢她,常常把她抱在怀里,坐在火塘边给她念诗,也不管她听不听得懂。达吉亚娜咿呀叫着,抓着一绺瓦罗加的长发,像吃草的羊羔一样,把它们填到嘴里。她的唾液弄湿了他的长发,瓦罗加的发丝常常黏结在一起,梳也梳不开,我就得常常用清水给他洗头。

瓦罗加与汉族人交往多,小的时候学过汉语,看得懂汉字书。他平时喜欢写诗,是我们这个民族的诗人呢。如果你们觉得我讲的故事不乏激情,我的表达能力还可以的话,与瓦罗加的熏陶不无关系。

我们的婚礼结束后,瓦罗加就把他的部族一分为二,他任命一个叫齐亚拉的人为族长,让他率领二十几人独立出去,他们仍然在贝尔茨河一带游猎,逢到大事需要做出决定时,齐亚拉就来拜见他们的酋长。

余下的十几人则跟他一起,与我们乌力楞合并在一起。我知道,瓦罗加这么做是为了我。虽然他还是他们氏族的酋长,但在我们乌力楞,凡事他都听从鲁尼的。他这温和大度的行为却招致了他们氏族中一个绰号叫马粪包的人的不满,他说瓦罗加是个叛徒,出卖了自己的氏族。

达西娶了杰芙琳娜后,玛利亚一直耿耿于怀。她虽然嘴上不说什么,但从她对待杰芙琳娜的态度上,谁都看得出她在排挤那个姑娘。她从来不正眼看杰芙琳娜,吩咐她做事的时候,眼睛永远看着别处,好像杰芙琳娜是一朵有毒的花。玛利亚以前是非常勤劳的,自从杰芙琳娜到来后,她变得好吃懒做了,几乎把所有的活儿都派给了杰芙琳娜。杰芙琳娜稍有不从,她就不给她东西吃。有一天,玛利亚让杰芙琳娜给她梳头,当她看到梳子上缠满了发丝时,不说自己脱发脱得厉害,非说杰芙琳娜是故意撕扯她的头发,想让她变成一个秃子。她把达西叫到面前,把那个梳子交给他,说如果他不用梳子戳瞎杰芙琳娜的眼睛,她就把自己的头发全部揪光。谁也没有想到,达西握着那把梳子,去戳自己的眼睛。玛利亚冲上前,夺下梳子,哭着说,达西,达西,你这不是要我的老命吗?达西虽然没有戳瞎自己的眼睛,但他的一只眼睛还是受了伤,这让玛利亚对杰芙琳娜更是恨之入骨。

有一次,达西在营地劈柴,杰芙琳娜帮助他把劈好的柴火摞起来。达西歇息的时候,将斧子放在地上,杰芙琳娜没注意,抱着柴火从斧子上跨过去,刚好被玛利亚撞见。在我们民族的禁忌中,妇女是不能从斧子上跨过的,据说那样会生傻孩子。玛利亚非说杰芙琳娜是故意这样做的,她喝令她跪在地上,抓起一块劈柴,朝杰芙琳娜劈头盖脸地打去。瓦罗加部落的人看见这情景,都觉得玛利亚太蛮横了。如果不是达西拿起斧子,声言要砍断自己的脚,让自己成为瘸子的话,玛利亚就不会终止对杰芙琳娜的惩罚。

但比起接下来发生的事,这些就算不得过分了。

当杰芙琳娜有了身孕后,玛利亚非说她已经从斧子上跨过,她怀的孩子被上了咒语,一定是个傻子,坚决不让杰芙琳娜留下那个孩子。杰芙琳娜哭了两天两夜后,为了不让达西为难,她悄悄爬上一座山坡,从上面滚下来,流产了。当杰芙琳娜满面泪痕,裤子上沾满血污回到营地的时候,这幕似曾相识的情景让我想起依芙琳。不同的是,她们这么做,一个是为了爱,另一个则是为了恨。

玛利亚对杰芙琳娜的仇恨,还有依芙琳跟坤德的不和睦,是弥漫在我们氏族上空的两团阴云。而瓦罗加的氏族上空,也凝聚着一团阴云,那就是马粪包。

真正的马粪包是生长在林中的一种菌,它呈球形,刚出现时是白色,长大后变成褐色,里面有海绵状的东西。小孩子们很喜欢踩马粪包玩儿,它被踩后会发出"噗——"的声响,在瞬间萎缩了,从裂口处飞旋出灰一样的绒絮。马粪包可以入药,如果嗓子肿痛,或者是外伤出血,敷上马粪包里的粉状物,很快就会好。

那个被叫作马粪包的人是个酒鬼,他矮矮的,胖胖的。如果你远远地看他走路,会以为是一只球缓缓地朝你滚来。他有一个九岁的女儿,比维克特小三岁,叫柳莎。柳莎长得跟马粪包一点儿都不像,她身形俊美,弯弯的眉毛,弯弯的嘴,笑起来甜甜的。马粪包一旦喝醉了,就爱跟柳莎撒酒疯,让柳莎给他脱鞋,给他点烟,要是柳莎动作慢了,他就打她。只要柳莎捂着脸从希楞柱里跑出来,大家就知道马粪包又揍她了。瓦罗加说,柳莎的妈妈是个清秀的达斡尔姑娘,有一年初春,她和本族的两个姑娘在额尔古纳河上捕鱼,一股强劲的春风吹来,冰河突然间迸裂了,碎成大大小小的冰块,三个姑娘在惊慌中各自踏上了一块冰块。那两个姑娘踏着的冰块虽小,但它们漂浮向了岸边。而柳莎妈妈踩着的冰块虽大,却随着水流向河中央荡去,眨眼间就与一个大冰块撞在一起,落入水中。达斡尔人大约没有不会水的,但刚开河的水实在是太凉了,她扑腾了几下,腿就抽筋了,刚刚上岸的两个姑娘就大声呼救。那时的马粪包刚好从乌启罗夫换取子弹归来,正路过那里,他脱下衣服,跳下冰凉刺骨的河流,救了她。姑娘的父亲不顾女儿已有了心上人,一定要她嫁给马粪包,报答他的救命之恩。从此这姑娘就离开部族的人,跟着马粪包来到山上生活。

瓦罗加说,他从一开始就不看好他们的结合。因为他们实在是不相称,无论是相貌、性格还是生活习惯上,更何况那个女人的心思根本不在马粪包身上。所以她生下柳莎后不久,就逃走了。她逃回去后,怕马粪包找上来,就跟着心上人离开了他们的部落,再无音信。

马粪包从此酗酒,而且仇恨一切女人。他嫌弃柳莎,总是说她长大了会像她妈妈一样,是个贱女人。小柳莎像她妈妈一样喜欢吃鱼,一看到鱼,柳莎就兴高采烈的。但马粪包却故意把鱼放在火里烧掉,他对柳莎说,你得明白,不是你喜欢什么,就能得到什么!

维克特从那时起就喜欢柳莎,所以他一旦发现柳莎捂着脸、满面泪痕地从希楞柱里跑出来,就知道马粪包又打柳莎了,就会很生气。维克特为了教训马粪包,就带着安道尔,在林中采了一篮子马粪包。他们把大大小小的马粪包摆在他的希楞柱的出口,马粪包一出来,脚踏在马粪包上,那里面飞旋出的灰一样的绒絮就会扑他一脸,使他咳嗽起来。守候在一旁的维克特就大声吆喝:快来看哪,马粪包踩着马粪包啦!

拉吉米首先跑过来看热闹,他见马粪包那副狼狈相,忍不住笑了起来。被他的笑激怒了的马粪包,朝拉吉米冲去,对着他的胸口狠狠打了一拳,骂他,你连个男人都不是,就你也配笑话我?!这侮辱性的话深深伤害了拉吉米,拉吉米毫不示弱地说,你跟小孩子一般见识,配当男人吗?两个人厮打在一起,马粪包掐着拉吉米的脖子,拉吉米则用脚踹着马粪包的裤裆。马粪包叫嚷着:快来人啊,这个不是男人的人,要把我变成跟他一样的人了!

这次事件之后,马粪包不再跟我们氏族的人说话,而我们也越来越讨厌他。因为他不仅对柳莎粗暴,对瓦罗加也不恭敬,常对他冷嘲热讽的,说他为了一个寡妇,把自己的氏族分裂了,是个罪人。但瓦罗加理解马粪包内心的苦楚,从不跟他计较。

　　柳莎从小就是一个能干的孩子,她喜欢采集野菜和浆果。她后来跟维克特说,她喜欢做这样的活儿,是因为这样不仅可以避开父亲的责骂,还能独享山林的清风和鸟语带给她的快乐。

　　有一天,瓦罗加和鲁尼合伙打到一头熊。他们把熊抬回营地后,迎候的人都伫立着,假意垂泪。马粪包那天自告奋勇要给熊剥皮。一般来说,在剥熊皮前,要先割掉熊的睾丸,把它挂在树上,认为切掉了睾丸的熊才会老实。谁也没有料到,马粪包将熊的睾丸切下来后,用草叶包裹了,递给了拉吉米,让他把它放在树上。他把睾丸交给拉吉米的时候,脸上现出奇怪的笑。拉吉米什么也没说,他脸色苍白、双手哆嗦地接过熊的睾丸,摇晃着走向一棵松树,将它放置在树杈上。他反身归来的时候,眼里闪烁着泪花。

　　猎到熊的时候,全乌力楞的人都要围聚在一起吃熊肉,那是我们最快乐的时候。吃过熊肉后,每个人还要喝一点儿熊油。但因为马粪包对拉吉米的这种侮辱性的举动,我们部族的人都很生气,吃熊肉的时候,大家的脸是阴沉的。马粪包感觉到了大家对他的反感,就故意大声地说笑,纵情地饮酒。

　　柳莎不愿意看到父亲这副样子,她只吃了一小块熊肉,就提起桦皮桶出去采都柿果,那时正是都柿成熟的时节。柳莎一走,交库托坎叫嚷着,也要跟着去。天气很热,但妮浩却在炽热的阳光下打了一个寒战,她对交库托坎说,你不能跟着柳莎去。交库托坎说,我要去,要去! 她要被急哭了。鲁尼对妮浩说,小孩子喜欢玩儿,你就让她跟着去吧,她们又不会走远。妮浩嘱咐交库托坎,你自己不要乱走,跟着柳莎,听见了吗? 交库托坎连说两句:知道了,知道了! 交库托坎追向柳莎的时候,妮浩又打了一个寒战。

　　吃熊肉是有很多禁忌的。比如切熊肉的刀,不管多么锋利,我们也要叫它"刻尔根基",也就是"钝刀"的意思。可是马粪包故意挥舞着刀子叫嚷着,看啊,这刀多么快呀,谁要是不信,揪根头发试试看,一准都能"刷——"地斩断!吃熊肉的时候,是不能乱扔熊骨的。但马粪包却随意地把啃光的熊骨乱撒,这块扔进火堆里,那块又当石子抛向远方。瓦罗加很恼火,他训斥马粪包,说他如果再敢扔熊骨的话,就剁掉他的一只手。马粪包那时正啃着一块骨头,他边啃边放肆地说,我求求你,你要是剁我的手,就把两只都剁掉!没有手,我什么也不用干,你们得把我当玛鲁神一样恭敬着,那多清闲自在啊!

马粪包刚说完这句话,突然"呀——"地怪叫了一声,原来那块熊骨竟然卡进了喉咙,他的脸在瞬间变成了鬼脸。他大张着嘴,眼睛暴突着,腮帮的肉哆嗦着,唇角抽搐着,刚才还很红润的脸,顷刻间就青了。他挥舞着胳膊,一句话也讲不出来。瓦罗加把手指伸进他的口腔,抠了几下,没有碰到熊骨,看来它卡得很深。马粪包被憋得呃呃地低声叫着,额头沁出汗珠,乞求地看着他的族人。

大家先是给他灌了几勺熊油,然后拍他的背,以为把口腔润滑好了,再这么一拍打,那块熊骨自会像熟透的果子脱落到他肚腹中。然而熊骨仿佛是长了牙,仍然牢牢地咬着他的食道。看这办法不灵,有人出主意,把他大头朝下地吊起来,说那样熊骨自然会被吐出来。于是鲁尼拿来一根绳子,把他双脚捆上,吊在营地边的一棵桦树上,拍打着他的肩膀。然而熊骨就像一粒种子终于找到了最肥沃的土壤一样,仍然死死地嵌在里面,纹丝不动。大家手忙脚乱地又把他从树上放下来,马粪包的脸色已经是紫的了,看上去气息奄奄。他吃力地向着拉吉米扬了扬胳膊,目光里满是悔意,似乎在乞求他的原谅。拉吉米叹了一口气,他对马粪包摆了摆手,起身拾捡刚才被他乱丢的那些熊骨,就像寻找一个人的魂灵似的,那么地精心和诚恳。马粪包的眼里流出了泪水。

　　然而捡回的熊骨并没有使卡在马粪包喉咙里的那块熊骨有丝毫松动的迹象。他的气息越来越微弱了。人们把能想到的办法都用了,仍然无济于事。那块熊骨大约打定了主意要做一把刀,切断马粪包的咽喉。

　　大家不约而同地把目光放在妮浩身上,只有她能救他了。

　　妮浩颤抖着,她什么也没有说,只是悲哀地把头埋进鲁尼怀里。她的举动使鲁尼明白,如果救了马粪包,他们可能会失去可爱的女儿交库托坎,鲁尼也跟着颤抖起来。

　　但妮浩最终还是披挂上了神衣。那件神衣对她来说一定比一座大山还要沉重。她戴着的神帽,一定是荆棘编就的,扎得她的头颅满是伤痕。她舞动着的神鼓,也一定是烧红了的铁凝结而成的,它烫着了妮浩的手。当气若游丝的马粪包被抬进希楞柱,妮浩开始舞蹈的时候,鲁尼已经去寻找交库托坎了。

　　一般来说,不到天黑的时候是不能跳神的。神在那个时刻很难降临。虽然快近黄昏的时刻了,但因为夏日的缘故,天仍然亮堂着。为了制造黑暗,妮浩让人把冬日才用的兽皮帷子罩在轻薄的桦皮帷子上,防止它透光。又把朝向东方的作为门的那一方帷子裹紧,不让人进出,把火塘的火熄灭。这样的话,只有“柱”的顶端流泻下来的那一束天光了。

　　希楞柱里只留下我和瓦罗加。瓦罗加的手上还沾染着驯鹿的鲜血。在妮浩决定救治马粪包的时候,大家迅速捉来一只留在营地的鹿崽,瓦罗加杀了它,献祭给玛鲁神。

　　妮浩一旦跳起神来,她就不是她自己了。她的柔弱之气不见了,看上去是那么的充满激情。鼓声响起来的时候,我的心也跟着咚咚地响起来。先前我们还能听见马粪包发出的呃呃的叫声,后来这种声音被鼓声湮灭了。当妮浩旋转到希楞柱中央的时候,那束白色的天光会在瞬间将她照亮。她看上去就像一支彩色的蜡烛,而那束天光就是火苗,将她点燃了。

妮浩大约跳了两个小时后,希楞柱里忽然刮起一股阴风,它呜呜叫着,像是寒冬时刻的北风。这时"柱"顶撒下的光已不是白的了,是昏黄的了,看来太阳已经落山了。那股奇异的风开始时是四处弥漫的,后来它聚拢在一个地方鸣叫,那就是马粪包的头上。我预感到那股风要吹出熊骨了。果然,当妮浩放下神鼓,停止了舞蹈的时候,马粪包突然坐了起来,"啊——"地大叫一声,吐出了熊骨。那块沾染着鲜血的熊骨正落在希楞柱的中央,它看上去就像上天扔下的一朵玫瑰。

妮浩垂立着,马粪包则低声哭泣着。妮浩沉默了片刻后,唱起了神歌,她不是为起死回生的马粪包唱的,而是为她那朵过早凋谢的百合花——交库托坎而唱的:

> 太阳睡觉去了,
>
> 林中没有光明了。
>
> 星星还没有出来,
>
> 风把树吹得呜呜响了。
>
> 我的百合花呀,
>
> 秋天还没到来,
>
> 你还有那么多美好的夏日,
>
> 怎么就让自己的花瓣凋零了呢?
>
> 你落了,
>
> 太阳也跟着落了,
>
> 可你的芳香不落,
>
> 月亮还会升起!

当妮浩唱完神歌，我们跟着她走出希楞柱的时候，看见鲁尼抱着交库托坎走向营地。柳莎哭泣着跟在他们身后。

柳莎在采都柿果的时候，一直让交库托坎跟在身边。后来她找到一片稠密的都柿甸子，忘情地采起来，就忘记了照应交库托坎。交库托坎是什么时候离开她的，柳莎并不知道。后来是交库托坎凄惨的叫声让柳莎停止了采摘。她循声而去，发现交库托坎已倒在林地上，她撞上了吊在桦树枝条下的一个大马蜂窝，脸已经被蜇得面目模糊。透过那棵桦树，可以看见它背后盛开着一簇娇艳的红百合花，交库托坎一定是奔着百合花去的。

林中的马蜂比普通的蜜蜂个头儿要大，这种黄褐色的带着黑色条纹的昆虫尾部有毒刺，如果你不惊扰它们，它们也就自得其乐地从蜂巢里飞进飞出地悠闲地采着花蜜；而如果你不小心捣毁了它们的巢穴，它们就会一窝蜂地跑出来报复你。交库托坎永远也不会想到，在纯美的百合花的前面，竟然横着这样一只"拦路虎"，她被这个蜂巢给撞到了天上。鲁尼寻到她们的时候，柳莎正吃力地抱着交库托坎往回走。蜂毒已经在交库托坎的身体里发作，她一阵一阵地打着寒战。鲁尼把她抱到怀中的时候，交库托坎对他微微笑了笑，轻轻叫了声"阿玛！"就闭上了眼睛。

那个晚上的营地弥漫着哀愁的气氛。妮浩拔下了交库托坎脸上的毒刺，为她清洗了伤口，给她换上了一件粉色的衣裳。鲁尼特意把那簇掩映在马蜂窝背后的百合花采来，放在她的怀里，然后才把她装进白布口袋。

妮浩和鲁尼最后一次亲吻了交库托坎的额头后，才让我和瓦罗加提起那个白布口袋。我们在朝向阳山坡走去的时候，我感觉手中的交库托坎是那么那么的轻，好像手里托着一团云。

我们去的时候月亮还在天上，回来时却下雨了。瓦罗加对我说,你告诉妮浩,以后再也不能给孩子起花朵的名字,世上的花朵哪有长命的呢? 她不叫交库托坎,马蜂也许就不会蜇她!

我那时满怀憎恨,心想没有马粪包的坏举动,妮浩不去救不该救的人,交库托坎就不会死的。我没有好气地对瓦罗加说,交库托坎这朵花是为你们氏族凋落的,如果你不留下马粪包这种败类,我们会很平安的! 我再也不想看到那个讨厌的家伙了!

我站在雨中哭了。瓦罗加把手伸向我,他的手是那么的温热。他对我说,我明天就让齐亚拉把马粪包接到他们乌力楞,好吧? 我不愿意看到跟我在一起的女人流泪。瓦罗加把我揽入怀中,用手轻轻摩挲我的头发。

然而没等瓦罗加实施他的计划,马粪包却以自残的方式,让我们原谅了他的行为。

交库托坎死后的第二天,天晴了。一大早,我们就听见柳莎的哭声。我和瓦罗加还以为马粪包又在拿女儿出气,就跑去劝阻。然而眼前的情景却令我们无比震惊,马粪包面色青黄地躺在狍皮褥子上,他叉着腿,虽然穿着裤子,但裤带没系。他的裤裆已被血染得一片乌紫。在他身旁,放着几个干瘪的马粪包,看来他把它们挤破了,用那里面的绒絮给自己止血来着。

马粪包见了瓦罗加,咧开嘴吃力地笑了笑,那笑容闪烁着寒光。他用嘶哑的声音对瓦罗加说,不要那个东西真好,我觉得自己轻多了,心也不忙乱了。

马粪包在黎明时刻,用猎刀把自己阉割了。从此他跟拉吉米成了最好的朋友。妮浩和鲁尼也不再认为他是不该救的人了。

马粪包事件之后,我们过着平和安宁的日子。我们依然在春秋时节下山,用猎品和鹿产品交换需要的东西。一九四八年的春天,妮浩又生了一个女儿,她的名字是伊万给起的,叫贝尔娜。妮浩刚生下孩子,伊万就骑着马来到我们营地。他的装束改变了,穿上了军装。伊万对我们说,达西送给他的地图不是一张普通的地图,上面不仅注有山峦河流的名字,日本关东军建的一些军事设施也标记在图上。他们依靠地图,找到了一个装载着坦克和弹药的山洞,那里还有两名抵抗的日本士兵,他们并不知道日本天皇已宣布战败投降。

那时,人民解放军已开始了对逃窜到山中土匪的大清剿。伊万这次上山,主要告诉我们,说现在山中既有逃窜的国民党兵,也有反共的土匪,一旦发现,一定不要放跑他们,要及时报告。

伊万那次还带来了一个令我们震惊的消息,王录和路德都以汉奸的罪名被抓起来了,如果罪名成立,他们有可能被处决。我们很不理解,鲁尼表现得尤其激烈,他说王录和路德又没帮助日本人干坏事,他们一个懂日语,一个懂地形,才会被日本人利用。如果说他们有罪的话,王录的罪在他的舌头,而路德的罪在他的腿上,要是惩治他们的话,割掉王录的舌头,砍断路德的腿也就足够了,何至于杀头呢?瓦罗加说,也许我们看到的只是王录和路德表面的东西,他们还为日本人做了什么事,捞取了什么好处,或许我们是蒙在鼓里的。鲁尼很不高兴瓦罗加这样揣摩王录和路德,他说,要是这么论汉奸的话,拉吉米也逃不掉!他不是留在东大营给吉田吹木库莲了吗?!

鲁尼的话音刚落,久已不说话的依芙琳忽然张口说道:拉吉米给吉田吹木库莲,不是把日本吹得战败了吗?

她的声音听上去幽幽的,好像一股从峡谷中刮过来的阴风。我们吃惊地看着她,她却依然缝着皮袜子,头都不抬一下。

虽然鲁尼为王录和路德的事与伊万有些不愉快,但因为伊万到来时,他刚得了女儿,他觉得伊万还是给自己带来了福音,就请他赐给孩子一个名字。伊万想了想，说，就叫她贝尔娜吧。

依芙琳又张口说话了：伊万身边留不住女人，他给女孩起的名字，一准得丢。她说话的时候仍然低着头，忙着手中的活计。

伊万叹了一口气，鲁尼则打了一个寒战。伊万对鲁尼说，这个名字不算数，你和妮浩给她另起一个吧。

鲁尼说，都起了名了，怎么能一天不叫就废了呢？就叫她贝尔娜了。鲁尼说这话的时候，声调是低沉的。

伊万只待了一天就离开了。人们聚集在一起，跟伊万道别，目送他骑马下山。只有依芙琳，弯着腰坐在营地旁的一棵小树下，无动于衷地把玩着一把猎刀。待流水一样的马蹄声渐渐远去之后，依芙琳叹了口气，说，我们没有铁匠了，以后扎枪和冰钎断了，砍刀和斧子钝了，找谁打铁去呢？

依芙琳的话使我想起了我保存下来的"画笔"——那些伊万打铁后遗留的赭红的泥土。就在伊万离开的那个日子，一个春光融融的午后，我独自揣着几支已经有些干裂的颜料棒，走了几里的路，在贝尔茨河极小的一条支流旁，找到一处白色的岩石，画了一面印有火样纹的神鼓和环绕着神鼓的七只驯鹿崽。我把神鼓当作了月亮，而那七只鹿崽就是环绕着它的北斗七星。那条河是没有名字的，自从我在那里留下画后，我就在心底叫它温都翁河。温都翁，就是神鼓的意思。如今温都翁河跟罗林斯基沟一样，已经干涸了。

那是我留在岩石上最令自己满意的岩画。因为温都翁河是那么的清澈，我赤着脚站在水中，对着那片白色的岩石画画的时候，感觉鱼儿在轻轻吻着我的脚踝，它们一定没见过水中竖着这样两条白色的石柱。有的鱼调皮而好奇，它们会试探着啃我，当它们发现那不是石头后，就一耸身游走了。它们耸身的时候，水面会发出

"啪——"的声响,水波随之绽放。我一直画到太阳落山。当夕阳把白色的岩石和流水镀上一层金光的时候,我已经为即将来临的黑夜升起了一轮圆月和七颗星辰。

在那段岁月,我相信照耀温都翁河的是两轮月亮,一轮在天上,由神托举着;一轮在岩石上,由我的梦托举着。

当我在月亮升起后回到营地时,瓦罗加站在希楞柱外焦急地等待着我。我在见到他的那一瞬,忽然有种久别重逢的感觉,抑制不住地哭了起来。因为岩石上的图景和现实的图景都令我感动。我没有告诉他自己去哪里了,因为我觉得自己做的事情,是和岩石之间的一个秘密。瓦罗加什么也没有问,他只是为我递上一碗煮好的鹿奶茶。一个好男人,是不会追问女人的去处的。

那个夜晚,瓦罗加是那么紧地拥抱着我,达吉亚娜温柔的鼾声像春风一样回荡在希楞柱里。我和瓦罗加是那么完美地融合在一起,就像鱼与水的融合,花朵与雨露的融合,清风与鸟语的融合,月亮与银河的融合。

也就是在那个夜晚,瓦罗加给我低低吟唱了一支他自己编的歌。他唱的歌与妮浩唱的神歌不同,是那么的温暖——

> 清晨的露珠湿眼睛
> 正午的阳光晒脊梁
> 黄昏的鹿铃最清凉
> 夜晚的小鸟要归林

当瓦罗加唱到最后一句"夜晚的小鸟要归林"的时候,他拍了拍我的脊梁。只这轻轻一拍,竟使我的眼睛湿了。好在是在黑夜中,他看不清我的泪痕。我把头深深地埋进他怀里,就像一只鸟偎在温暖的巢穴里。

杰芙琳娜自从流产后,再也没有怀孕。她常常面色苍黄地到妮浩那里,跪在玛鲁神前,虔诚地祈祷着。这情景让我想起玛利亚年轻的时候不是也常常到尼都萨满那里去乞求玛鲁神赐予她孩子吗?不同的是,玛利亚包着头巾,而杰芙琳娜的头上什么也不戴,甚至连个发夹都不别。她大约知道自己嘴上的缺陷,所以梳头的时候总是把发丝绾向唇角不歪的一侧,那团头发看上去就像上弦月旁的一朵浓云,把她的不足给遮掩了,使她的整张脸显得端庄了。玛利亚大约也后悔自己当年不该让杰芙琳娜失去怀着的孩子,一到给驯鹿锯茸的时节,看到鹿角渗出的鲜血,她的眼泪又会扑簌簌地落下来。

一九五〇年,也就是建国后的第二年,乌启罗夫成立了供销合作社。原来的汉族安达,那个叫许财发的人,领着他的儿子许荣达经营着合作社。合作社收购皮张、鹿茸等产品,然后提供给我们枪支、子弹、铁锅、火柴、食盐、布匹、粮食、烟酒糖茶等物品。

这年的夏天,拉吉米在乌启罗夫捡回一个女孩。

那次他是和达西一起去乌启罗夫的。他们在供销合作社换完东西后,到一家小客栈住了一夜。第二天早晨,吃过饭,要出发的时候,达西对拉吉米说,他还要去合作社一趟,让许财发帮助他给杰芙琳娜弄点药。拉吉米明白,达西是给杰芙琳娜讨要治疗不孕症的药去了。拉吉米闲得无聊,就想出去溜达溜达。他出了门,经过客栈旁的马厩的时候,忽然听见里面传来了小孩子"叽咯叽咯"的笑声。拉吉米很纳闷,心想店主人真粗心,小孩子爬到马厩里都不知道,可别让马把孩子给踢着呀!拉吉米反身回屋对店主人说,你们家的小孩子爬到马厩里了,你们不去看看?店主人笑道:我儿子都能帮着开店了,女儿也十四了,哪里还会有小孩子?你听错了吧?拉吉米说,不会,那里传来的笑声奶声奶气的呢。店主说:你一准听错了,我不用去看,这几天来住店的人没有一个是带着小孩子的!他还跟拉吉米开玩笑,说是如果马厩里真有小孩子,那孩子一定就是上帝了,他可以做天父,就不用开客栈这么辛劳了!

拉吉米坚持说他不会听错。店主说,好,我跟你去看,要是没有小孩子,你就把身上的光板皮衣输给我吧!拉吉米答应了。

他们走进马厩的时候,被眼前的情景惊呆了:一个还在襁褓中的小孩子躺在干草上,一匹银灰色的马正伸着舌头一下一下地舔着小孩的脸,好像在给她洗脸。小孩子害痒,于是发出"叽咯叽咯"的笑声。

小孩用一床蓝地白花的被包裹着,脸蛋粉嫩粉嫩的,乌黑的眼睛滴溜溜地转着,一只手已从襁褓中挣脱出来,她见有人望着她,就舞动着胳膊,越发起劲地笑着。拉吉米说他一眼就相中了那个孩子,她实在是太美丽可爱了。

店主说,这孩子一定有缺陷,不然怎么会被人丢在这里?他们先是检查了小孩的眼、耳、鼻、喉、舌、手,没发现异常,就把襁褓打开,看看她缺不缺身子和脚。一看都正常。也就是在打开襁褓的时候,他们才看出她是个小女孩。

店主叫了一声:造孽呀!这么机灵水灵的孩子,怎么就不要了呢?

拉吉米对店主说,我要。

店主说,她看上去也就刚出满月的样子,正是吃奶的时候,你怎么养活她?

拉吉米说,我用驯鹿奶喂她。

店主也知道拉吉米碎了睾丸的事,他对他说,你要正合适,我看这是老天爷把她送给你的。将来把她养大了,当你的女儿,养你的老,不是很好吗?

店主的女人听说马厩里有人扔下一个孩子,就撇下手中的活儿,也跑过来看。她说昨晚起夜时,听见了一阵马蹄声,马蹄声就消失在客栈这里。她当时还想这么晚怎么会有客人来呢,想等客人拍了门再掌灯。她说自己把火柴都摸到手了,却听不到叫门声,想着自己一定是听错了,接着上炕睡觉。才躺下,马蹄声又响了起来,不过那声音越来越小,看来骑马的人已经离开了。那时山中还有流窜的土匪,女人疑心刚才是土匪打她家客栈的主意,就起身把门又闩了一道,这才放心地睡下。看来那个骑马人是来遗弃这个孩子的。

褓裸里没有留下任何字条,不知这孩子是从哪里来的,又是何时出生的。但从她还没有长乳牙可以看出,她也就两三个月的样子。从她的相貌上,看出她没有鄂温克血统,因为她高鼻梁,大眼睛,唇角微翘着,肤色白净。客栈女主人说,女孩儿的父母大概是汉族人。但他们为什么要抛弃亲生骨肉呢?客栈的男主人分析说,很可能这孩子是大户人家小姐生的私生女,要不就是谁偷出了仇家的孩子,采取的报复行为。而女主人则说,要是报复仇家的孩子,把她扔到山里喂狼不就得了?骑马人把她扔在马厩里,分明是想让她活下来。

拉吉米和达西把她抱到山上。谁也没有料到他们竟然捡了个女孩。大家都喜欢这孩子,她不仅长得俏眉俊眼的,而且爱笑,很少哭。拉吉米让瓦罗加给她起个名字,瓦罗加想了想,说,她被丢在马厩里,马照看了她一夜,没有伤害她,就让她姓马吧。她这么爱动,从小就手舞足蹈的,长大了一定爱跳"伊堪",就叫她马伊堪好了。伊堪是"圈舞"和"篝火舞"的意思。

马伊堪给全乌力楞的人带来了无比的快乐。我每天挤了驯鹿奶,先会送到拉吉米那里,他把它煮沸,等它半凉不凉的时候才喂她喝。拉吉米有时喂急了,会呛着她,所以我得常去帮忙。贝尔娜那时两岁,还在吃奶,虽然妮浩的奶水不旺,但她还是时不时地奶一下马伊堪。妮浩一把乳头塞进马伊堪的嘴里,贝尔娜就仿佛受了天大的委屈,扯着妮浩的衣襟哭个不停,所以妮浩常常是奶个三下两下,就会放下马伊堪,抱起贝尔娜。

杰芙琳娜很喜欢马伊堪,不过她抱着马伊堪的时候,脸上总是弥漫着凄凉的神色,她太想有一个自己的孩子了。玛利亚每次看到马伊堪,舌头都会不由自主地打起卷,好像马伊堪是团火苗,把她给烫着了。她会说,哎哟哟,我从没见过这么俊的孩子,这小精灵!

不过依芙琳对待马伊堪却很冷漠,马伊堪来了两个月了,她连瞧也没瞧她一眼。深秋时节,拉吉米为了马伊堪有漂亮的冬衣可穿,就抱着孩子,把熟好的两张狍皮夹在腋下,求助于依芙琳,说只有她的手艺他才信得过。

那是依芙琳第一次看马伊堪,她只瞥了一眼,就说,这不是水上的一团火吗?拉吉米不解其意,只是笑着。依芙琳又加上一句,这也是草地上的一条鱼!

拉吉米只当她不想给马伊堪做衣服,故意说疯话推托,正要转身离开,依芙琳对他说,留下狍皮吧,三天后来取。

三天后,依芙琳做好了衣服。那衣服非常怪异,没领没袖,像个大口袋,闷头闷脑的,气得拉吉米直瞪眼。我对他说,依芙琳老了,手艺不比从前了,而且她有些疯癫,做出这样的衣服也是正常的。我把那件衣服拆了,改做了一件,在领口和袖口绣了绿色的丝线,拉吉米很满意,也就不怪罪依芙琳了。

伊万并没有像他说的那样回到山中来。我和鲁尼都很惦念他。这年冬天,许财发来了,他用马驮来了很多货物,最多的是粮食、食盐和酒。他说伊万托一个做大轮车生意的蒙古人给供销合作社捎来了钱,让他用这钱买了东西,送到我们乌力楞来。伊万还捎话说,他现在在扎兰屯,让我们不要牵挂他,过两年他会回来看我们。

那是我们第一次享受到不用皮张和鹿茸交换来的东西。这意外的馈赠让所有人都高兴。哈谢说,伊万行啊,现在我们都能吃他的军饷了!许财发说,照我看,吃军饷总不比吃山中的东西和养驯鹿妥帖。他说完这话,依芙琳走过来,给他递上一碗鹿奶茶。许财发多年不见依芙琳了,没想到她枯萎成那样子,腰完全直不起来了,他不由得叹了一口气,说,山中催人老啊!

许财发听说了拉吉米在乌启罗夫的客栈捡到一个女孩的事,他对拉吉米说,人都说那小丫头长得赛天仙,抱来我看看。拉吉米问,这半年有没有人去找这个孩子呀?许财发说,扔了的孩子,跟泼出的水一样,谁还会来找呢?拉吉米这才放心地去抱马伊堪。他一直担心遗弃马伊堪的人会后悔,再找上门来。当他把孩子抱来后,许财发啧啧赞叹着,说,果不其然啊,真是俊啊,我看将来给我当孙媳妇得了!拉吉米立刻变了脸色,他说,马伊堪只是我的女儿,她长大了也不给别的男人当女人!在场的人都被拉吉米的话逗笑了。

许财发说,现在山外在搞土地改革,过去那些风光无限的地主,如今个个跟霜打了似的,全蔫儿了。地主家的土地、房屋和牛马都不是自己的了,它们被分配给了穷人。过去那些给地主家扛活的农民欢天喜地地斗地主呢。有的地主被五花大绑着游街,落魄得鞋也破了,露出了脚趾;而地主家那些曾经穿着绫罗绸缎的千金小姐,如今连马夫都嫁不上了。这可真是改朝换代了。

大家对许财发的话都没表示什么,只有依芙琳,她清了清嗓子,说,搞得好,搞得好！我们也该跟苏联人和日本人搞这个,他们从我们这里拿走了那么多的东西,得要回来！地主能斗,他们就斗不得?!

没人附和依芙琳的话,她把大家挨个儿扫了一眼,摇了摇头,慢吞吞地起身,重复了许财发刚才说的那句话"山中催人老啊!"然后弓着背走了。

那个晚上,人们在营地点起篝火,烤着灰鼠肉,边吃边饮酒。酒后大家围着篝火跳舞。我站在远处欣赏着那团颤颤跃动着的橘黄的篝火,它是那么的光华,不仅把近处的林地照亮了,就连远处山脊的曲线也被映照出来。如果说天也在狩猎的话,那么这团火就是它的猎物。这样的猎物给天和我们都带来了快乐。我相信天也在美美享用它的猎物,当篝火化为灰烬时,那些烟和光焰不都飘到天上了吗？瓦罗加发现我独自站着,就悄悄走到我背后。他用双臂环绕着我的脖子,贴着我的耳朵动情地说:我是山,你是水。山能生水,水能养山。山水相连,天地永存。

如果把我们生活着的额尔古纳河右岸比喻为一个顶天立地的巨人的话,那么那些大大小小的河流就是巨人身上纵横交织的血管,而它的骨骼,就是由众多的山峦构成的。那些山属于大兴安岭山脉。

我这一生见过多少座山,已经记不得了。在我眼中,额尔古纳河右岸的每一座山,都是闪烁在大地上的一颗星星。这些星星在春夏季节是绿色的,秋天是金黄色的,而到了冬天则是银白色的。我爱它们。它们跟人一样,也有自己的性格和体态。有的山矮小而圆润,像是一个个倒扣着的瓦盆;有的山挺拔而清秀地连绵在一起,看上去就像驯鹿伸出的美丽犄角。山上的树,在我眼中就是一团连着一团的血肉。

山峦跟河流不一样,它们多数是没有名字的,但我们还是命名了一些山。比如我们把高耸的山叫阿拉齐山,把裸露着白色石头的山叫作开拉气山,将雅格河与鲁吉刁分水岭上那片长满了马尾松的山叫作央格气,将大兴安岭北坡那座曾发现过一具牛头的山称作奥科里堆山。山里的泉水很多,它们多数清凉甘甜,但有一座山流出的泉水却是苦涩的,好像那座山满怀忧愁似的,于是这座山就被称作"什路斯卡山"。

马粪包很喜欢给山命名。比如看见哪座山苔藓多,驯鹿喜欢在那儿流连,他就叫它"莫霍夫卡山",也就是生有苔藓的山之意。看到一座山上长满了黄芪,他就叫它"埃库西牙玛山",意谓"长满黄芪的山"之意。这些山的名字我们还记得,但是具体是哪一座山却记不得了。但有一座山的名字我们永远记得,那就是金河流域的列斯元科山。

一九五五年的春天,驯鹿开始产崽的时节,我们决定给维克特和柳莎举行婚礼了。因为维克特整整一个春天都在为柳莎打磨一串鹿骨项链。他们常常背着众人,结伴出去采摘野果或是捕捉灰鼠。瓦罗加说,他们已是大人了,应该让他们在一起了。

我们正在担忧妮浩在主持婚礼时看到柳莎会想起死去的交库托坎而难过,刚好传来了我们氏族的酋长过世的消息。妮浩作为本氏族的萨满,必须要为酋长主持葬礼,这样她就可以避开柳莎的婚礼了。

酋长的葬礼,不仅妮浩要去,作为氏族乌力楞族长的鲁尼也要去。他们离开的时候,我们并没有说要为维克特举行婚礼的事,怕遭到妮浩的反对。按道理说,我们氏族的酋长死了,婚礼是应该推迟的。但我想生命就是这样,有出生就有死亡,有忧愁就有喜悦,有葬礼也要有婚礼,不该有那么多的忌讳,所以妮浩和鲁尼一离开我们,乌力楞的人就开始了婚礼的筹备。

妮浩和鲁尼把一双儿女留在营地了,妮浩嘱咐我,一定要照顾好她的孩子。我让她放心。因为我那已经九岁的女儿达吉亚娜和比她小两岁的妮浩的女儿贝尔娜非常亲密,她们形影不离,是一对乖巧的女孩,不需要太操心。那时马伊堪也有五岁了,达吉亚娜和贝尔娜喜欢找她玩耍,她们三个在营地前互相追逐的样子,就是三只翻飞的花蝴蝶。妮浩的儿子耶尔尼斯涅那年十岁了,他是个非常懂事的孩子,能吃苦,又勤快,比死去的果格力还要讨人喜欢。妮浩吃格列巴饼时,他总是帮着往饼上抹上熊油,鲁尼想喝茶时,他会麻利地把水烧开。他八岁时就跟着鲁尼去打灰鼠,回来时总要顺路背回一些干枯的树枝做烧柴。瓦罗加就说,耶尔尼斯涅长大了会是一个非常好的男人,温和又招人爱。耶尔尼斯涅非常喜欢驯鹿崽,马粪包和拉吉米给驯鹿接羔的时候,他总是跟着看,鹿崽一降生,他就跟小鹿一样欢蹦乱跳的,挥舞着手臂欢呼。有的时候驯鹿觅食走得远了,鹿崽挨了饿,女人们就要出去寻找母鹿,把它们抓回来,哺乳鹿崽。耶尔尼斯涅这时总会跟着我们去找母鹿,他找到它们会说:你们也是你们的鹿妈妈喂大的,它们当年要是不喂你们,你们现在早就成了灰了。

妮浩他们走后的第三天,瓦罗加为维克特和柳莎主持了婚礼。由于婚礼的前一天下了一夜的雨,空气非常清新,林中的鸟儿叫得也格外地欢。

婚礼是在金河畔的一座山脚下举行的。纤细的柳莎穿着我为她缝制的礼服,头上戴着用野花编成的花环,脖子上挂着维克特精心为她打制的鹿骨项链,看上去是那么的俏丽。马粪包那天穿扮得很干净,他还刮了脸,看得出他对这桩婚事是满意的,他的脸上始终挂着笑容。他自残以后,声音变得沙哑了,脸上的肌肉也懈松了。拉吉米对马粪包说,应该给这座山起个名字,纪念维克特和柳莎的婚礼。那座山长满了郁郁葱葱的松树,马粪包说,就叫它列斯元科山吧。列斯元科,也就是松树林的意思。

这山一旦有了名字,瓦罗加立刻就把它用上了,他在主持婚礼时对维克特和柳莎说:我们聚集在驯鹿的接羔地,为你们的婚姻祝福。滔滔的金河水是你们爱的雨露,雄壮的列斯元科山是你们幸福的摇篮,愿金河水永远环绕着你们,愿列斯元科山永远伴你们入梦!

看着英姿勃勃的维克特,我想起了拉吉达,想起了我在迷路和饥饿的时候遇见的那个我生命中的第一个男人,我的眼睛湿了。尽管瓦罗加那么温存地望着我,但是在那个时刻,我还是那么热切地想念拉吉达。我蓦然明白,在我的生命之灯中,还残存着拉吉达留下的灯油,他的火苗虽然熄灭了,但能量一直还在。瓦罗加虽然为我注入了新的灯油,并用柔情点燃了它,但他点燃的,其实是一盏灯油半残的旧灯。

婚礼仪式结束后,大家开始吃肉喝酒,唱歌跳舞。婚礼的菜肴是杰芙琳娜操办的。她灌制的香肠大受欢迎。她把狍子肉剁碎,然后掺上老桑芹和山葱,对上盐,搅拌以后灌进肠衣里,放到铁锅的沸水中,轻轻煮它个三五分钟,将它捞出,用刀子切成段,吃起来鲜美无比。她还用吊锅煮了几只野鸭,汤锅里放了切碎的野韭菜,鸭子吃起来肥而不腻。此外,还有清煮狍头、驯鹿奶酪、烤鱼片和百合粥。可以说,我经历过的婚筵,那是最丰盛的一次了。瓦罗加几次赞叹杰芙琳娜的手艺,把她夸得脸都红了。

玛利亚跟依芙琳一样,腰完全弯下来了。她们虽然都坐在篝火旁喝喜酒,但两个人一句话也没有,甚至连看都不看对方一眼。玛利亚那时终日咳嗽着,一咳嗽大发了就要气喘。依芙琳一听到玛利亚的咳嗽声,就像听见了福音,眉毛会得意地挑起来,脸上现出不易察觉的微笑。

如果说篝火在白昼的时候是花苞的话,那么在苍茫的暮色中,它就羞羞答答地开放了。黑夜降临时,它是盛开,到了夜深时分,它就是怒放了。篝火怒放时,马粪包喝醉了,坤德也喝醉了。坤德喝得手直哆嗦,他切香肠时把手切着了,鲜血从指缝间流出来。马粪包硬着舌头安慰坤德说,你别害怕,你把我揉碎了,撒在你的伤口上,你的血就止住了。他的醉话让跳舞的人笑了起来,而坤德却感动得落泪了,他说,我身上到处是伤口,亏得你这个大马粪包在,要不那血怎么能止得住呢!

安道尔从不喝酒,但他为哥哥的婚礼而高兴,也端起一碗酒来。马粪包拍着安道尔的肩膀说,唉,我要是有两个姑娘就好了,一个大柳莎,一个小柳莎。一个许给维克特,一个许给你!让你们兄弟俩同一天结婚!

安道尔很认真地问,那我是娶大柳莎呢,还是娶小柳莎?

尽管安道尔也快到结婚的年龄了,但他身上痴愚的性情丝毫未改,他那一问带给大家的快乐可想而知了。

就在举行婚礼的那个晚上,留在营地的最后那只待产的母鹿产崽了。不过谁也没有料到,它产下的是一只畸形鹿崽。一般来说,黑色的驯鹿不生畸形崽,而白色的则喜欢生畸形崽。如果畸形崽是母鹿象征着吉祥,而公鹿则象征着灾祸。畸形崽是活不长的,一般超不过三天,它自己就会死掉。依芙琳就曾把畸形崽形容为驯鹿中的"小鬼"。畸形崽死后,是不能像死去的小孩子那样随随便便丢弃的,要在它的耳朵上、尾上、腰和脖子下,系上红蓝色的布条,选择一棵笔直的桦树,把它挂上去,请萨满来为它跳神。

那只产下畸形崽的母鹿并不是纯白色的,而是白中泛灰的颜色。它产下的畸形崽是只小公鹿，雪白雪白的。它有头无尾，只有三条腿，脸是扭歪的，一只眼大，一只眼小。乌力楞的人听说拉吉米在河畔接生了一只畸形崽，都顾不得跳舞了，纷纷跑去看。凡是大人看了的，没有不变脸色的。那只畸形崽还不会站立，它蜷在母鹿脚下，就像一堆残雪。玛利亚只看了一眼就"哼唷"叫了一声，颤着声说，妮浩什么时候回来啊？玛利亚来看畸形崽的时候虽然摇晃着，但还不用人搀扶，而她离开河畔的时候，却得由达西扶着了。

瓦罗加怕畸形崽的降生会冲淡维克特婚礼的喜庆气氛，他就给大家讲了一个神话。当时我还不知道，那个神话是他即兴编的。

很久以前，有一只美丽的白天鹅，孵化了一窝天鹅。破壳而出的小天鹅差不多都是雪白的，只有一只看上去非常丑陋。它脚短，脖子也短，一身灰黑的杂毛，别的小天鹅都不理睬它。但白天鹅没有嫌弃它，仍然精心给它喂食。小天鹅一天天地长大了，它可以跟着妈妈去河里捉鱼吃了。有一天，白天鹅正带着它的孩子们在河面上戏耍，一股狂风袭来，从空中俯冲下一只凶恶的老鹰，直冲白天鹅而去，把它叼了起来。小天鹅们都吓得逃散了，只有那只丑陋的黑天鹅去救它的妈妈。可它的能力太微弱了，还是眼睁睁地看着妈妈被老鹰给叼走了。河面风平水静了，小天鹅们又聚集在一起嬉戏，只有那只丑陋的小天鹅伤心欲绝，它站在河岸哀鸣。它的叫声引起了一个过路猎人的注意。猎人问它，你为什么哭泣啊？小天鹅说，我妈妈被老鹰叼走了，就在河对岸的岩石上。我的翅膀不硬，救不了它，求求您去救我的妈妈吧。猎人说，要救你妈妈的话，你可能就要失去性命，你不怕吗？小天鹅说，只要我的妈妈能从鹰嘴下逃生，我愿意替她去死。猎人就渡过河，到了山脚下，冲岩石上的老鹰射了一箭，老鹰一个跟斗栽下来，白天鹅得救了。而那只最丑的小天鹅果然死在了河岸边。猎人把这一切告诉给白天鹅后,它哭了,它请求猎人,救救它那个最丑的孩子吧。猎人说,如果它活的话,你就要失去河面上那众多的小白天鹅。那时它们正在水面悠闲而快乐地戏水呢。天鹅妈妈说,只要这只最丑的小天鹅能复活,我情愿失去其他的孩子。猎人笑了笑,没说什么,返身走了。他走以后,河水突然暴涨,那些雪白的小天鹅被汹涌的波浪拍打得发出惊恐的叫声,而岸上那只死去的小天鹅,它的翅膀又能动了,它慢慢站了起来,活了!令人惊叹的是,丑陋的黑天鹅竟然变成了一只浑身雪白、脖颈长长的美丽的小天鹅!而河面漂浮着的那些死去的白天鹅,都变成黑灰色的了,看上去像是一片四散的垃圾。

这个故事打动了在场的所有人,大家不再忧心了。耶尔尼斯涅尤其高兴,他指着畸形崽说,我知道,明天早晨你也会变成一只可爱的小鹿!你的眼睛会比星星还明亮,你缺的那条腿也会像雨后的彩虹一样长出来!

大家正为耶尔尼斯涅的话而欣慰的时候,他接着又说的一句话,让在场的所有人都变了脸色:要是我的额尼遇见危险了,我也愿意像那只丑陋的小天鹅一样,替她去死!

维克特和柳莎的新婚之夜,因为这只畸形鹿崽的降生而蒙上了一层阴影。我们知道它活不过三天,盼着妮浩能及时回来,好为死去的它跳神。

午夜时,天又落雨了。雨开始时很小,后来越下越大。一般来说,婚礼的日子有雨是吉兆。所以我回到希楞柱后,听着雨声,那颗被畸形鹿崽所扰乱的心也渐渐平静下来。

雨足足下了一夜,清晨时才停止。走出希楞柱,如同走入了仙境,远山近山都笼罩在白雾中,营地上也雾气缭绕,看对面的人都影影绰绰的,让人觉得自己仿佛已经离开土地,飘荡在大气中了。

瓦罗加比我起得更早,他对我说,他去了河边,金河水暴涨,岸边的一些柳树已经被淹没在水中了,河面上弥漫着浓重的雾。他说如果雨再下一天,恐怕水会溢出河床,营地怕是待不住了,要随时准备着向上游的高处搬迁。

我惦记着那只畸形鹿崽,问瓦罗加它是否还活着。瓦罗加笑着告诉我,它不但活着,而且看上去很精神。它不仅能叼母鹿的奶头吃,还能趔趄着走几步路呢。我很吃惊,对他说,一只三条腿的鹿崽怎么走路呀?瓦罗加说,你不信,过去看看就知道了。

我来到金河畔,河面上的雾气比山上的更大,能听得见哗哗的水声,却看不见水光。拉吉米正在给母鹿拴笼头,那只畸形鹿崽果然在歪斜着走路。拉吉米说,它似乎特别喜欢河上的雾,总想往河里走。不过它走不远,试探着走个三步五步就要倒下。我对拉吉米说,一定要看好它,如果它死了,要抱回营地,等着妮浩回来,千万不能让乌鸦啄食了它。

雾气的敌人一定是太阳了。中午的时候,太阳终于撕破了阴云的脸。如果说雾气是一群游走着的白象的话,那么阳光就是一支支锋利的箭,它们一旦射出来,雾气没有不被击中的,它们很快就被阳光所俘虏,消失了踪影。天一晴,大家的心也跟着晴了。只要不下雨了,我们还可以留在原地,不必搬迁。因为那一带山上的苔藓丰厚,驯鹿不需要走太远的路就能找到吃的。这对处于接羔期刚刚结束,需要不断把母鹿找回哺育鹿崽的我们来说,要少走许多弯路,旧营地无疑就是一块宝地了。

孩子们很喜欢那只畸形鹿崽,雾气一散,他们纷纷跑到金河畔去看它。达吉亚娜带着贝尔娜和马伊堪,用碧绿的青草编了一个草圈,套在它的脖子上,说是这样它就不丑了。耶尔尼斯涅笼起一堆火来,给它驱赶蚊虻。

　　耶尔尼斯涅和畸形鹿崽出事的时候，是黄昏时分了。当时我们正在营地忙着晚饭。只见达吉亚娜和贝尔娜一路哭着从河畔跑来，她们说鹿崽和耶尔尼斯涅都让河水给卷走了，已经看不见影子了，维克特划着桦皮船去追他们了。

　　原来，太阳偏西的时刻，马伊堪说她饿了，拉吉米就抱着她回营地给她弄吃的。走前他嘱咐达吉亚娜他们，一旦鹿崽有问题，就去喊他。

　　达吉亚娜和贝尔娜先前跟耶尔尼斯涅一起，围在鹿崽身边玩耍。后来她们看见维克特握着鱼叉来了，知道他这是要给爱吃鱼的柳莎叉鱼，就跑去看。涨水以后，鱼会比平时多。维克特选择的是转弯处的一段水域，那里有回流，鱼就像刚被关进笼中的鸟一样，上蹿下跳着，很好叉。维克特站在水中央的一块大石头上，每叉上一条鱼，就把它甩在岸上，让达吉亚娜和贝尔娜用柳条把它们穿起来。那鱼有的没被叉中要害，上岸后仍然摇头摆尾的，达吉亚娜和贝尔娜穿这样的鱼时，就要穿出一串串的笑声。因为鱼往往用它们的尾扫着了她们的脸，给她们的脸涂上一层白色的黏液。

　　叉鱼是个眼疾手快的活儿，维克特做起来是那么的轻松，他又得又稳又准，岸上的鱼也越聚越多，达吉亚娜和贝尔娜几乎忙不过来了。达吉亚娜跟贝尔娜说，有这么多的鱼，应该给那只畸形鹿崽做个鱼圈戴上，把草圈换下来。贝尔娜说，好啊，它戴了鱼圈，兴许脸就端正过来了！ 她们嬉笑着。就在此时，岸上传来耶尔尼斯涅的呼喊：回来啊——回来啊——

　　维克特那时是在金河的上游叉鱼，而畸形鹿崽和耶尔尼斯涅在他的下游，离着有一座山的距离，所以还能清楚地看到下游的情景。只见那只畸形鹿崽飞快地从岸上跑过，眨眼间就跳入水中。那个瞬间，鹿崽好像化作了一条大鱼。耶尔尼斯涅一路呼喊着，奔跑着,追到金河里。到了河中央,鹿崽和人好像遭遇了漩涡似的,团团转着,起起伏伏着,分不清哪是人哪是鹿崽了。维克特叫了一声"天啊!——"赶紧跳到岸上,扔下鱼叉。他们三个朝下游跑去的时候,耶尔尼斯涅和鹿崽已经被上涨的洪流给卷走了。维克特连忙把放在岸边柳树丛里的桦皮船拖出来,放在水上,迅捷地跳上去,驾着它去救耶尔尼斯涅。而达吉亚娜和贝尔娜则跑回营地报信。

我们纷纷跑到金河岸边。太阳已经落了一半,它把向西的水面染黄了。所以那条河看上去好像一分为二了,一面是青蓝色的,一面是乳黄色的。多年以后我来到激流乡的商店,看到卖布的货架上竖着的那一明一暗两匹布的时候,我蓦然想起了那个瞬间所看见的金河。的确,那时的金河就像两匹摆在一起的一明一暗的布。不过布店的布是紧束着的,而河里的布完全打开了,一直铺展到我们看不见的地方。

瓦罗加和马粪包抬来另一条桦皮船,也去寻找耶尔尼斯涅。

我们在岸边焦急地等待着,大家都默不作声。唯有贝尔娜,她一遍一遍地对达吉亚娜说,那只鹿崽一定又长出了一条腿,我们都看见了,它跑得比耶尔尼斯涅还快,你说它要是没有四条腿的话,怎么能跑那么快,是不是?她说这话的时候打着哆嗦,而听这话的我们也打着哆嗦。

夕阳尽了,它把水面那明媚的光影也带走了,金河又是纯色的金河了。不过因为天色的缘故,它看上去是那么的灰暗和陈旧。那哗哗的流水声听上去好像是谁在使刀子,每一刀都扎在我们的心上,是那么的痛。

星星出来了,月亮也出来了,寻找耶尔尼斯涅的人没有回来,但鲁尼和妮浩却静悄悄地站在我们身后了。妮浩见到我们说的第一句话就是:你们不用等了,我的耶尔尼斯涅已经走了。

妮浩的话音刚落,河面上就出现了两条桦皮船的影子,就像两条朝我们游来的大鱼。两条船共有四个人,三个人站着,一个人躺着。躺着的人永远躺着了,他就是耶尔尼斯涅。

虽然耶尔尼斯涅已经被河水尽情地冲刷过了,妮浩还是用金河水又为他洗了身子,换上了衣服。我和瓦罗加把他装在白布口袋里,扔在列斯元科山的南坡上。这座为了纪念维克特和柳莎的婚礼而命名的山,在我心中就是一座坟了。

妮浩说,耶尔尼斯涅是为了救她而死的。她和鲁尼骑着驯鹿向回返时,实在太想早点看见孩子了,为了尽快到达营地,他们抄了近路,走了很难走的白石碴子。白石碴子的小路窄窄的,弯弯曲曲。它的一侧贴着石壁,另一侧就是深深的沟谷了。一般来说,没有特别急的事,我们都不走这条路。驯鹿到了这条小路上,腿都要打哆嗦。

由于接连下了两场大雨,地表非常湿滑,他们放慢速度,走得很小心。但是那条路实在太狭窄了,再加上雨把路边缘的泥土浸泡得松软了,在一个转弯处,走在前面的妮浩骑着的驯鹿一脚踏掉了一块路边的泥土,身子一歪,带着妮浩翻下了幽深的沟谷。鲁尼说,他眼见着妮浩和驯鹿转眼间不见了,他的心一下子就凉了,那么深的沟谷,人和驯鹿跌下去是不会有好结果的。然而奇迹出现了,驯鹿沉入谷底死了,而妮浩却被挂在离路面只有一人多远的一棵黑桦树上。鲁尼顺下一根绳子,把妮浩拉了上来。妮浩一上来就哭着对鲁尼说,耶尔尼斯涅一定出事了,因为那棵黑桦树拦住她的时候,她看见那树在瞬间探出两只手来,那手是耶尔尼斯涅的。而耶尔尼斯涅的名字,正是黑桦树的意思。

妮浩出事的时候,是黄昏时刻,而那也正是耶尔尼斯涅被河水卷走的时刻。鲁尼说他一遍又一遍地打量那棵黑桦树,它是那么的苗壮,就像耶尔尼斯涅一样。他从树上看不到妮浩所说的在坠落的瞬间看到的手,他是多么希望还能握到儿子那双温热的小手啊。

那只畸形的公鹿崽,果然给我们带来了厄运。

就在那个令人悲伤欲绝的夜晚,当所有人都沉浸在哀痛之中而茶饭不思的时候,依芙琳却在营地燃起篝火,烤着白天坤德打来的野鸭,边吃肉边喝酒。那股肉香味像子弹一样,射穿了我们悲伤的心。她一直把月亮喝得偏西了,这才颤颤巍巍地站起来。她朝希楞柱走去的时候,听见了妮浩的哭声。她停了下来,抬头望着天,大笑了几声,手舞足蹈地拍着手说,金得,你听听啊,听听吧,那是谁在哭?!你想要的人和不想要的人,她们哪一个活得好了?!金得,你听听吧,听那哭声吧,我从未听过这么美的声音啊,金得!

那个时刻的依芙琳就是一个魔鬼。她对与金得有关的两个女人的悲剧所表现出的快感令人胆寒。

那时我正和玛利亚一家坐在火塘旁。依芙琳那番幸灾乐祸的呼喊,把玛利亚气得剧烈地咳嗽起来,杰芙琳娜轻轻地为她捶着背。玛利亚待咳嗽轻了,喘息着拉住杰芙琳娜的手,说,你要给我生个孩子,生个好孩子!你要和达西好好的,让依芙琳看看,你们在一起是多么的幸福!

我没有想到,依芙琳那不断滋长的仇恨,倒使玛利亚原谅了杰芙琳娜。

达西和杰芙琳娜各自握着玛利亚的一只手,感动得哭了。

我离开玛利亚,在回自己希楞柱的时候,听见妮浩又唱起了神歌——

世上的白布口袋啊，

你为什么不装粮食和肉干，

偏偏要把我的百合花揉碎了，

将我的黑桦树劈断了，

装在你肮脏的口袋里啊！

我们很快离开了列斯元科山，离开了金河。不过那次搬迁，我们不是朝着一个方向，而是分成两路，瓦罗加率领一路，鲁尼率领一路。依芙琳那晚的疯狂呼喊，刺痛了所有人的心。鲁尼说必须把依芙琳和玛利亚分开。鲁尼他们带走了玛利亚一家、安道尔，还有瓦罗加氏族的几个人。我不愿意安道尔离开我，但他似乎更喜欢鲁尼。孩子们喜欢的，我就遵从他们的意志吧。

最不愿意跟着鲁尼走的是贝尔娜了，她不舍得离开达吉亚娜和马伊堪。分别的时候，贝尔娜哭了。我对她说，你们虽然分开了，但离得很近，和达吉亚娜还会常常见面的。贝尔娜这才不哭了。

依芙琳看见鲁尼带着一部分驯鹿和人要去另一个方向，而且玛利亚一家也在其中，她就像一个好战的人突然失去了敌手一样，格外地暴躁，她骂鲁尼是在搞分裂，说他是我们家族的罪人！她当年也曾以同样的口气骂过拉吉达。

鲁尼没有理睬她。依芙琳就转而点着贝尔娜的头说，你跟着他们走，会有好命吗？妮浩一跳神，你就会没命的！

贝尔娜本来不哭了，但依芙琳的话又把她吓哭了。妮浩叹了一口气，她把贝尔娜抱在怀中。虽然阳光照耀着她们，可她们的脸色却是那么的苍白。

坤德已经很久不跟依芙琳说话了，但在那个时刻他突然抓起一把猎刀，走到依芙琳面前，晃着刀对她说，你再敢说一句话，我发誓,我会割下你的舌头,喂给乌鸦吃!

依芙琳歪着头,她看了看坤德,阴冷地笑了笑,闭上了嘴巴。

第二年春天,伊万回来了。几年不见,他消瘦了很多,也衰老了很多。依芙琳一见他,就"哎哟"叫了一声,说,吃军饷的混不下去了,又进山来了?

伊万跟坤德说,他已经不在部队了,他的关系转到地方了。坤德问他是不是在部队犯了错误,被开了回来?伊万说不是。他说只是不习惯大家总是守着桌子在屋子里吃饭,晚上睡觉门窗关得紧紧的,连风声都听不见。再说了,部队老要给他介绍女人,那些女人在他眼中就像在药水中泡过的一样,不可爱。伊万说他如果再在那里待下去,会早死的。他的关系最后落在了满归,从那里他还可以领到一份工资,比我们每个月的猎民生活补贴要高出好多呢。

伊万对瓦罗加说,山林以后怕是不会安宁了,因为满归那里来了很多林业工人,他们要进山砍伐树木,开发大兴安岭了。铁道兵也到了,他们要往山里修铁路和公路,为木材外运做准备。维克特问,他们砍树要做什么呢?伊万说,山外的人太多了,人们要房子住,没有木材怎么造房子?

大家都默不作声,伊万的到来并没有给我们带来喜悦。但是伊万似乎感觉不到大家阴郁的情绪,他又讲了两件事,一个是关于王录和路德的,一个是关于铃木秀男的。

伊万说王录和路德虽然没有被杀头,但他们都被判了刑,一个是十年,一个是七年。伊万在说到"十"和"七"这两个数字时,舌头有些僵硬。

有关铃木秀男的故事是这样的,说是他在逃亡途中被俘后,跟众多的日本战俘一起被押解到苏联,同德国战俘一起修筑西伯利亚铁路。铃木秀男思念家乡，思念他的老母亲，想回到日本去。为了争取回去，有一天干活时，他故意让枕木压断了自己的腿。他成了瘸子，修不了铁路了，才被遣送回去。

伊万讲完铃木秀男的遭遇后，坤德叹了一口气，说，他这后半辈子就是走夜路了呀！

拉吉米说，没想到他跟我一样，也是个"废人"了！

伊万在我们那里只待了三天，就去鲁尼那里了。

那年我有了孙子。柳莎生下了一个健壮的男孩，让我给他起个名字。一想到妮浩给孩子所起的与花草树木有关的名字都是那么的脆弱，我索性给他起名叫九月，因为他是九月生的。我想神灵能够轻易收走花草树木，但却是收不走月份的。一年不管好也罢，坏也罢，十二个月中，没有哪个月份是可以剔除的。

伊万说得没错，一九五七年的时候，林业工人进驻山里了。他们不熟悉地形，人扛肩背那些"建点儿"用的东西又吃力，所以在那个时候，我们既要当他们的向导，又要用驯鹿帮他们驮运帐篷等物品。瓦罗加就曾三次带领着乌力楞的人，赶着驯鹿，为他们运送东西。他们往往一走就是半个月。

伐木声从此响起来了。一到落雪时节，就可以听见斧声和锯声。那些粗壮的松树一棵连着一棵地倒下，一条又一条的运材路被开辟出来了。开始时是用马匹往运材路上拖原木，后来拖拉机轰轰地开了进来，它比马的动力要大，一次可以同时拖十几棵原木。从深山中拖出的木材，都被装在长条的运材汽车上，运到山外去了。

驯鹿和我们都喜静，从那时开始，一到伐木时节，我们在森林中的搬迁就更为频繁了。我们去寻找那些僻静之处，但不是所有的僻静处都可以作为营地的，一要看那里有没有驯鹿可食的苔藓，二要看那一带适不适合打猎。从那以后我们尤其喜欢春天,春天一到,采伐期就结束了,森林会恢复往日的宁静。

一九五九年的时候,政府为我们在乌启罗夫盖起了几栋木刻楞房。有几个氏族的人开始不定期地到那里居住。但他们总是住不长,还是喜欢山里的生活。所以那些房子多半闲着,很少有炊烟。那里有了小学,鄂温克猎民的孩子可以免费入学,瓦罗加建议把达吉亚娜送去上学。

在上学的问题上,我和瓦罗加意见不一。他认为孩子应该到学堂里学习,而我认为孩子在山里认得各种植物动物,懂得与它们和睦相处,看得出风霜雨雪变幻的征兆,也是学习。我始终不能相信从书本上能学来一个光明的世界、幸福的世界。但瓦罗加却说有了知识的人,才会有眼界看到这世界的光明。

可我觉得光明就在河流旁的岩石画上,在那一棵连着一棵的树木上,在花朵的露珠上,在希楞柱尖顶的星光上,在驯鹿的犄角上。如果这样的光明不是光明,什么又会是光明呢!

达吉亚娜最终还是没有去上学,但瓦罗加得闲时开始教她和马伊堪识字,他用树枝做笔,用土地做纸,在上面写上一些字,教她们念。达吉亚娜喜欢学字,马伊堪就不行了,她学着学着就会打盹儿。拉吉米心疼马伊堪,就不让她学字了,说是瓦罗加弄了一些蚂蚁,塞到马伊堪的脑袋里了,他可不能让那些蚂蚁害了他的宝贝女儿。

一九五九年的深秋,鲁尼突然来找我,邀我们参加安道尔的婚礼。

跟着鲁尼他们走的,有一个叫瓦霞的女孩,她比安道尔大三岁,是瓦罗加部落的人。瓦霞是个爱说爱笑的姑娘,个子比安道尔还要高。她很喜欢打扮。鲁尼说,他们谁也没有想到安道尔和瓦霞会在一起,因为瓦霞已订了婚。

　　夏天的时候,有一天清晨回到营地的驯鹿少了三只,鲁尼发动乌力楞的年轻人都出去寻找。大家上午出去,下午时就找回来了。找回了驯鹿,可却丢了人,安道尔和瓦霞不见了。他们是什么时候脱离了众人,大家并不知道。鲁尼说他知道安道尔是个忠厚的孩子,不会做越轨的事情,而且瓦霞又定了亲,所以认定他们在一起是不会出什么事的。他们两个在傍晚的时候回来了。安道尔看上去有点蔫,他的脸上还有几缕伤痕,好像被人抓过了似的,问他,他只说是刺梅给剐的。瓦霞呢,她倒是像大热天的时候喝了一碗清凉的泉水,看上去很愉快。她跟大家说她和安道尔走岔了路,所以回来晚了。

　　一个多月以后,瓦霞每天早晨起来都要呕吐,人们以为她害了胃肠病,还采狼舌头草给她煮水喝呢。又过了两个月,秋天的时候,她的肚子大了,人们这才明白那里装的是什么东西了。大家想起了安道尔和瓦霞那天单独回来的事情。瓦霞的父亲找到安道尔,说瓦霞已订婚了,你这么糟蹋我的女儿,等于把她推下悬崖了。他把安道尔打得鼻青脸肿的。安道尔不明白自己做错了什么,他说自己并不想做那件露着肉的事,可瓦霞说那是一件美事。他还说那天是瓦霞主动脱下裤子,把他拉入怀中的。他还不懂得该怎么做,是瓦霞教他的。安道尔说瓦霞那时是那么的高兴和快乐,有一刻她像疯了一样,大喊着安道尔、安道尔,手在他脸上乱抓,把他的脸都挠破了。瓦霞还叮嘱他,谁要是问起脸上的伤痕,就说是被刺梅划伤的。

　　鲁尼说,可瓦霞跟他说的却是另外的话,说自己是被迫的,安道尔强奸了她。鲁尼说,不管怎么说,瓦霞有了安道尔的孩子,她原来的那门亲事算是告吹了,安道尔必须娶她。

这是一桩双方都不情愿的婚事。安道尔说他不想娶个说谎话的女人,而瓦霞则哭着说她不想嫁给一个傻瓜。

我到了鲁尼那里问安道尔,你愿意跟瓦霞在一起吗?安道尔说,我不愿意。她高兴了要挠人,她还撒谎。

可你让她有了孩子,你得娶她!我和鲁尼这样跟他说。

安道尔用双手蒙着脸无声地哭了。看到他指缝间流出的泪水,我的心都要碎了。他哭过以后冲我们点了点头,同意吞下自己种的这颗苦果。

妮浩在给安道尔和瓦霞主持婚礼的时候,安道尔一直低着头,而瓦霞则用一只脚不停地踢着地。玛利亚咳嗽着,她指着瓦霞对她说,你的脚得老实点儿,不然孩子会保不住的。我不想让玛利亚再多嘴,那会使安道尔更加难堪的,于是递给了她一碗酒。玛利亚也真的是老了,一碗酒断断续续地喝了好几次,也才喝了半碗。而且她端着碗的手就像遇到寒风的火苗一样,一直哆嗦着。

安道尔的婚礼结束后,我回到我们乌力楞。可是一个月以后,当初雪给山林罩上一块银白色的头巾时,我又被鲁尼叫了过去。这次我是去参加葬礼的。

玛利亚死了。她死的时候,久久地拉着杰芙琳娜的手,直到吐出最后一口长气,这才慢慢地撒开她的手。

她至死也没有看到她一直渴望着的达西的孩子,她是睁着眼睛走的。

也就是在那次葬礼上,鲁尼告诉我妮浩又怀孕了。鲁尼说这话的时候,嘴唇微微颤抖着。怀孕在别人来讲是喜事,而他们却被深深的恐惧所笼罩了。我对妮浩说,以后你把自己的孩子当作别人的孩子,而把别人的孩子当作自己的孩子,一切都会好的。妮浩领悟了我的话,她忧伤地说,那我也不会看着自己的孩子受罪而不管的。

我明白，她说的那个自己的孩子，其实就是别人的孩子。

玛利亚升了天了，伊万那时因为得了风湿病，膝关节变形，几乎不能走路，到山外养病去了，跟着鲁尼他们的瓦罗加部落的两户人家，也到乌启罗夫去了，鲁尼那里看上去很冷清。我对鲁尼说，玛利亚不在了，她和依芙琳之间的仇恨也就消失了，我们还是回到一起来吧。我对他说，我这样做也是为了安道尔，瓦霞看上去轻佻又霸道，恐怕对安道尔是不会好的。他们和我在一起，对瓦霞也是个约束。当她欺负安道尔时，我可以对她施加长者的威严。鲁尼和妮浩也同意这样做，因为贝尔娜失去了玩耍的伙伴，越来越孤僻。妮浩说有一次她捉来一只黄蝴蝶，说是要把它放进自己的肚子里，让它在里面飞，跟自己玩耍。妮浩以为她只是说说而已，谁料她真那么做了。贝尔娜把蝴蝶活着扔进嘴里，闭着嘴，眯着眼，连续几个小时不说话，把妮浩和鲁尼吓坏了。

鲁尼率领他们乌力楞的人跟我回到营地时，依芙琳发现玛利亚和伊万不在了，而瓦霞和妮浩却大了肚子，她哼了一声，说，走了俩，又来了俩！我告诉她，伊万的走和玛利亚不一样，玛利亚升天享福去了，而伊万是到山外养病去了。依芙琳愣怔片刻，但她很快醒过神来，她照旧哼了一声，愤愤地说，吃过军饷回来的人到底是不行，还害病！

依芙琳数落完伊万，眼睛里忽然蒙上了泪水。她嘴上说的是伊万，心里一定想起了玛利亚。她的泪水就是证明。

那个晚上，坤德告诉我依芙琳没有吃饭。

第二天，她还是没有吃饭。

第三天，她已经不能自如行走了。她拄着一根木棍，吃力地走到哈谢那里，问他：玛利亚是风葬还是土葬了？

哈谢仍然嫌恶依芙琳。他冷冷地说,玛利亚不用抬头,就能看见太阳和月亮,小灰鼠会抱着松塔,跳到她身上和她玩耍,你说她是在风中还是在土中?

依芙琳垂下头,说,在风中好,风中好。

依芙琳离开哈谢那里,突然扔下手中的木棍,双手合拢,对着天空拜了三下。拜完,她捡起木棍,哆哆嗦嗦地走回她的希楞柱。

依芙琳开始吃东西了,不过从此以后,她离不开拐棍了。

那年冬天,瓦罗加和哈谢去乌启罗夫的供销合作社换取粮食的时候,告诉我们山外在闹饥荒。粮食供给紧张,所以他们只换来了四袋面粉、一袋食盐。这点粮食对于我们整个乌力楞的人来说,是微不足道的。粮食短缺,酿酒自然成了问题,所以酒价也上涨了。那些爱喝酒的人全都无精打采的。不过我们存有丰厚的肉干和干菜,子弹又有保障,猎取动物可以使我们获得食物,所以大家也不慌张,把面粉主要分配给了鲁尼和安道尔,因为他们那里有孕妇。

安道尔和瓦霞结婚后,就再也没有笑过。他不和瓦霞睡在一起,这让瓦霞无法容忍。有一次她找到我,跟我哭诉,说是她命苦,安道尔连和女人睡觉都不会,实在是天底下第一大傻瓜!我问她,你说安道尔不会和女人睡觉,难道你肚子里隆起的东西是风给鼓捣的?瓦霞就哭得越发凶了,她说她倒霉,安道尔对她只有那一次,她就怀上了他的孽种。我说,你怀着孩子,为了孩子的安全,也该节制男女之事。如果头一胎流产了,没准儿会像杰芙琳娜那样,难以再怀孕。瓦霞跳着脚跟我叫嚷着,我才不相信呢!三年前我已经流过了头一胎,这次还不是怀上了?!为什么我就这么倒霉!

瓦霞说完后,马上意识到自己失言了。她捂着嘴,眼睛里露出惊恐和懊恼的神色,再也没有说一句话。我这才知道她早在跟安道尔前，就不是个干净的女孩子了。她跟的谁，她没有说，我也没有追问。

这件事发生后，瓦霞老实多了。她不再当着我的面骂安道尔是个傻瓜，但她的心还是不安分的。她看到女人时，那眼睛就像死鱼的一样，毫无光彩；而那些成年男人的身影，却总能让她的眼睛滴溜溜地转起来，让她的眉毛挑起来。但男人们对她的暗示总是不理不睬。

有一次瓦罗加问安道尔，你不喜欢瓦霞吗？安道尔重复的还是那句老话，我讨厌她，她高兴了要挠人的脸，手跟鹰爪一样；她还爱撒谎，好姑娘是不撒谎的。瓦罗加又问，那你不喜欢她为你怀的孩子吗？安道尔说，孩子又没出来，我怎么知道他招不招人喜欢呢？安道尔的回答让我笑了起来。

转年六月，瓦霞在草地上生了一个男孩，瓦罗加给他起名叫安草儿。

安草儿的到来使安道尔脸上又出现了笑影。瓦霞却不喜欢安草儿，她不敢再说安道尔是傻瓜，就把这个称呼转嫁给安草儿了。瓦霞给安草儿喂奶的时候，总要说，傻瓜，吃奶了！她为安草儿打扫屎的时候，也要气呼呼地说，这个傻瓜的屎怎么这么的臭！

瓦霞以为，安草儿出生后安道尔那么满意孩子，自然会对她心生感激和温柔，跟她求欢的，可是他还是不和她睡在一起。气得她每次给安草儿喂奶，都要不住地骂他，说，你这个傻瓜，把我的一生毁了啊！

有一回，拉吉米听见瓦霞这样骂安草儿，就责备她说，人家的孩子都是宝贝，你怎么一天到晚地说自己的孩子是傻瓜？他就是不傻的话，将来也得让你给叫傻了！

瓦霞对拉吉米说，他阿玛是个傻子，他自然也是个傻子！不是吗?!除了像你这种没用的男人,不知道女人有多美多妙,哪个男人会不得意女人呢?除非他是傻子!

瓦霞的话深深刺痛了拉吉米,也刺痛了乌力楞所有人的心。从那以后,没谁愿意跟瓦霞说话。我没有想到她是这么的没有廉耻,我不想让我的安道尔和她过一辈子,这对安道尔是不公平的。我跟瓦罗加商量,想为他们解除婚约。瓦罗加同意了。我们首先把安道尔找来,把意思跟他讲了,谁知他一口否决了。安道尔说,瓦霞高兴了要挠人,她还爱撒谎,我把她放走了,她又会去害别的男人!就像一条狼,我知道它吃人,还要放走它,我就是有罪的!我要留着她,看着她,不让她吃人!

那是我印象中安道尔说的最长的一段话,也是说的最有条理、最坚决的一段话。从他那段话中,我又看见了拉吉达的影子。

这年的八月,妮浩快要临产的时候,我们一下子丢失了十只驯鹿。其中有四只鹿崽,两只种鹿,四只母鹿,这对我们来说非同小可。男人们分成三路去寻找驯鹿:瓦罗加、维克特、安道尔一路;拉吉米、马粪包和达西一路;鲁尼、坤德和哈谢一路。他们离开营地后,我们焦急地等待他们回来。第一天傍晚,拉吉米那一路的人回来了,他们是空着手回来的。第二天傍晚,瓦罗加这一路的人也回来了,他们脸上满是失望。到了第三天傍晚,鲁尼带领的那一路人终于赶着我们的驯鹿回来了。除了驯鹿,鲁尼还带回了三个陌生的汉族男人。有两个跟着哈谢和坤德在地上走着,他们一高一矮。另一个则软绵绵地趴在驯鹿身上,毫无声息,像个死人。鲁尼说,这三个人偷了驯鹿,要把它们运到山外,屠宰以后吃肉。鲁尼追上他们的时候,他们已经宰杀了一只鹿崽吃了,所以回来的驯鹿是九只。鲁尼跟我们讲述的时候,那一高一矮两个人给我们跪下了,求我们放过他们,千万别开枪杀了他们。他们哭着说偷我们的驯鹿,完全是饥荒闹的。他们吃不饱，家里的父母和老婆孩子都在挨饿，他们听说我们在山中放养驯鹿，就动了偷的念头。瓦罗加问他们从哪里来，做什么的。他们只是说从山外来的，没工作，具体的再不肯说一个字。他们还指着趴在驯鹿身上的那个人说，求求你们救救他吧，他才十六岁，还没有结婚呢！

十六岁的孩子就偷东西，他将来还有什么出息！哈谢嘟囔着，但还是把那个趴在驯鹿身上的人抱下来，放在地上。他圆圆的脸，面色苍白，浓浓的眉毛，闭着眼睛，嘴唇很丰厚，但嘴唇跟脸一样，毫无血色。他看上去确实也就十五六岁的模样，胡须浅浅的、茸茸的，就像初春时节向阳山坡长出的青草，又柔又嫩。他像青蛙一样鼓着肚子。看他一动不动的样子，大家以为他已死了。瓦罗加蹲下来，用手试了试他的鼻息，发现他还有呼吸，就让那两个跪着的人站起来，问他们，这孩子哪里病了？高个儿说，我们宰杀了一只鹿崽，笼了堆火，围在一起烤鹿肉。他实在是太饿了，肉还没熟，就撕着吃；肉熟了，他又吃。吃得肚子圆了，他又说害渴，我把水壶递给他，他一口气喝干，人就不行了。矮个儿的补充说，他不是喝完水就不行的，他站起身，对着一棵大树滋了泡尿，摇晃着走回来，一屁股坐在地上，脸上直冒虚汗，"咕咚"一下就躺倒了。

他怎么能往大树身上撒尿呢！瓦罗加说，他一定是触犯了山神！

坤德说，山神怪罪下来了，我看他肯定保不住命了！

高个儿和矮个儿同时又跪下了，他们给我们磕头，说，我们听说你们的神仙多，所以进山以后还是加小心的，树墩不敢坐，石头也不敢坐，草儿都不敢折，谁知一泡尿也会浇了神仙呢！我们可不是故意的。听说你们有巫婆，会请神，让神饶恕他吧。我们以后哪怕是饿死，也不偷东西了！他要是死了，我们回去怎么跟他家人交代啊！求求你们,救救他吧!

柳莎抱着九月,瓦霞抱着安草儿,达吉亚娜一手拉着贝尔娜、一手拉着马伊堪,都在围观那个躺在地上的少年。那时的妮浩身子已经很沉重了,她把生孩子要用的亚塔珠都搭建起来了。那两个陌生人的乞求让她浑身颤抖起来。她一颤抖,鲁尼也跟着颤抖了,他叫了一声:"天啊,我为什么要把他们带回来呢!"说着,把贝尔娜揽进自己怀中。鲁尼像风化了的岩石,贝尔娜则是躲避暴风雨的、在岩石下瑟瑟发抖的小鸟。我再也不想看到他们为了救助别人又会失去自己亲爱的孩子。我对那两个人说,我们这里没有巫婆! 这个孩子我看不是惹恼了神仙,而是吃撑着了,你们看看他的肚子吧,他差不多吞了我们半只鹿崽! 他这不是自己找死吗?你们想办法抠出他肚子中的鹿肉,他就会没事的!

高个儿说,进了肚子的东西,就像掉进了深井的东西,怎么能捞得出来呢?

矮个儿说,你们有没有什么药,能让他把吃的东西吐出来?

我们把那个少年立起来,用手指抠他的喉咙,想刺激他的咽喉,使他呕吐,然而他毫无反应。我们又把泻药给他灌下,期待他能把吃的东西排泄出来,然而这个办法也不灵。

太阳落山了,天边涌现出几条橘黄的光带,那是太阳最后的几声呼吸。天色已经昏暗了。这样的天色让我的心阵阵作痛,尼都萨满和妮浩跳神,通常都是从这个时刻开始的。瓦罗加再一次试了试那人的鼻息,他的手抖了一下,看来他气息已无,该扔了。那一瞬间我竟然有一种轻松的感觉,我想他的魂魄已经散了,当然就可以不用救治他了。

就在这个时刻,妮浩吃力地俯下身,把手按在那个少年的额头上。她站起来后对鲁尼说,宰一只鹿崽,把他抬进我们的希楞柱吧。

我大叫着,妮浩,你要为别人的孩子想一想啊!我想只有她明白那个"别人的孩子"的含意。

妮浩的眼睛湿润了,她对我说,自己的孩子还有救,我怎么能……

妮浩没有说完那句话,谁都明白她省略的是什么。

鲁尼站着不动,他只是紧紧地抱着贝尔娜。瓦罗加吩咐马粪包宰只鹿崽,奉献给玛鲁神。而他则和哈谢一起,把那个少年抬进鲁尼的希楞柱里。

妮浩这次没有让任何人进那座希楞柱,她是怎样艰难地穿上那沉重的神衣,系上神裙,戴上神帽的,谁都不知道。当鼓声响起来的时候,真正的黑夜降临了。天边曾闪现的那些橘黄色的光带全都不见了,它们被黑夜彻底吞没了。我们胆战心惊地站在营地上,把鲁尼和贝尔娜围在中央,就像水环绕着中心的小岛一样。鲁尼对贝尔娜说,没事的,你不用害怕。我们也对贝尔娜说,没事的,你不用害怕。只有瓦霞,她对贝尔娜说,我听说了,你额尼一跳神,就要死一个孩子。你怕死,为什么不逃走呢?你真傻!贝尔娜本来就打着哆嗦,瓦霞的话让她更加哆嗦了。我把安草儿从瓦霞怀中抱过来,对她说,请你离开这里吧!瓦霞说,我说错什么啦?我大声对她说,离开吧,马上!瓦霞嘟囔着,转身走了。她一走,安道尔也走了。过了一会儿,我们听不见妮浩的鼓声和神衣上那些金属饰片相碰撞时所发出的"嚓啦嚓啦"的声音了,因为瓦霞的哭声和骂声把它们淹没了。维克特过来对我们说,安道尔把瓦霞绑在一棵树上,正用一根桦树枝条抽打她呢。瓦霞的父母同声说道:"该打!"我们谁也没有过去劝阻。

瓦霞大声哭闹了半个钟头后,她的哭声微弱了,骂声也微弱了。哭声和骂声就像阴云,它们一旦被拨开,那月亮一样清澈的鼓声就显得明亮了。鼓点是那么的急促,可以想见妮浩跳得是多么的激动、有力。她的身子是那么的娇小,又附着个待产的孩子,她怎么能承受得了呢!鼓声对我们来讲就像寒流中呼啸的北风一样,让人冷得发抖。

月亮已经在空中了,那是半轮月亮。虽然它残缺,但看上去很明净。鼓声已经停止了,看来舞蹈也停止了。贝尔娜仍然被鲁尼环抱着,我们都长出一口气。我对贝尔娜说,你听,鼓声不响了,你没事了。贝尔娜"哇——"的一声大哭起来,仿佛是受到了天大的委屈。我们安慰着贝尔娜,等待妮浩出来。然而贝尔娜的哭声都止息了,妮浩还没有出来。我和鲁尼紧张了,我们正想进去看看妮浩怎么样的时候,希楞柱里传来了她唱神歌的声音。那歌声让我想起一种光来——冰面上的月光:

> 孩子呀,回来吧,
> 你还没有看到这个世界的光明,
> 就向着黑暗去了。
> 你的妈妈为你准备了皮手套,
> 你的爸爸为你准备了滑雪板,
> 孩子呀,回来吧。
> 篝火已经点燃,
> 吊锅已经支上。
> 你不回来,
> 他们坐在篝火旁,
> 也会觉得寒冷。
> 你不回来,
> 他们守着满锅的肉,

也会觉得饥饿。
孩子呀,回来吧,
乘着滑雪板去追逐鹿群吧,
没有你,狼就会伤害
驯鹿那美丽的犄角。

我和鲁尼都听明白了,妮浩的神歌是唱给那个即将出世的孩子的。我们不相信孩子未生先死。我和鲁尼跑进希楞柱。空气是那么的难闻,既有腥臭味,又有血腥味。火塘里的火已经快熄灭了。鲁尼点亮了熊油灯,我们看见复活的少年蜷缩在角落里低声哭泣,他的身旁四散着大团大团腐败的呕吐物。妮浩怀抱着一个死婴,垂头坐在火塘旁。她摘下了神帽,那被汗水打湿的头发就像垂柳一样,纤巧地荡在死婴的头发上。她的神衣和神裙还穿在身上,她可能已经没有脱它们的力气了。神裙被鲜血染污了,而她神衣上的那些金属饰片,却仍然闪闪发光。

那个死婴是个男孩,他还没有看到这世界任何的一点儿光亮就沉入了黑暗。他连被命名的机会都没有,是妮浩那些死去的孩子中唯一没有名字的。

我和瓦罗加再一次提起白布口袋,去埋葬鲁尼和妮浩的骨肉。我们这次不是随便地把他丢弃掉,而是用手指为他挖了一个坑,把他埋了。在我们眼中,他就像一粒种子一样,还会发芽,长成参天大树的。八月的阳光是那么的炽烈,它把泥土都晒热了。在我眼中,向阳山坡上除了茂盛的树木外,还生长着一种热烈的植物,那就是阳光。我和瓦罗加用手指挖墓穴的时候,指甲里嵌满了温热的泥土,那泥土是芳香的。有一刻,我掘到了一条粉红色的蚯蚓,不小心弄折了它,它一分为二后,身躯仍然能自如地摆动,在土里钻来钻去的。蚯蚓的生命力是那么的旺盛,一条蚯蚓的身上可以藏着好几条命,这让我感慨万千。要是人也有这样的生命力就好了。

鲁尼烧毁了为妮浩搭建的那座亚塔珠,那座没有孕妇住进去,也没有孩子降生的亚塔珠。它就像一团浓云,本来以为会给干涸的鲁尼和妮浩带来雨露和清凉,谁知它竟然自生自灭了。

我们最终放了那三个偷驯鹿的人。瓦罗加说,因饥荒而产生的偷,是可以原谅的。他们离开营地的时候,悲伤的鲁尼还给他们带了一些肉干,让他们路上吃。他们跪在地上不住地给我们磕头,流着眼泪,说是有朝一日,一定要报答我们的救命之恩。

妮浩在希楞柱里休养了一周后,才有力气走出来。她越来越瘦了,面颊深陷,嘴唇发白,发丝中又添了一些白发。她似乎很害怕阳光,一出来就打了一个哆嗦。她就像一个曾经很富足的人拥有一个大粮仓一样,如今那粮仓因为众生的饥荒而空空荡荡的了,她的肚子是瘪的了。我们闻到她身上有一股奇异的香气,那是麝香的味道。

獐子是林中长得最难看的动物了,它黄褐色,毛发粗糙,但胸脯那里会有一道白色,好像它终日为自己预备着一条白毛巾,等着擦汗。虽然獐子的形态像鹿,但是不长角。它的头又小又尖,皱巴着,非常丑陋。雄性獐子是非常难得的,因为在它的肚脐和生殖器之间,有一个腺囊分泌物,把它取下干燥以后,它就会散发出特殊的香气,也就是麝香。所以我们把獐子也叫香獐子。

麝香是名贵药材,每逢打到香獐子的时候,就是我们乌力楞的节日。麝香能治疗中毒,有醒脑、通窍的作用。除了这些,它还可以做避孕的药物,只要闻一闻它的气味,就可以起到避孕的效果。如果一个妇女把麝香终日揣在衣兜里,她就会终生不孕。

谁都明白,妮浩为什么把麝香放在衣兜里。哪有女人不喜欢受孕呢？可妮浩的受孕总是与灾难相连着，她就仿佛是一只辛辛苦苦筑巢的鸟，等巢筑好了，总会有意外的风雨把它打落。

麝香味常常催下女人的泪水，好像香气辣着我们的眼睛了。鲁尼对妮浩的举动没有责备什么，但他的心底却是绝望的。在妮浩揣着麝香的日子里，从夏天到秋天，鲁尼经常会当众突然流出泪水。他手忙脚乱地擦泪水的时候，总是说有一股气味呛着他的眼睛了。我知道，鲁尼是多么盼望有一个儿子啊。果格力和耶尔尼斯涅，就像两颗流星一样，划过鲁尼的心的上空，无影无踪了。

初冬的时候，妮浩身上的麝香气味消失了。我想是鲁尼的泪水赶走了那气味。那股香气是浓雾，而鲁尼的泪水是妮浩的阳光，把它照散了。

一九六二年以后，山外的饥荒有所缓解，但粮食供给仍然紧张。伊万在秋天时回来了，他的腿仍然行走不便，他雇了两匹马，给我们带来了酒、土豆和他从蒙古人那里买来的奶酪。他的那双大手已经变形了，骨节突出，弯曲着。那双曾经能把石头攥碎的手，如今捏碎只乌鸦蛋都吃力。伊万对我们说，他听说政府正在酝酿一件大事，要重新建立一个村屯，让我们这些生活在山上的猎民搬迁到山下居住。哈谢说，乌启罗夫的那几栋房子都没住满过人，再建一个地方，我看也是闲着！达西说，下了山，驯鹿怎么活？拉吉米附和道，就是，我看还是在山上好！山下闹饥荒，有小偷，还有流氓，住在山下，不是等于住在贼窝和匪窝里吗？拉吉米不愿意离开山里，也是因为马伊堪。他从不带马伊堪出去，他担心她的生身父母又会找上门来，要回他们的女儿。马伊堪是那么的美丽，她的美真的可以让花容失色，让日月黯淡。只要营地一响起马蹄声，拉吉米就会像猎犬一样支棱起耳朵，分外警觉，以为接马伊堪的人来了。

伊万回来的那天，大家喝了很多酒。那天晚上，我是那么想和瓦罗加在一起。达吉亚娜已经是大姑娘了，我怕我们在深夜制造的风声会吓着她，虽然说她就是听着这样的风声长大的。但是那个晚上不一样，因为酒像火苗一样，把我和瓦罗加的激情点燃了，热情相撞的风声，一定会比平时更加地强烈。我依偎在瓦罗加的怀里，我们企图用谈话来克制激情。我问他，你愿意到山下定居吗？瓦罗加说，那得问问驯鹿，它们愿意下山吗？我说，驯鹿肯定不会愿意。瓦罗加说，那我们就要服从驯鹿。不过他说完之后叹息了一声，说，山里的树如果这么伐下去，早晚有一天，我们不下山，也得下山了。我说，山上的树多着呢，砍不光的！瓦罗加又叹息了一声，说，我们迟早有一天要离开这里的。我问他，如果我留在山里，驯鹿下山了，你怎么办呢？瓦罗加温柔地说，我当然要跟你留在一起了。驯鹿是大家的，你是我唯一的！他的话更加激起了我的渴望，我们拥抱得更紧了，我们互相亲吻着，激情终于像浓云背后的雷声一样轰隆隆地爆发了。瓦罗加伏在我的身上，他就像一片醉人的春日阳光，把我融化了。我得感谢那晚上大自然的风声，当我们开始畅游我们那条隐秘的生命之河，享受着那独有的快乐的时候，希楞柱外刮起了一阵狂风。风声是那么的响亮，好像是特意为我们的激情做掩护和伴奏的。当我被欢乐浸透，软绵绵地躺在瓦罗加怀抱中的时候，我觉得瓦罗加就是我的山，是一座挺拔的山；而我自己轻飘得就像一片云，一片永远飘在他身下的云。

我们度过了相对平静的两年时光。到了一九六四年的夏天，妮浩又生下一个男孩，鲁尼给他起名为玛克辛姆。他四方大脸的，宽额头，阔嘴巴，手大脚也大。他生下来的哭声震撼了整个营地，如同虎啸。依芙琳已经耳背了，但是这个孩子降生时的哭声她还是听到了，她说，这个孩子的哭声这么响，看来他在人间的根基深，狂风暴雨也吹不走！她的话使鲁尼感动得流下了泪水。玛利亚的死，使依芙琳回到了过去的依芙琳，不过回去的是她那颗善良的心，她的身体是回不到从前了。搬迁时她必须骑在驯鹿身上，在营地行走时，她离了拐棍一步也走不了。坤德说，依芙琳现在很少躺着睡觉，她总是坐在火塘旁打盹儿，白天黑夜都是如此，好像她是火的守护神。

玛克辛姆的到来给我们带来的快乐还没有持续三个月，死亡的阴云再一次凝聚到我们乌力楞的上空。

每年九月，是森林中的野鹿发情的季节。这时的雄鹿性情暴躁，喜欢单独行动，常常是在清晨或者傍晚时，独自站在山坡上，呦呦长鸣，呼唤伴侣。听到它的叫声前来的，有的是被它雄壮的声音所吸引的雌鹿，也有的是满怀嫉妒之心的雄鹿。前者是来求欢的，而后者是来决斗的。

我们的祖先利用雄鹿长鸣的习性，发明了一种鹿哨。以一段自然弯曲的落叶松的根部为材料，中间镂空，用鱼皮黏合，制成鹿哨。它头粗尾细，两面均可吹响。吹响的声音恰似鹿鸣。我们叫它"敖莱翁"，常人则叫它"叫鹿筒"。

任何一个氏族的乌力楞都有几只叫鹿筒，它们多数是我们的祖先传下来的。在秋天，我们用它来引诱野鹿。小男孩八九岁的时候，大人们就教他学吹叫鹿筒了。在秋天，我们这些留在营地的女人有时听到"吱噜吱噜"的叫声，真的分辨不出那是真正的野鹿在叫呢，还是叫鹿筒在叫。

玛克辛姆两个多月的时候，我们又搬迁到金河流域。因为那一年野鹿在这里活动格外频繁，我们没有住在旧营地，远远地避开了列斯元科山。

男人们出猎的时候，一般分成两三个小组，通常三四个人一组。那时伊万跟依芙琳差不多，走路需要拐棍了。哈谢自玛利亚死后，精神越来越不济，眼睛也花了，所以他们俩是不出猎的，跟我们女人一样留在营地，做些轻松的活儿。行猎的男人，是那些年轻力壮的。瓦罗加喜欢跟维克特、坤德和马粪包一组，鲁尼则喜欢跟拉吉米、达西和安道尔一组。

鹿哨吹得好的，是马粪包和安道尔。马粪包自残后，有时在隆冬时节也要吹几声叫鹿筒，仿佛在呼唤已经远离他的雄性气息。他吹的叫鹿筒很哀怨，非常动听。安道尔呢，他吹出的声音是柔美的。谁能想到，这两种声音相互吸引，不过它们最终不是融合在一起，而是哀怨的一方消灭了柔美的一方。

秋天的时候，树叶被一场场霜给染成了黄色和红色。霜有轻有重，所以染成的颜色也是深浅不一的。松树是黄色的，桦树、杨树和柞树的叶子则有红有黄的。叶子变了颜色后，就变得脆弱了，它们会随着秋风飘落——有的落在沟谷里，有的落在林地上，还有的落在流水中。落在沟谷里的叶子会化作泥，落在林地的叶子会成为蚂蚁的伞，而落在流水中的叶子就成了游鱼，顺水而去了。

那天黄昏，我正在金河和柳莎起渔网。柳莎站在水中央，我则站在岸边。那天的运气实在糟糕，我们接连下了三网，一无所获。九月那时正领着安草儿在岸上玩沙子，他们筑起一座又一座沙塔，在上面插上一根根草棍。太阳已经落山了，我对柳莎说，今天运气不好，鱼儿都潜在水底不出来，我们回去吧。柳莎就从水里走上岸来。她下水时穿着防水的鱼皮裤子，那裤子被水和夕照映得发出湿润的黄色亮光，好像她挎着两条肥美的金鱼上岸了。我们一边收网一边聊天。我对柳莎说，九月都八岁了，再要一个吧，我想有个孙女。虽然瓦霞和柳莎都是我的儿媳，但是我跟瓦霞是不会说这样的话的，安道尔不和瓦霞睡在一起，是众所周知的事情。柳莎的脸红了,她对我说,要了,可是老是没有,真是怪,看来九月不招弟妹。我说,早知道这样就学汉族人了,不叫他九月了,叫他招弟或者招妹。柳莎笑着说,我看他喜欢玩沙子,叫他"招沙"倒不冤枉他。她的话把我也逗笑了。噩耗就是在笑声中传来的,前来报丧的是杰芙琳娜。我们还没笑完,就见她哭着朝我们跑来。她的身上有一股浓烈的盐味,那几天她一直在晾晒肉干,要时常用盐揉搓肉块的。杰芙琳娜到了我跟前只说了一句"安道尔去喝天上的水去了!"就瘫软在河滩上,放声大哭起来。

那天凌晨,晨星还没有隐退,男人们就分成两组,带着叫鹿筒,扛着猎枪,去打野鹿了。他们走的时候,我们还没有起来。瓦罗加带着维克特、马粪包朝东南方向去了,鲁尼带着安道尔、达西和拉吉米向西南方向去了。按理说他们是不会碰到一起的,然而事情就是蹊跷,那天双方在山中寻觅了一天,都没有打到野鹿,在向回返时,他们都改变了方向,期待能在归途中与野鹿相遇。当瓦罗加他们走到列斯元科山脚下时,听见山上传来鹿鸣,以为山顶有野鹿,就停了下来。马粪包吹起了叫鹿筒,很快,山上传来了野鹿回应的长鸣。瓦罗加一行就边吹鹿哨边朝山上走去。而先前的鹿鸣声也与瓦罗加他们越来越接近。这时维克特已经端起了猎枪,随时准备射击闪现的野鹿。猎人的眼睛应该说是雪亮的,风吹草动都瞒不过他们。瓦罗加说他从没听过那么悠扬的鹿鸣,双方的鸣叫有起有伏,就像音乐,又热烈,又纯净。他说他不想让那么美好的声音在刹那间消逝,甚至不想让维克特开枪了。然而在距离目标有三四十米的时候,对面的鹿鸣更加地热切了,只听树丛发出"嚓嚓"的声响,树叶一阵乱晃,一团棕黄的影子闪现出来,维克特毫不犹豫地把子弹射了出去,他打了两枪。枪声过后,只听对面传来"天啊!——天啊!——"的呼唤,那是拉吉米的声音,维克特叫了一声"不好!"他第一个跑过去,几乎不能相信自己的眼睛,他打中的竟然是自己的弟弟——安道尔!

原来,在返回的路上,鲁尼他们经过列斯元科山的时候,想起了耶尔尼斯涅。鲁尼说想到山上看看,拉吉米、达西和安道尔就陪他上去了。他们一直爬到山顶。那时太阳已经偏西了,鲁尼很忧伤,叹息了一声对拉吉米说,不知太阳里有没有鹿?安道尔说,我给你叫叫你就知道了,于是他就对着夕阳吹起了叫鹿筒。吹着吹着,山下竟然有了回应,鲁尼很高兴,说是太阳确实是神灵,它知道我们想要野鹿,就把它给我们送来了。安道尔他们一边吹着叫鹿筒一边往山下走,而瓦罗加他们则是一边吹着叫鹿筒一边往山上来。其实两股鹿鸣都是叫鹿筒发出的,只因为马粪包和安道尔吹得太像了,大家都以为对方的鹿鸣是野鹿发出的。悲剧在那个瞬间不可避免地发生了。如果说安道尔不是喜欢在吹叫鹿筒的时候弓着身子,把自己伪装成野鹿,而他那天又恰好穿着一件野鹿皮缝制成的衣服,眼尖的维克特会及时发现破绽,而不会贸然开枪的。

维克特的枪法很准,一枪打在安道尔的脑壳上,一枪从他的下巴穿过,打到他的胸脯上,安道尔没等到维克特来到面前,就没了气息。我可怜的安道尔,他在最后的时刻,一定以为夕阳中躲着猎手,子弹是从那里飞出来的。被夕阳里的猎手所击中,也许是一件值得骄傲的事情吧,所以安道尔走的时候面貌很安详,唇角还挂着笑容。

我们把安道尔风葬在列斯元科山上。大兴安岭有许多座山,但唯有这座山我是刻骨铭心的,因为它收留了我的两个亲人。从此以后,我们不再接近这座山,也不再使用叫鹿筒了。

葬了安道尔后,我们开始了三天的搬迁,那是一次大搬迁。我们不想再看到金河,它在大家的心目中就像一条毒蛇,我们要把它远远地甩掉。搬迁途中，雪花来了，冬天总是说来就来。昨日还有红有黄的森林立刻就变了色，是银色的了。我们和驯鹿就好像是雪花的奴隶，被罩在白茫茫的雪花中，它们不停地用冰凉的身体鞭打我们的脸。那次搬迁是那么的沉闷，骑在驯鹿身上的人无精打采的，而走在地上的人也是垂头丧气的。拉吉米大约想冲淡这哀愁的气息，他取出木库莲，吹了起来。琴是有灵性的，人有什么样的心情，它也会是什么样的心情。琴声虽然动听，但它的音色是凄凉的。琴声没有吹散大家脸上的阴云，反倒是吹下了我们的泪水。

不哀愁的人只有瓦霞。杰芙琳娜对我说，当她把安道尔死亡的消息告诉给她时，瓦霞正嗑着松子。她把紫红的碎壳"呸"的一声从嘴里吐出去，挑着眉毛，说：我真的有这么好的运气吗？瓦霞的父母让她到列斯元科山去最后看安道尔一眼，她说：那个傻瓜我早就看够了！

她真的没有去送别安道尔。葬安道尔的那天，她在营地一边悠闲地嚼着肉干，一边对在她面前玩耍的安草儿说，大傻瓜没了，小傻瓜什么时候走啊？你们都走了，我就自由了！她甚至对杰芙琳娜说，以后她要把叫鹿筒当作神灵，供奉起来，叫鹿筒给她的生活带来了光明。

我盼望着瓦霞离开我们。我想她会早早改嫁，绝对不会为安道尔守满三年孝的。我对她说，你随时可以走你的路，你不用担心安草儿会成为你的累赘，你不爱他，把他留给我吧。

瓦霞对我说，你不用提醒我，该走的时候我就会走的。她带着讥讽的口气对我说，嫁两个男人也不是什么可耻的事，哈达莫额尼不就是这样的吗？

我们管婆婆叫哈达莫额尼。柳莎和维克特结婚后，一直这样叫我，但瓦霞却不是这样。她唯一叫我这么一次，也不是出于尊敬,而是为了羞辱我。我对她说,安道尔走了,你自由了,我不是你的哈达莫额尼了。

我们到新营地驻扎下来后,打灰鼠的季节到来了。男人和女人都忙碌起来,但维克特和瓦霞却是不忙的。维克特打死了安道尔后,就像被雷电劈过的人一样,看上去木呆呆的,他终日沉默着,跟我们不说话,跟柳莎也不说话。他除了喝酒,就是睡觉,眼睛总是红肿着。他尤其不能看见安草儿,一看到他,就像得了沙眼的人遇见了风,眼泪就会哗哗地流下来。我想他消沉一段时间后,自然会恢复过来,世界上没有哪一道伤口是永远不能愈合的,虽然愈合后在阴雨的日子还会感觉到痛。维克特酗酒的时候,我们并不劝阻。维克特把那杆杀死了安道尔的猎枪给了瓦罗加,他说他就是饿死,也不再打猎了。他也不碰肉食了,下酒时嚼的是稠李子干果和鱼干。我们打灰鼠的时候,他就跟老人和孩子们留在营地。瓦霞呢,虽然她心中根本没有装着安道尔,但她在寻找不打灰鼠的理由时,说的却是安道尔刚死,她很难过,没心思打灰鼠。有一天傍晚,我和柳莎提着几只灰鼠回来的时候,维克特来到我的希楞柱,他对我说,额尼,安道尔死了也许是幸福的,他活着会很苦的。我对他说,你能这样想当然好了。维克特吞吞吐吐地对我说,他独自在希楞柱喝酒的时候,瓦霞去找他了,瓦霞见他醉了,就搂着他的脖子亲他,说想和他睡觉。他推开了她,她竟然说,你跟我睡过觉后,尝到了好滋味儿,就会忘了那个傻瓜!他愤怒了,揪着瓦霞的头发,说如果她再敢说安道尔是傻瓜,就割下她的舌头!瓦霞骂他们兄弟是一对傻瓜,哭着跑了。

我怕瓦霞对维克特会纠缠不休,那件事情发生后,我就让柳莎留在营地。不过我的担心是多余的,十几天后,我们营地来了一个马贩子,他带来了四匹马,想要跟我们换两只驯鹿。我们没有跟他做这笔交易。我们不需要马,马给我们带来了痛苦的回忆。再说他换驯鹿是为了吃肉,他听说驯鹿肉很鲜美,我们怎么会把心爱的驯鹿交到这样的人手里呢?马贩子在营地住了一夜,第二天一大早就赶着他的马走了。他不是自己走的,他带走了瓦霞。

从此安草儿就和我们生活在一起了。

一九六五年的年初,有四个人来到我们那里。他们中有一名猎民向导,一名医生,另两名则是干部模样的人。他们一来是为我们普查身体,二来是动员我们下山定居的。他们说山上居住环境恶劣,医疗条件差,政府经过多次考察,也征求了一部分猎民的意见,已经在贝尔茨河和下乌力吉气河交汇的地方,为我们设立了一个乡——激流乡,开工建造定居点了。

激流乡所处的位置我们都很熟悉,那一带林木茂盛,风景优美,适宜居住。但是有一个问题,就是驯鹿怎么办。所有乌力楞的驯鹿如果都跟着去那里,它们不可能总是在贝尔茨河流域采食苔藓。它们去哪里,我们最后还是得跟着去哪里,瓦罗加说长久地在那里定居是不可能的。那两名干部说,你们养的四不像跟牛马猪羊有什么大区别?动物嘛,它们就不会像人那么娇气,它们夏天可以吃嫩树枝,冬天吃干草,饿不死的。他们的话让大家格外反感。鲁尼说,你们以为驯鹿是牛和马?它们才不会啃干草吃呢。驯鹿在山中采食的东西有上百种,只让它们吃草和树枝,它们就没灵性了,会死的!哈谢也说,你们怎么能把驯鹿跟猪比,猪是什么东西?我在乌启罗夫也不是没见过,那是连屎都会吃的脏东西!我们的驯鹿,它们夏天走路时踩着露珠,吃东西时身边有花朵和蝴蝶伴着,喝水时能看着水里的游鱼;冬天呢,它们扒开积雪吃苔藓的时候,还能看到埋藏在雪下的红豆,听到小鸟的叫声,猪怎么能跟它相比呢!那两名干部看出大家生气了,赶紧说,驯鹿好,驯鹿是神鹿！所以从一开始，很多人因为驯鹿，对定居是有顾虑的。

那个挂着听诊器的男医生在给我们检查身体的时候遇见了麻烦。他让男人解开胸口还比较顺利，让女人这样做，除了依芙琳外，遭到了大家的抵制。杰芙琳娜说，她的胸口，除了达西外，这辈子谁也别想看。柳莎也说，让别的男人看了自己的胸，就太对不起维克特了。我呢，我是不相信那个冰凉的、圆圆的铁家伙能听出我的病。在我看来，风能听出我的病，流水能听出我的病，月光也能听出我的病。病是埋藏在我胸口中的秘密之花。我这一辈子，从来没有进卫生院看过一次病。我郁闷了，就去风中站上一刻，它会吹散我心底的愁云；我心烦了，就到河畔去听听流水的声音，它们会立刻给我带来安宁的心境。我这一生能健康地活到九十岁，证明我没有选错医生，我的医生就是清风流水，日月星辰。

依芙琳在被听过心肺后哑腔哑调地问医生，我还有多少日子啊？医生说，你的心音弱，肺子也有杂音，你年轻的时候是不是喜欢吃生肉？依芙琳吃力地咧开嘴，龇着牙说，老天给我这样好的牙齿，不嚼生肉不是可惜了?! 医生说她可能有肺结核，给她留了一包药片。依芙琳拿了那包药后，拄着拐棍，颤颤巍巍地去妮浩那里。她见了妮浩对她说，以后你就不用给人跳神看病了，你看，有治病的东西了！她把托在掌心的那包药给妮浩看，说，你的孩子从此就平安了！她的话让妮浩感动得流下了泪水。

但依芙琳并不是对所有人都动了怜悯之心，她对待坤德仍然是那么的冷漠。

落叶飘飘的时节，游猎在山上的几个氏族部落的绝大多数人，都赶着驯鹿，到激流乡定居点去了。这是继乌启罗夫之后，历史上的第二次大规模定居。政府在那里不仅为我们建造了房子，还建了学校、卫生院、粮店、商店和猎品收购站。从那以后，我们就不用去乌启罗夫的供销合作社交换东西了。

我没有去激流乡。拉吉米也没有去,他对我说,如果带着马伊堪下山,等于是把一只梅花鹿送到狼群中。马伊堪出落得越是漂亮,他的担忧就越强烈。柳莎很为难,一方面是维克特因为安道尔的死,坚定了去定居点的决心;另一方面是马粪包过惯了老日子,觉得只有在山中跟着驯鹿游走才是顺心顺意的,所以她处于两难之中。最终,她还是选择了维克特。维克特酗酒已经到了需要人随时服侍的程度。鲁尼一家也没有走,妮浩说那些去了激流乡的人,最后会陆续回来的。年纪大的,比如伊万、依芙琳、坤德和哈谢,他们的身体一天不如一天,去定居点是必然的了。达西为了杰芙琳娜能够怀孕,把希望寄托在卫生院的医生身上,去定居点是迫不得已的。我的女儿达吉亚娜那年十九岁,她是一个热衷于追求新生活的姑娘,她对瓦罗加和我说,一种新生活,只有体验了,才能说它好或是不好。瓦罗加为了达吉亚娜和他氏族的人,也去激流乡了,但我知道他会回来的。

他们离开的前几天,我们就开始分配驯鹿了,那时我们已经有一百多只驯鹿了。我们把公鹿、母鹿和鹿崽分成三类,大部分留下,让他们牵走小部分。不是我们小气,我们怕驯鹿会不适应新的环境。

我把安草儿留在身边,因为我知道,一个愚痴的孩子,在一个人口多的地方,会遭到其他孩子怎样的耻笑和捉弄。我不想让他受到那样的羞辱。在山中,他的愚痴与周围的环境是和谐的,因为山和水在本质上也是愚痴的。山总是端坐在一个地方,水呢,它总是顺流而下。瓦罗加和达吉亚娜不在的日子,安草儿就是我的一盏灯。他很安静,你让他做什么他就做什么,从不哭闹。他自幼就喜欢驯鹿,营地如果传来人的欢声笑语,他毫无反应;而如果他听见鹿铃声传来,就会兴奋地跑出希楞柱,迎接它们。他把盐托在掌心中,跪在地上给它们喂盐,就像虔诚的教徒叩拜自己尊崇的神。我做活的时候,他喜欢跟着看。他嘴笨,但手巧。他学活儿学得很快。他六岁就会给驯鹿挤奶,八九岁就会用"恰日克"小夹子去捕捉灰鼠。他在干活的时候是那么的快乐,我还从未见过像他那么喜欢干活的孩子。

瓦罗加他们是秋天走的,冬天到来时我就有预感,他快回来了。所以搬迁的时候,树号都是我亲自砍的。我在有的树号上插上一张桦树皮,画上一颗太阳,一弯月亮。太阳是圆的,月亮是弯的,弯弯月牙的一角钩向太阳,好像在向太阳招手,我相信瓦罗加一看到它,就明白我在期盼他的归来。果然,下第四场雪的时候,瓦罗加回来了。他把长发剪掉了,清瘦了许多,不过气色却很红润,看上去显年轻了。

我问他,你为什么把长发剪了?瓦罗加说,他们氏族的人基本都去激流乡了,那里有乡长,他这个酋长该废了。我笑着问他,谁把你废的?瓦罗加低着头说,是光阴。他说自己剪发的时候,他们氏族的许多人都哭了。他们把他落下的头发分别拾起来,珍藏起来了,说他永远是他们的酋长。我怕他伤感,故意问他,有女人捡你的头发吗?瓦罗加说,当然有了。我说,那不行,我会做噩梦的。瓦罗加说,别的女人拿我的头发,那都是死物,活物可是一直围绕着你生长着。他的话充满柔情,所以那个夜晚我们格外缠绵。当我和瓦罗加送走了那场温柔的风儿后,我看见安草儿端坐在火塘边,火光把他的脸映红了。我问他怎么不睡了,安草儿说,我被大风给吹醒了。他问我,阿帖是风神吗?

瓦罗加回来的当日,鲁尼、拉吉米和马粪包只是过来跟他简单地打了招呼,就离开了,他们大约想让我们独享重聚的好时光。但第二天一早他们又来了,跟瓦罗加打听激流乡是个什么模样,打听我们那些定居人的生活和带过去的驯鹿的情况。瓦罗加说,激流乡有乡党委书记,他是汉族人,姓刘,人很和善,有四十多岁,他的老婆是个胖子,两个孩子却很瘦。乡长是齐格达,曾是我们住在山上的鄂温克的另一个氏族的酋长。另两名副乡长一个是汉族人,一个是鄂温克人。瓦罗加说,到定居点的第二天,乡里就给大家开了会,说是定居以后,团结是第一位的,各个氏族之间不要闹矛盾和分歧,现在大家是生活在一个大家庭中的人。瓦罗加说刘书记刚讲完这番话,喝得醉醺醺的维克特就说,都是一个大家庭,那女人可以换着睡啦?他的话几乎把那次会给搅黄了,因为大家只顾着笑,没人听书记和乡长讲话了。刘书记还说,大家要注意保管好自己的猎枪,少喝酒,喝醉酒后不许打架,要做文明礼貌的社会主义新猎民。

关于激流乡的房屋,瓦罗加说,房子是两户一栋的,比乌启罗夫的要好。那一带杨树多,所以房前屋后都栽种着杨树。屋子里预备好了棉花絮成的被子,但大家盖那样的被子觉得气闷,所以还是用着兽皮被子。刚到的那几天,大家都睡不着觉,经常是半夜时从家中溜出来,在路上像夜游神一样逛荡着。不仅人是这样的,猎犬也是如此,它们习惯了守着希楞柱待在山林中,那一排挨着一排的房屋也让它们生分,它们在夜晚时也跟着主人逛荡着。生人与生人相遇时,是不说话的,但不相熟的猎犬相遇时可就不安分了,它们大声叫着,有时还撕咬到一起。所以在刚定居的日子里,激流乡每到深夜都鸡犬不宁的。

瓦罗加说,达吉亚娜和依芙琳、坤德住在一起,达西一家和维克特一家住在一栋房子里。伊万呢,他受到了乡里特别的照顾,自己拥有一户房子。乡党委书记都听过伊万打鬼子的故事,说他是建国的功臣。男人们仍然上山打猎,有时当天回来,有时几天才回来。女人们仍然以经管驯鹿为最主要的活儿,驯鹿不喜欢回到激流乡,它们还是乐于待在安静、开阔的地方,所以女人们在离激流乡两三里的地方圈了一带适宜驯鹿休息的地方,她们每天都要带着干粮去清点驯鹿。如果少了几只,还要跟以前一样出去寻找。

马粪包说,上次来的干部,不是说到了激流乡的驯鹿可以吃草吃树枝吗?怎么听上去它们还是过去的活法儿呀?瓦罗加说,刚到的时候,驯鹿被集中圈到乡政府西侧的下乌力吉气河滩上,乡兽医站的一个穿着蓝布长袍、戴着副眼镜的姓张的兽医,每天都待在鹿群中,不让驯鹿出去,只喂它们草料和豆饼。可是驯鹿不爱吃这个,除了舔一点儿盐喝一些水之外,它们宁肯饿着。眼看着驯鹿一天天瘦下去,猎民们不干了,他们骂那个张兽医是魔鬼,有人要动手揍他,乡里的领导一看猎民情绪激愤,而且驯鹿情况不妙,就顺从了大家的意见,这样驯鹿又获得了自由。

我对瓦罗加说,那一带的苔藓少了以后,驯鹿还会去别的地方找食吃。用不上两年,那些房屋就会空起来。因为那里的房子是死的,不能移动,不像我们的希楞柱是活的,可以跟着驯鹿走。

那年冬天,对大兴安岭的大规模开发开始了,更多的林业工人进驻山里,他们在很多地方建立工段,开辟了一条条运材专线路,伐木声也越来越响了。从这年开始,森林中灰鼠的数量减少了,瓦罗加说这是由于松树遭到砍伐的原因。灰鼠喜欢吃松子,松子结在松树上,松树被砍伐后,等于是减少了灰鼠的粮食。人闹了饥荒会逃荒,灰鼠也如此。它们一定是翘着蓬松的大尾巴,逃到额尔古纳河左岸去了。

两年以后,那些定居在激流乡的各个部落的人,果然因为驯鹿的原因,又像回归的候鸟一样,一批接着一批地回到山上。看来旧生活还是春天。

我们乌力楞的人,回来了一部分,留下了一部分。达西和杰芙琳娜为要孩子的事情四处求医问药,不肯回来;伊万想回来,可是他的风湿病重得行走困难,心想回来,身体却回不来了。柳莎为了维克特和已经上小学的九月,只得留在那里。回来的是老迈的依芙琳、坤德和哈谢。他们带回的驯鹿管理不善,跟他们一样显得毫无生气。

回来的人中只有一个人是朝气蓬勃的,她就是我的女儿达吉亚娜。她脸色红润,眼睛里漾出温柔的光,有种特别的美。她给营地的女人们都带来了礼物。我和妮浩每人一块蓝头巾,贝尔娜和马伊堪每人一块花手绢。她回来的当晚,就告诉我和瓦罗加,有两个男人向她求婚,她问我们该答应哪一个。

向达吉亚娜求婚的,一个是激流乡的小学教师,叫高平路,汉族人,比达吉亚娜大六岁;一个是我们鄂温克人,叫索长林,跟达吉亚娜同岁,是他们氏族有名的神枪手。

达吉亚娜说,高平路高个子,偏瘦,性情温和,面目白净,有文化,有固定工资,还会吹笛子。索长林呢,他中等个儿,不胖不瘦,很健壮,笑起来格外爽朗,爱吃生肉,他跟我们一样,是以放养驯鹿和狩猎为生的。

我说,你该嫁给那个爱吃生肉的。

瓦罗加则说,你该嫁给那个会吹笛子的。

达吉亚娜说,那我是听额尼的话呢,还是听阿玛的?

瓦罗加说,听你自己的心吧。心让你去哪里,你就去哪里。

达吉亚娜是春天回来的,她看上去是那么的快乐,就像一只出笼的小鸟,她说她一点儿也不想回到激流乡了,还是住在希楞柱里好。所以夏天的时候,她就向我和瓦罗加宣布:额尼,阿玛,我还是嫁给那个爱吃生肉的吧。于是,我们赶紧为她准备嫁妆,半个月后,索长林娶走了达吉亚娜。

达吉亚娜离开营地的那天,瓦罗加在我面前沉重地叹了口气。我明白,他不仅仅是为达吉亚娜离开我们而伤感,他还在为那个会吹笛子的小伙子而惋惜。

达吉亚娜刚走,营地就来客人了,一个是向导,一个是激流乡的陈副乡长,一个是兽医站的张兽医,还有一个就是那个会吹笛子的小学老师高平路。来人各有各的目的。陈副乡长是来进行人口普查和登记的,张兽医是来检查驯鹿疾病的,他还说要采集驯鹿的精液,进行品种改良的实验,招来大家的耻笑。陈副乡长在介绍高平路的时候,说他是秀才,这是趁着放暑假来收集鄂温克民歌的,希望我们多唱些歌给他。他一来就打听达吉亚娜,当我们告诉他达吉亚娜刚刚嫁走的时候,他嘴上说着好,但看上去很失落。

拉吉米一听说陈副乡长是来进行人口普查的,就吓唬马伊堪说,抓你的人来了,你可不许走出希楞柱一步!要不你就没命了!马伊堪答应了。可是当晚营地上的歌舞声实在是太诱惑人了,马伊堪还是溜了出来,溜到了围着篝火跳舞的人群中。她本来就美得像一枝含着露珠的百合花,再加上她轻盈优美的舞姿,外来的男人全都把目光放在这个十七岁的少女身上。

突然出现的马伊堪,就像黑夜中跳出的一轮明月,就像雨后山间升起的一条彩虹,就像傍晚站在湖畔的一只小鹿,她的美是那么的令人惊叹。陈副乡长揉着眼睛说:她不会是仙女吧?张兽医大张着嘴,好像发生了梦魇。高平路呢,开始时他还低着头,借着火光在本子上记录着歌词,马伊堪一出现,他抬起头来,笔停了,本子滑落到火堆里,化成了火苗。他虽然没说什么,但他的眼睛帮他说话了,他流泪了。这泪水使我们相信,他的心,从此不会为达吉亚娜伤感,因为马伊堪就像一朵云,在瞬间飘入了他的心中,搅起了风雨。

拉吉米看到马伊堪出来,气得浑身发抖。马伊堪就好像是一颗被人盗走的明珠,而他就好像守着空盒子的珠宝的主人,那份苍凉和凄苦全都写在脸上。所以马伊堪的腿在快乐地旋转着的时候,拉吉米的肩膀却像受伤的鸟的翅膀,在痛苦地抽搐着。

陈副乡长对瓦罗加说,这姑娘不是鄂温克人吧?她长得这么漂亮,舞也跳得好,将来我一定得把她推荐给文工团,不然埋没在山里,太可惜了!

瓦罗加悄声对陈副乡长说,这姑娘是捡来的,拉吉米把她抚养大,是他的眼睛,离了她,拉吉米会瞎的。

陈副乡长挺了一下脖子,"噢——"了一声,没再说什么。

那天晚上,拉吉米的希楞柱里传来阵阵哭声。先是拉吉米的哭声,接着是马伊堪的哭声。第二天早晨,我们发现他们不见了。大家明白,拉吉米把那几个人当成了狼,带着马伊堪"避难"去了。

事实确实如此。那几个人离开后的第三天,拉吉米才带着马伊堪回来。从此后马伊堪就不爱说话了,她也不喜欢和贝尔娜在一起玩儿了。每到黄昏时分,马伊堪就会低声唱起歌来。那歌声听起来是哀怨的、愁美的。瓦罗加对我说,高平路是来收集民歌的,马伊堪的歌声一定是唱给他的。她每天唱的是同一首歌,那种旋律我们已经熟悉了,但它的歌词听起来却是模糊的。直到秋天贝尔娜逃走以后,马伊堪再唱那首歌时,歌词才像一群蝌蚪一样,浮出水面。

贝尔娜的逃跑,是因为哈谢的病危。

哈谢是让一个大蘑菇给带走的。连绵的秋雨过后,林中的各类蘑菇就生长出来了。有一种蘑菇长得特别,它的菌盖很大,深红色,上面附着厚厚的黏液,人们依据它的这种特性,叫它"黏蘑"。黏蘑似乎不太喜光,它们通常生长在背阴而潮湿的林地上。哈谢就是一脚踩到这样一只蘑菇上,滑了一跤,而瘫倒在地的。他想爬起来,可却无能为力。那年他已经七十岁了。当大家把他抬到希楞柱后,他嘱咐鲁尼,千万不要救治他了,他一身的老骨头,救也是白救。瓦罗加说哈谢这是骨折了,他张罗着要把他送到激流乡的卫生院去治疗。哈谢说,我不去,我要把骨头扔在山里,玛利亚的骨头在山里啊!他的话说得真切而凄凉,让人辛酸。哈谢刚摔的那天是清醒的,但第二天他开始说胡话,滴水不进。鲁尼含着眼泪看着妮浩,妮浩明白鲁尼想让她做什么,她把目光放在贝尔娜和玛克辛姆身上,那目光是忧愁的。玛克辛姆还小,他对这个氏族曾发生的故事一无所知,仍然快乐地玩着鲁尼为他削的木头人。贝尔娜则吓得白了脸,她咬着嘴唇,打着哆嗦,好像一只被狼群包围的小鹿,看上去是那么的孤独无助。

那天下午,贝尔娜逃跑了。我们以为她去采蘑菇了,她跟驯鹿一样,喜欢吃蘑菇。然而到了晚饭时,她没有回来。大家等了等,到了黑夜降临了,星星出来了,这才觉得事情不妙,于是分头出去寻找。人们找了一夜,没有发现她的踪影。鲁尼哭了,妮浩也哭了。妮浩把头埋在鲁尼胸前,说,别找了,我不死,她是不会回来的了!

就在贝尔娜失踪的第二天晚上,马伊堪又唱起了那支歌。这次我们清楚地听到了歌词的内容。马伊堪的歌像是唱给那个吹笛子的人的,又像是唱给自己和贝尔娜的——

> 我来到河边洗衣,
>
> 鱼儿偷走了我手上的戒指,

> 把它戴到水底的石头上了。
> 我来到山下拾柴，
> 风儿吹落了我的头发，
> 把它缠到青草上了。
> 我来到河边找我的戒指，
> 鱼儿远远地躲着我；
> 我来到山下找我的头发，
> 狂风把我吹得阵阵发抖。

哈谢折腾了三天三夜后，终于合上了眼睛。

鲁尼为了给达西报丧，也为了寻找贝尔娜，去了激流乡。然而那里根本就没有贝尔娜的影子。鲁尼带着达西和杰芙琳娜回来的时候，看上去很难过。他见了玛克辛姆，一把将他抱在怀里，抱得死死的。身体幼小的玛克辛姆在鲁尼的怀抱中抽搐着、哭喊着，就好像一只刚才还是快乐蹦跳着的小灰鼠，突然间被从山上滚下的巨石压在身下一样，痛苦地挣扎着，呻吟着。

妮浩颤抖着，把玛克辛姆从鲁尼的怀中解救出来。玛克辛姆不哭了，但鲁尼哭了。

葬了哈谢后，达西和杰芙琳娜又回到激流乡去了。

妮浩的身上又有麝香味飘荡出来了，我知道，这次这种气息会彻底地把她的青春终结。果然，从此以后，妮浩不再生育了。

一九六八年的夏天，也就是达吉亚娜婚后的第二年，她生下了可爱的依莲娜。我见到依莲娜，是在激流乡，那时依莲娜还在襁褓中。我与自己孙女的第一次见面，竟然是在葬礼上。

那是伊万的葬礼。

谁能想到，在那一年，达西和伊万会祸从天降呢！

祸端是由当年拉吉米带来的那张地图引发的。那时中苏关系已经破裂,到处在抓苏修特务。那张已经被作为军事资料存档的地图,竟然被部队的造反派抄查出来。因为地图的背面写有一句俄文,翻译过来就是:山有尽头,水无边际。造反派认为,这张地图很可能是一个苏联间谍绘制的,就追踪它的来历,把伊万给查出来了。

造反派驱车几百里,赶到激流乡,质问伊万地图是不是从苏联人那里得来的。伊万说地图是达西给他的,而达西又是从拉吉米手中得来的。于是又把达西带去讯问。一听说地图跟苏联有关,达西说,这怎么可能呢! 是日本人把地图交给拉吉米的。伊万也说,他们当年靠着这张地图,摧毁了几处日本关东军建立的工事,这样的地图只有日本人自己才能绘制出来。造反派说,那为什么背后会有一句俄文呢? 伊万问清了俄文的含意后,说,那个日本人吉田,是个厌战情绪很浓的人,他一定是把山比喻为必然战败的日本,而把水比喻为强大的中国,才会说"山有尽头,水无边际"。至于他为什么用俄文写,也许只有他自己说得清楚,可他战败前夜就已经在额尔古纳河畔剖腹自杀了。达西说,哪有那么多的苏修特务? 我当年在东大营受训的时候,还去过苏联呢,我帮日本人拍苏联人的道路和桥梁,照你们这么说,我也是特务了? 达西的话使造反派更加深了对他们的怀疑,他们第二天就被带走了。

他们被带走后的第三天,齐格达乡长没有跟乡党委书记商量,就带领十几个背着猎枪的猎民,坐着马车,走了一天一夜,找到了伊万和达西被关押的地方。齐格达对造反派说,要么把我们和伊万、达西关在一起,要么让他们回到我们中间!

伊万和达西最终被接回了激流乡。不过他们都成了残疾了。伊万少了两根手指,而达西则断了一条腿。伊万的手指是他自己咬断的,他在被审问的时候实在是气愤到了极点。达西的腿则是被造反派打断的。

伊万回到激流乡后，吐了两天的血，去了。他走前非常清醒。他对维克特说，把我土葬，头朝着额尔古纳河的方向，坟前竖一个十字架。我明白，那个十字架，就是娜杰什卡的化身。如果娜杰什卡也去了那个世界，她一定会为伊万缺了的那两根手指而难过的，她是那么爱他的手。

在伊万的葬礼上，突然出现了一对身穿素白衣服的俊俏姑娘。激流乡的人都不认识她们。她们只说自己是伊万认过的干女儿，知道他走了，特地赶来送行。那时依芙琳已经虚弱得连拐棍都拄不了了，她每走一步都需要人搀扶，但她还是坚持要来激流乡为伊万送葬。我们让她骑着驯鹿来了。她虽然人老了，但直觉仍然是那么的敏锐。她对我说，那两个姑娘，一定是伊万年轻时在山中放过的那对白狐狸，她们感激伊万，知道他的亲生儿女无法给他吊孝，才化作他的一双干女儿，回报他的不杀之恩。依芙琳的话让我将信将疑。但事实是，安葬完伊万后，那对女孩确实奇迹般地从墓地消失了。没人看见她们是怎么消失的，就像没人知道她们是怎么来的一样。

就在伊万的葬礼上，我见到了达吉亚娜怀中的依莲娜。我第一眼看见她的时候，她正嘟着粉嫩的小脸甜睡着，而我抱过她来后，她竟然睁开了眼睛，冲着我笑了。她的眼睛是那么的明亮，我知道，有着明亮眼睛的孩子会有造化的。

达西和杰芙琳娜跟着我们回到了山上。他们在激流乡没有得到孩子，反倒失去了一条腿。当拉吉米看到达西拄着拐出现在营地时，他抱着达西哭了。

齐格达乡长因为伊万的事情被革了职，他又回到山上。不久以后，刘书记带着一个穿中山装的人上山来找瓦罗加，那个人说，猎民有意推举瓦罗加为激流乡的新乡长,他问瓦罗加有什么意见。瓦罗加指着我对来人温和地说,别看我剪掉长发了,可我还是她的酋长啊,她不下山,我这个酋长得陪着她啊!

那年冬天,齐格达死了。他是误入捕兽的陷阱而摔死的。他们氏族的人仍然把他当作他们尊敬的酋长,为他举行了隆重的葬礼。

我已经说了太多太多死亡的故事,这是没办法的事情。因为每个人都会死亡。人们出生是大同小异的,死亡却是各有各的走法。

伊万去世后的第二年,也就是一九六九年的夏天,坤德和依芙琳先后死了。他们的死是在情理之中的,因为他们已经是七十多岁的老人了。到了这个时候的老人,就像要掉进山里的夕阳,你想拽都拽不住的。但坤德和依芙琳的死亡却是特别的。你们能想到吗?既不惧怕凶恶的狼,又不惧怕力大无穷的黑熊的坤德,竟然被一只黑蜘蛛给吓死了。

那年安草儿九岁了,他并不是个顽皮的孩子。但那天他在树林中捉到了一只枣核那么大的黑蜘蛛,觉得稀奇,就采了一棵青草,把草劈成线,捆了它,提着四处游荡。那时坤德正眯着眼坐在自家的希楞柱前晒太阳,安草儿经过他身边的时候,他睁开了眼睛,问安草儿,你好像手里提着个东西,是什么啊?安草儿没有告诉他那是什么,而是凑到他面前,把蜘蛛提到他眼前,想让他看个真切。那黑蜘蛛的身子被捆了,可它那众多的触须却仍在自由地舞动,坤德叫了一声"我的天啊!——"说着倒吸一口气,脖子一歪,就死了。

依芙琳那时正坐在希楞柱里的火塘旁喝鹿奶茶,当我和妮浩告诉她,坤德被一只大蜘蛛给吓死了的时候,依芙琳忽然"噗嗤"一声笑了,她已经好久不笑了。她说,这个坤德,还是死在胆小上了吧?当年他要是胆子大,娶了他心爱的蒙古姑娘,不娶我,我和他都会过得快乐。好啊,好啊,他为自己的胆小把命给交出来了,真是公平啊!

坤德生前早有交代,要葬在他氏族的墓地中。所以他一咽气,鲁尼就差人去他们氏族报丧,他们来的时候,将接灵的马车也带来了。马车停在运材线上,从那里到我们营地还有三四里的路途。鲁尼和瓦罗加他们用松木杆搭成一个担架,准备把坤德抬到运材线上。我还记得当身上蒙着白布的坤德将要起灵的时候,依芙琳在妮浩的搀扶下,去为坤德送行。她对他说的最后的话是:别看你在我身上使了那么多鞭子,可你还是一个胆小鬼!胆小鬼走吧!

坤德离去后,依芙琳似乎精神了一些。她又能拄着拐棍一歪一斜地行走了。她以前最爱吃肉,但在她生命最后的日子中,她像维克特一样,对肉不闻不碰。她每天除了喝少许的驯鹿奶,就是让安草儿为她拾捡林中凋零的花瓣,把它们当饭吃。她说自己活不长了,她要在走之前把自己的肠子打扫得干净一些。

那时五岁的玛克辛姆脖子上生了烂疮,他疼得整日整夜地哭。那天傍晚大家坐在篝火旁用吊锅煮鱼吃,依芙琳来了。她指着依偎在妮浩怀里哭着的玛克辛姆问,他怎么哭了?妮浩告诉她,玛克辛姆的脖子长了烂疮,他是疼哭的。依芙琳撇着嘴说,你早说啊,我现在是个寡妇了,这病不就是我吹几口气就能治得了的吗?

在我们氏族,流传着这样一种说法,说是如果小孩子哪里生了疮,由寡妇用食指在这疮上画三圈,吹三下,如此九次,疮就会好起来。

妮浩就把玛克辛姆抱到依芙琳面前。依芙琳哆嗦着手,伸出那根已经像干枯的枝丫一样的食指,在玛克辛姆的脖子上画圈,然后再用尽力气,对着烂疮吹气。她每吹一下,都要垂下头,沉重地喘息一刻。当她颤抖着吹完最后一口气时,轻飘飘地倒在了篝火旁。火光一抖一抖的,映照着她的脸,好像她还想张口说话似的。

葬完依芙琳后,玛克辛姆脖子上的烂疮果然好了。

就在这一年,一个骑马的男人突然来到我们营地,他为我们带来了酒和糖果。如果不是他自己说,我们根本认不出来他就是当年偷我们驯鹿,使妮浩失去了即将出世的孩子的那个少年。他已经是个成熟的男人了。他对妮浩说,他的命是妮浩给的,他要报答。妮浩说,我女儿逃走了,她叫贝尔娜,如果你有一天能找到她,让她来参加我的葬礼就可以了。

那个男人说,只要贝尔娜活着,我一定找到她。

在接下来的几年中,我们所度过的时光是相对平静的。安草儿是个大孩子了,他可以跟着鲁尼去打猎了。玛克辛姆也长高了,他特别喜欢和鹿崽玩耍,他爱俯着身,做出鹿的姿势,说要和鹿崽顶架,看他这颗没角的头,顶得顶不过有角的头。玛克辛姆的顽皮给我们带来了许多快乐。

瓦罗加和我也一天天地衰老了。虽然我们还睡在一起,但是再也没有制造风声的激情了,看来真正的风神在天上。那几年我画的两处岩画,都跟风神有关。我画的风神没有五官,可以说它是男人,也可以说它是女人。我把风神的头发画得格外的长,长得就像银河一样。

在那几年,激流乡的教师高平路在寒暑假的时候,三番五次地以搜集民歌为由来找马伊堪,向她求婚。拉吉米一听说马伊堪要结婚,就会放声大哭。不管谁来我们营地给马伊堪提亲,拉吉米都摇头。他总说马伊堪还是个孩子,虽说她已经是个二十多岁的大姑娘了。

一九七二年，一颗子弹在那一年的岁月水流中开出一朵妖花，它卷走了达西和杰芙琳娜。

达西自从被打折了一条腿回来后，一直郁郁寡欢的。他不能像以前一样出去打猎了。他总说自己是个废人了，只能留在营地做些力所能及的活儿。每当鲁尼、马粪包和瓦罗加他们出猎归来，把打来的兽肉分配给他时，达西都是满面哀愁的。他常常毫无来由地谩骂杰芙琳娜，杰芙琳娜知道达西内心的苦楚，不管达西如何羞辱她，她都忍受了。

这一年的秋天，我们狩猎的运气格外好。猎物多了，活计也就繁重些。一般来说，男人们把猎物运回营地后，剥皮、卸肉以及熟皮子的活儿，都是由女人来完成的。女人做活的时候，男人们喜欢抽着烟喝着茶旁观，讲他们狩猎的经历。达西由于腿的缘故，只能和女人们一起做活计。我们剥兽皮，他也去剥；我们卸肉，他也去卸；而熟皮子的活儿，基本由他一个人包了。达西就是在剥野鹿皮的那天自杀的。男人们津津有味地讲他们打那只野鹿的经过时，达西却坐在地上剥皮。他们讲得越起劲，达西的神情就越凄凉。达西剥完鹿皮卸完肉离开后，我和妮浩开始煮肉了。等鹿肉半熟，我们去喊达西过来吃肉的时候，忽然听见营地附近传来一声清脆的枪声，谁也没有想到，达西用猎枪使自己成为自己最后的猎物。他真是个出色的猎手，一枪毙命。

可怜的杰芙琳娜，当她看到达西血淋淋的头颅时，深深地跪了下去，把它当作一颗被狂风吹落的果实，满怀怜爱地抱到怀里亲吻着。达西脸上的血迹是她用舌头一点一点温柔地舔舐干净的。她舔完他脸上的血迹后，趁我们为达西净身换衣服的时候，溜到林中，采了毒蘑吃下，为达西殉情了。

我们把他们葬到一起。秋叶在风中飘舞着，拉吉米用琴声为他的好伙伴送别。他吹奏了一曲令人肝肠欲碎的曲子,那是我最后一次听拉吉米吹奏木库莲。吹奏完,他把木库莲插在达西和杰芙琳娜的墓前。木库莲成了他们的墓碑。

我们乌力楞的人,越来越少了。我们被死亡的阴影所深深地笼罩了。如果不是因为有了安草儿,我们的生活将会更加地压抑。在那个时候,安草儿的愚痴就像穿透阴云的几缕明媚的阳光,给我们带来光明和温暖。

埋葬完达西和杰芙琳娜后,有一天下雨了,安草儿兴高采烈地对我和瓦罗加说,那个竖在坟头的木库莲这下得救了!我问他这是什么意思。安草儿说,木库莲被插在坟头后,天一直旱,他担心木库莲会被旱死的。雨来了,它得到滋润,就会生长了。我问他木库莲会长成什么,安草儿说,它叫出的声那么好听,起码要长出一群小鸟啊!——这样的话怎不让我们发自内心地笑出来呢!

然而快乐没有持续多久,一九七四年的时候,瓦罗加永远离开了我。这出悲剧,是以喜剧的形式开场的。

这年夏天,放映队来到山上慰问林业工人。他们去了工段和林场,轮流放电影。我们从没有看过电影,瓦罗加听说这个消息后,就和鲁尼商量,联络了与我们相近的两个乌力楞的人,带着酒和肉,一起去请放映队。林业工人对我们很友好,当他们听说我们没有看过电影后,就同意了。放映队一共两个人,放映员和他的助手。助手那几天拉肚子,工人只把放映员给我们派来了。我们用驯鹿驮来了放映机、发电机等两大箱器材。林业工人告诉瓦罗加,放映员是个下放改造的知识分子,他原来是一所大学历史系的副教授,是受监督的对象。他们嘱咐我们放过电影后,一定要把他平安送回,千万不能有闪失。

我们已经有许多年没有那么快乐地聚会了。相邻的两个乌力楞的人都聚集到我们那里,总共有四十多人。他们来的时候,带来了刚打的新鲜的兽肉和酒。我们在营地点起篝火,吃肉喝酒,唱歌跳舞。放映员看上去四十多岁,他的脸很白净,不爱笑,话语也少。大家频频敬他酒喝,开始他推辞,后来小心地沾了一点儿,再后来很舒服地小口小口抿,最后则是大口大口地豪饮了。他刚来到我们中间时就像一块湿柴,毫无生气,但我们的热情和快乐很快驱散了他身上的阴郁之气,他被我们点燃,化成了一簇快乐的火苗。

天一擦黑,放映员让我们把白色的幕布挂在树上,将发电机隆隆地发动起来,支起放映机,开始放电影了。当一束银白的光扫到银幕上时,席地而坐的我们不由得发出阵阵惊叹,蜷伏在银幕背后的猎犬也发出惊恐的叫声。幕布上奇迹般地出现了房屋、树木和人的影子,而且是带着颜色的。那上面的人不仅能随意走动,还能说话和唱歌,真让人觉得不可思议。那个电影讲的什么故事我已经忘了,因为里面的人说着说着话,就要端个姿势,咿咿呀呀地唱上半晌。唱词我们是听不懂的,所以整部电影看得稀里糊涂。但我们还是为此而兴奋,因为毕竟从一块小小的幕布上,看到了无限的风景。放映员跟我们说,现在的电影不如以前的好看,就那么几部,还都是以唱戏为主的。他说以前的电影虽然是黑白的,但是有人情味,耐看。马粪包生气了,说,有好看的,为什么给我们放难看的?你这不是欺负我们的眼睛吗?放映员赶紧解释说,以前那些好看的,都被当作"毒草"封存起来,不让放映了。马粪包说,你这是骗人呢,好看的东西怎么会被藏起来?再说了,电影又不能吃,怎么会被当作"毒草"呢?这分明是在胡说八道!马粪包激动了,要揍放映员。瓦罗加赶紧上前安抚,马粪包说只有放映员干了一碗酒,他才会饶过他。放映员只得把递来的那碗酒一口气喝干。

电影放映完了,但是快乐还在继续。我们围着篝火,开始了又一轮的唱歌跳舞。人们趁着酒兴,让放映员也给我们唱首歌。那时放映员已被马粪包递上的那碗酒灌晕了,他东摇西晃着,硬着舌头说自己不会唱歌,问可不可以朗诵一首词来代替。大家说可以。放映员只念了一句:大江东去,浪淘尽,千古风流人物……就一头跌倒在地,醉得人事不省了。他念的那句词和他的突然倒地,让人产生了奇妙的联想,惹得大家笑起来。我们开始喜欢上这个放映员,因为只有诚实的人才会被醉倒。

欢聚到月亮偏西时,附近两个乌力楞的人陆续离开了,他们之所以赶夜路回去,完全是为了驯鹿。如果晨归的驯鹿发现主人不见了,一定会慌张的。

第二天早晨,我起来后发现安草儿已经在忙活早饭了,他在煮奶茶。平时我们只煮一壶,可那天他煮开了一壶后,把它倒在桦皮桶里存起来,盖上盖子,又煮了一壶。我以为他想多喝点,也就没问。可当他煮第三壶时,我觉得有点不对头了,就对他说,昨晚那些看电影的人已经回去了,我们现在不过是多了一个放映员,再怎么喝,也喝不了三壶啊!谁知安草儿很认真地对我说,他们是走了,可昨晚电影上还来了好多人呢,我看男男女女、老老少少的也一大帮!我刚才去找他们,也没见,不知他们昨晚都睡在哪里了?等一会儿他们回来了,不也得喝奶茶吗?安草儿的话让我笑了起来,他在我的笑声中有些不自在,喃喃地说,电影上的人都走了吗?他们唱了半宿,没吃饭就走,怎么会有力气呢?我回到希楞柱,把安草儿说的那番话告诉给瓦罗加,他也笑了。但笑过之后我们都沉默了,因为辛酸还是涌上了心头。

放映员因为喝多了酒,一直睡到九点多钟才起来。他说头沉,害渴,腿软。瓦罗加说不要紧,喝过鹿奶茶后,自然就会好些的。安草儿提着壶,给他倒了一碗奶茶,他喝过后,果然说头不那么难受了,腿也有了力气,瓦罗加就吩咐安草儿又给他续上一碗。放映员问瓦罗加,昨晚我看见了一个仙女似的姑娘,她好像不是鄂温克人,她是谁?瓦罗加知道他在打听马伊堪,而拉吉米忌讳所有对马伊堪感兴趣的男人,就对他说,你喝多了,可能看花眼了。

放映员足足喝了三碗奶茶,把脸喝出朝霞般的气色,又吃了一块格列巴饼,这才作罢。瓦罗加跟他开玩笑说,将来再来鄂温克人的营地,一定要带解酒药来。放映员说,我真羡慕你们的生活,这样的和谐,就像世外桃源。瓦罗加长吁了一口气,说,世上哪有世外桃源呢!

大约十点钟吧,我们把放映器材装在驮箱中,搭在驯鹿身上,送放映员回林场。本来那天应该是鲁尼和瓦罗加一起去送放映员的,但鲁尼要走的时候,玛克辛姆忽然肚子痛,马粪包就自告奋勇地跟着去。马粪包前一夜喝多了酒,脸仍然红着,嘴里喷出酒气。放映员怕马粪包,有点躲着他。马粪包看出来了,他主动拍着放映员的肩膀说,兄弟,下次再来放电影,把你说的那些好看的“毒草”带来! 放映员点着头,说,一定一定! 早晚有一天,“毒草”会变成“香草”!

离开营地的是五只驯鹿和三个人。他们三个人各骑乘一只驯鹿,另外两只则驮着放映器材。如果我知道那是我和瓦罗加的永别,我一定会紧紧抱着他,温柔地吻他。可我什么预感也没有。瓦罗加也许是有预感的,当我站在营地看着他骑上驯鹿就要离开的时候,他突然跟我开了一句玩笑:要是我变成电影上的人回来了,你可不要饿着我啊!

他果真把自己变成电影上的人了,他当天晚上是躺着回到营地的。他们在路上遭遇到熊,瓦罗加为了保护放映员和马粪包,永别了这世界的山峦河流,永别了我。

我和拉吉达的相识始于黑熊的追逐,它把幸福带到了我身边;而我和瓦罗加的永别也是因为黑熊。看来它是我幸福的源头,也是我幸福的终点。

一般来说,熊害多发生在春季。此时的黑熊不吃不喝地休眠了一个冬天,刚从树洞里爬出来,它们身体饥饿,而此时野果还没长出来,它们就四处捕食动物。所以黑熊害人,多半发生在这个季节。到了夏季,它们可吃的东西多了,比如各类昆虫和野果等等,所以这时的它们是比较安静的。如果你不招惹它们,它们很少主动出击。但如果你激怒了它,它就会将人置于死地。

黑熊蹲仓的时候,通常选用两种方式:开"天仓"或者是"地仓"。它们选择一棵中空的树筒子作为它们的"仓",也就是藏身之地。如果树洞的洞口朝天,就称为"天仓",如果洞口在树筒的中部或者底部,就称为"地仓"。到了夏天,"天仓""地仓"都空了,有的时候灰鼠会在里面爬进爬出地玩耍。

马粪包对我说,悲剧正是由于这样一个"地仓"引发的。

他们离开营地,走了大约三小时后,停下来休息。马粪包和放映员坐在林地一边聊天一边吸烟,瓦罗加则去方便了。

他们才坐下来不久,正说着话的时候,马粪包突然发现,前方一棵空树筒子的"地仓"洞口,有一只灰鼠探出头来。他举起枪,对着它就是一枪。然而打中的不是灰鼠,竟然是一头熊崽!灰鼠逃脱了。看来是灰鼠进地仓中玩耍的时候,发现里面有熊崽,吓得掉身逃跑。熊崽跳出来撵灰鼠的时候,子弹在瞬间击中了它。熊崽栽倒在林地后,马粪包对放映员说,你可真有口福,一会儿有好吃的了!他正准备把它捡回来的时候,密林中传来"嚓嚓"的声响,原来母熊听见枪声,知道熊崽出事了,就朝空树筒子奔跑过来。马粪包举起枪,对着它就是一枪,结果打偏了,再打一枪,仍然偏了。这时母熊已经疯狂地朝他们奔扑过来，马粪包再打时，枪里的子弹已经空了。由于此次出行不是为了狩猎，他也就没有带更多的子弹。马粪包说，如果不是瓦罗加及时地在黑熊的背后冲它开了一枪，使母熊改变了进攻方向的话，他和放映员的命恐怕是保不住了，因为那头愤怒的母熊已经快冲到他们面前了。

母熊站起来，朝瓦罗加奔去。它的速度很快，瓦罗加又朝它开了一枪，这颗子弹打在它的肚子上。这一枪把它的肠子都打出来了，但母熊没有屈服，它用两只前掌将涌流出来的肠子塞回肚子，捂着伤口，暴怒地冲向瓦罗加。瓦罗加射出第三颗子弹的时候，它已经接近他了，那颗子弹竟然也偏了。没等瓦罗加打响第四枪，母熊已经伸出两只血淋淋的前掌，把瓦罗加抱在怀里，三下两下就揭开了他的脑壳。放映员吓得晕倒在地，马粪包则提着枪跑向瓦罗加。然而一切已经晚了，母熊已经把瓦罗加撂倒在地。它捡起那杆枪，握着它，像个顽强的战士一样，朝马粪包走来。它肚子里的肠子又一团团地涌流出来，它终于支撑不住了，放下前掌，放下枪。它艰难地爬行了几步，再也挪不动了。马粪包上前，用枪托砸烂了母熊的脑袋。

马粪包和瓦罗加的枪法都不错，他说如果不是因为前一夜看电影高兴，喝了太多的酒，开枪时手有些发抖，那么瓦罗加就不会死在熊掌下。

我们这个民族最后一位酋长，就这样走了。

瓦罗加是被风葬的。为他送葬的人很多。瓦罗加氏族的人听到他升天的消息后，纷纷从激流乡和各个营地赶来。他的葬礼是妮浩主持的。葬他的那天风很大很大，如果不是达吉亚娜搀扶着我，我肯定会被狂风吹倒了。

瓦罗加的离去，使接下来的岁月出现了空白。我只记得有一回我想瓦罗加想得心疼,当我用手抚摩心口的时候,突然觉得我的胸脯已经变成了一块坚硬的岩石。我脱掉上衣,拿着画棒,在上面随意描画着。画着画着,我忽然觉得很委屈,就哭了。这时妮浩进来了,她帮我擦干净了脸上的泪水和胸脯上的颜料,为我披上衣服。事后她对我说,我在胸脯上画了一只熊。

一九七六年,维克特死了,他是因酗酒过度而死的。我没有去激流乡送他。我不想送懦夫,虽然说他是我的儿子。他被葬在伊万身边。那一年,我的孙子九月已经参加工作了,他在激流乡的邮局当乡邮员。

九月在参加工作的那年与一个汉族姑娘相爱了,她叫林金橘,是激流乡商店的售货员。他们在一九七七年秋天结婚的时候,我再一次来到激流乡。柳莎带着我来到商店,去看林金橘的时候,我看到了摆着布匹的货架上有一明一暗两匹布,一匹青蓝色,一匹乳黄色,我的眼前立刻就闪现出了耶尔尼斯涅被洪流卷走的那个黄昏我所看到的金河的景色。我的岁月之河,流淌的就是这两种颜色。我感慨万千,不由得老泪纵横。我的眼泪让林金橘觉得委屈,她问柳莎,奶奶是不是不喜欢我做她的孙媳妇?我让柳莎告诉她,我不过是想起了一条河流。

九月结婚后,柳莎又回到我身边。她的脖子上依然戴着维克特为她打磨的鹿骨项链,每到月圆的日子,她就会哭泣。维克特喜欢在月圆时刻向她求欢。这个秘密,早在他们结婚时我就知道。因为一到月圆的日子,从他们的希楞柱里就会传出维克特快意的呼喊。

一九七八年,达吉亚娜和索长林带着他们刚出世的女儿索玛回到了我身边。那年依莲娜已经十岁了,达吉亚娜把她送到激流乡上学,由九月和林金橘照顾着。达吉亚娜告诉我,她很想要一个男孩,在索玛之前,她也怀了一个,可是到第六个月时,突然在山中滑了一跤,孩子流产了,是个男孩,把她和索长林心疼得好多天吃不下东西。

安草儿也到了结婚的年龄了。我本以为不会有姑娘看上安草儿的,他的愚痴是人所共知的,但有一个叫优莲的姑娘还是喜欢上了他。优莲所在的乌力楞与我们相邻,有一次马粪包去那里,把安草儿煮了好几壶鹿奶茶要招待电影上的人的趣事讲了,别人听了都哈哈大笑,只有优莲没有笑。她对她的额尼说,安草儿的心肠这么好,心地又那么的纯洁,这样的男人是可以依靠一辈子的,我愿意嫁给他。优莲的额尼把这话告诉给马粪包,马粪包高兴极了,立刻回来跟我们商量安草儿的婚事。我们很快为他们举行了婚礼。开始我和妮浩还担心安草儿不懂男女之事,而为他隐隐担忧着,但他们婚后不久,优莲就怀孕了,这真让我们高兴。不过优莲没有依靠上安草儿一辈子,她在转年生下一对双胞胎后,因大出血死了。那些难产而死的女人,通常只停上一天就埋葬了。但安草儿却不让埋优莲,他守在她身边,不许送葬的人靠近。一天过去了,两天过去了,三天过去了,四天也过去了,虽然那时已是凉爽的秋季了,但优莲的尸体还是腐烂了,散发出阵阵臭味,招来一群又一群的乌鸦。我只好对安草儿说,你不要以为优莲是死了,她其实变成了一粒花籽,如果你不把她放进土里,她就不会发芽、生长和开花。安草儿问我,优莲会开出什么样的花朵呢? 我便把依芙琳曾对我讲过的拉穆湖的传说讲给他听,我说拉穆湖上开满了荷花,而优莲就是其中的一朵。这样,安草儿才同意埋葬了优莲。从那以后,每到春天的时候,安草儿都要问我,优莲开花了吗? 我说,有一天你找到了拉穆湖,就会看到她的。安草儿说,我哪一天能找到拉穆湖呢? 我说,总有一天会找到的,我们的祖先是从那里来的,我们最终都会回到那里。安草儿问我,优莲化成了荷花,我会化成什么呢?我对他说,你不是荷花旁的一棵草,就是照耀着荷花的一颗星星!安草儿说,我不做星星,我要当一棵草,草才能亲着荷花的脸,闻着它身上的香气啊!

优莲留下的那对双胞胎的名字,是安草儿给起的,一个叫帕日格,一个叫沙合力。帕日格是一种背夹,而沙合力则是糖的意思。安草儿似乎把心思都放到了对优莲变成荷花的幻想中,他对孩子漠不关心。所以抚养孩子的责任,落到了我的肩上。

到了一九八〇年,已经三十岁了的马伊堪怀上了私生子。

马伊堪的悲剧,与拉吉米有着直接的关系。不管谁来向马伊堪求婚,拉吉米都说,她还是个孩子呢。我和妮浩不止一次劝他,马伊堪快三十了,再不嫁人的话,不是把她给耽误了吗?这孩子是被遗弃的,身世本来就凄凉,应该让她得到幸福。可拉吉米的回答永远都是:她还是个孩子呢。如果是马伊堪自己央求他,说她也想象其他姑娘一样结婚、生孩子,拉吉米就会大哭一场。马伊堪这朵娇艳的花朵,就是在拉吉米的哭声中一天天地黯淡下去的。

高平路求婚多次遭到拒绝后,再也不上我们这里来搜集民歌了,他早已娶妻生子。当拉吉米听说高平路结婚的消息时,他对马伊堪说,你看,情啊爱啊哪个是真的?它们都是过眼云烟!那个汉族老师怎么样?他不照样结婚了吗?谁都会抛弃你,只有阿玛不会抛弃你!那时的马伊堪已经知道自己被遗弃在乌启罗夫客栈马厩里的身世了,她哭了。哭过后她对拉吉米说,阿玛,有一天我结婚了,嫁的肯定是鄂温克小伙子!

马伊堪在她三十岁这年的春天,突然失踪了。拉吉米平素看她看得紧,从不让她单独外出。马伊堪甚至连激流乡都没有去过。她是开在深山峡谷里的一朵最寂寞的花。

　　然而这朵花在她三十岁的那一年突然化作一只蝴蝶，飘出了山谷，拉吉米几乎要急疯了。鲁尼和索长林各带着一路人马，出去寻找。一路去了激流乡，一路去了乌启罗夫。拉吉米留在营地守候着，哭得眼泪都快干了，连续几天不吃不喝不睡，就那么坐在火塘旁，眼睛赤红，脸色苍黄，一遍又一遍地叫着马伊堪的名字，叫得格外凄凉。我和妮浩担心极了，如果马伊堪不回来，拉吉米恐怕是活不下去了。然而到了她失踪的第五天上，去乌启罗夫寻她的那一路人还没有回来，马伊堪却自己回来了。她看上去很平静，还穿着她离开时穿着的衣服，不过她的头发上多了一样东西，那是一块水粉色的手帕，她用它束了头发。拉吉米问她去哪里了，她说迷路了。拉吉米气得快要晕倒了，他说，迷路了怎么衣服连道口子也没有，头发上还多了块手帕？手帕是哪里来的?! 马伊堪说，迷路时捡的。拉吉米知道马伊堪是在欺骗他，他哭了。事实上他已没有泪水了，只是干嚎着。马伊堪给他跪下了，说，阿玛，我再也不会离开你了，我会永远和你留在山里的。

　　马伊堪回来后不久，便开始呕吐。但那时谁也没有想到她是怀孕了。夏天时，她已显怀。刚刚平静下来的拉吉米被气坏了，他用桦树条抽打马伊堪，咒骂她，追问是哪个男人对她做了那事。马伊堪说，是个鄂温克人，是我自愿的。拉吉米说，你还是个孩子啊，怎么能做这样没有廉耻的事呢! 马伊堪颤着声说，阿玛，我不是个孩子了，我三十岁了。

　　拉吉米那段时间跟中了魔似的，每天都去央求妮浩，让她跳一次神，把马伊堪身上的孩子清理出去。妮浩说，我只救人，不杀人。拉吉米没别的办法，就吩咐马伊堪做那些繁重的体力活儿，企望着这样能使她流产。然而马伊堪怀的孩子非常皮实，稳稳地待在她的肚子里。到了冬天，这个孩子出生了，是个男孩，马伊堪给他起名叫西班。西班两岁时,已经能吃肉食和面饼了,他看上去非常地健壮。马伊堪给他断了奶,跳崖自杀了。

我们到了那时才明白,马伊堪是找了她的一个接替者,去陪伴拉吉米了。她可能早就不想活了,可她还是怕拉吉米孤单,无人照顾,所以才生下一个孩子。西班是她送给拉吉米的最后的礼物。

马伊堪的死,几乎使拉吉米哭得失明,从此后他看东西总是模糊的。他常常在喝醉了酒后痛苦地号叫,好像谁在用刀子剜着他的心。我们帮他照看西班,一天天地把他带大。

依莲娜虽然在激流乡上学,但到了寒暑假时,索长林就会把她接回到山上。她是个聪明而又活泼的姑娘。她喜欢驯鹿,夏季时,只要她回来,就会央求索长林,下午时让她跟着鹿群出去,清晨时再跟着它们回来。索长林只得带着狍皮被筒,与她在外露营,陪着她。所以依莲娜一回来,我们的驯鹿很少有丢失的,她就像驯鹿的守护神一样。

那年依莲娜大概十一岁吧,她暑假时又回到山上。那时我们正游猎在额尔古纳河畔,有一天下午,我领着她来到河畔的一处岩石前,拿着我用赭红的泥土做成的画棒,教她画画。当青白的岩石上出现了驯鹿的形态后,依莲娜蹦了起来,惊叫着,原来石头也能生出驯鹿啊!我接着又画了花朵和小鸟,她又跳了起来,说,原来石头也是泥土和天空啊,要不它身上怎么能开出花朵,飞出小鸟呢!我交给了她一支画棒,她在岩石上先是画了一只驯鹿,接着就画了一颗太阳。我没有想到,依莲娜画的岩画是那么生动。我画的驯鹿是安静的,而她画的则是调皮的。驯鹿歪着脑袋,抬起一条前腿,试探着踢自己颈下的铃铛。驯鹿的角,也是不对称的,一面有七个叉,一面只有三个叉。我说,你画的驯鹿我怎么没见过?依莲娜说,这是神鹿,只有岩石才能长出这样的鹿来。

从那以后,依莲娜迷恋上了画画。她再去激流乡上学时,对图画课就格外感兴趣。而她再回到山上时,也会带来一沓她用铅笔画的画。那些铅笔画上面既有人物,也有动物和风景。她画的人物都很风趣,不是歪戴着帽子啃肉骨头的,就是斜叼着烟嘴系鞋带的。她画的动物,以驯鹿为多。她画的风景,一类以激流乡的房屋和街道为主,另一类则以篝火、河流和山峦为主。她虽然是用铅笔描画的这一切,但是我从中仿佛能看到篝火燃烧到旺盛处所焕发着的那种橘黄的颜色,能看到河水在月夜中发出的亮光。

依莲娜每次回到山上,都要悄悄对我说,她太想念岩石了,在那上面画画,比在纸上画画要有意思得多了。所以我总会在她回来的时候,找一个天气好的日子,陪她去河边的岩石画画。她每次画完,都要问我,好看吗?我会说,你让风去评判吧,风的眼睛比我厉害。依莲娜就会笑着说,风说了,有一天我把岩石吹散了,你的画就化作了河里的沙子!我说,那你怎么回答风呢?依莲娜说,我对风说,没关系,它们化作了河里的沙子,沙子又会变成金子!

依莲娜一回来,玛克辛姆就不高兴。玛克辛姆那时也有十多岁了,鲁尼每次送他到激流乡上学,他都会随后逃回来。他说一看见书,脑袋就会疼。所以依莲娜一回来,玛克辛姆就很反感,因为依莲娜喜欢上学。他们是以争取小孩子的拥护而暗中较量的。

那时沙合力、帕日格、西班和索玛还都是小孩子。依莲娜不回来时,玛克辛姆对他们拥有绝对的支配权,让他们做什么他们就会做什么。玛克辛姆只喜欢讲本民族的语言,所以他和他们说话时,只讲鄂温克语。依莲娜呢,她的汉语讲得格外流利,她一回来,就会教这些孩子说汉语。玛克辛姆很生气,他吓唬他们,说是学会说汉语的小孩子将来会烂舌头的。除了西班相信玛克辛姆的话之外,其他小孩子都不信他,玛克辛姆就会展开别的笼络手段,他拿来一堆木块,给他们削木头人,孩子们果然又欢天喜地地围着玛克辛姆转了。依莲娜呢,她是个不服输的孩子,赶紧拿出铅笔,在白纸上勾画小孩子的肖像,他们又被她吸引过去了。依莲娜画他们的肖像,曾给我们带来了许多欢乐。比如索玛,当她从白纸上看到自己的样子时,以为来到了镜子面前,就指着纸说:镜子,镜子! 沙合力与帕日格长得一模一样,依莲娜就只画一人,他们为此总要争个不休,都说画中的人是自己。依莲娜调皮,她会唰唰几下把那个肖像做一番改动,让他做出撒尿的样子,这下沙合力和帕日格就为画中人不是自己而争吵了。

也就是在玛克辛姆为孩子们削木头人的时候,我们发现了西班吃树皮的嗜好。他把木块上的树皮剥下来,放到嘴里,嚼得津津有味。他爱啃的树皮,是桦树皮和杨树皮,这两种树皮水分足,有甜味。从那以后,西班每隔几天,就要啃一次树皮。他抱着一棵桦树或杨树,歪着头啃树皮的样子,很像一只小羊。拉吉米因为马伊堪的死,一直对西班很冷淡,好像是西班把马伊堪推下悬崖似的。自从他爱啃树皮后,拉吉米渐渐喜欢上了他。他常常对我们说,西班行啊,他的粮食长在树上,闹饥荒他也没事的!

西班的身世跟马伊堪的一样,是个谜。我曾以为这样的谜是不会有解开的时刻的,但是在依莲娜考上北京的一所美术学院的那一年,我和达吉亚娜来到激流乡为她送行的时候,马伊堪的身世揭秘了。

依莲娜在激流乡上完初中后,又去乌启罗夫,也就是现在的奇乾上了高中。她是从奇乾考入大学的,是我们这支以放养驯鹿为生的鄂温克部落所出的第一个大学生。依莲娜考上北京一所美术学院的消息,吸引了外界的注意。有一个记者,叫刘博文,大约有三十多岁吧,专程从呼和浩特赶来采访她。刘博文在采访完依莲娜以后,说他还要到奇乾去,为父亲打听一个三十多年前被遗弃在那里的女婴的情况。刘博文是无意说的,但我和达吉亚娜同时想到了马伊堪。我们问他,那个女婴是哪一年被遗弃的,那年她多大?刘博文说,他的祖父当年是扎兰屯一个有名的大地主,家里有很多房屋和土地,养了很多长工。土地改革斗争地主的时候,他的祖父上吊了。刘博文的祖父有两个老婆,刘博文的父亲是大老婆生的,他的祖父还有一个如花似玉的小老婆。他的祖父自尽时,小老婆已有孕在身。她在一九五○年生下一个女婴后,跳井自杀了。死前她把女婴托付给刘博文的祖母,让祖母把这个女婴送人,说是不论穷富,只要进个好心的人家,一生平安就行。刘博文的祖母就把私藏的一个金手镯拿出来,把女婴交给一个马贩子,求他给寻个好人家。那个马贩子走南闯北、见多识广,他觉得乌启罗夫地处偏远,那里的人淳朴善良,于是,不顾路途遥远,把女婴一直带到乌启罗夫,遗弃在一家客栈的马厩里。马贩子再路过扎兰屯时,就告诉了刘博文的祖母,说是孩子给扔在乌启罗夫了,听说被好心的鄂温克人给抱到山上去了。刘博文的祖母去世前,拉着儿子的手,让他有一天去寻找这个比他小二十多岁的妹妹,说毕竟他们是一个父亲啊。

我听完刘博文的讲述后,知道他要寻的人就是马伊堪,我对他说,你不用去奇乾了,当年那个小女孩已经跳崖死了。她留下了一个男孩,叫西班。你要是想看,就去看西班吧。

我和达吉亚娜把马伊堪的故事讲给刘博文听,刘博文听过后哭了。他跟着我们来到山上。当我告诉拉吉米,刘博文的姑姑是马伊堪时,拉吉米把西班紧紧抱在怀里。他对刘博文说,西班不是马伊堪生的,是他捡的。我知道,西班对他来讲,跟当年的马伊堪一样,是他的眼睛,失去他,等于失去了光明。

刘博文待了两天,为西班拍了几张照片,就由马粪包护送下山了。其实鲁尼本来是派索长林去送刘博文的,但马粪包主动要求下山,那时九月也有了自己的儿子,叫六月,柳莎常下山看九月和六月,而马粪包却很少有这样的机会。他想念九月和六月了,就想趁着送刘博文的机会,去激流乡看上他们一眼。虽然马粪包已是个老人了,但他的腿脚依然利落。他仍能打猎,枪法还是那么准。

那时山中的林场和伐木工段越来越多,运材线一条连着一条。山中的动物越来越少了。每当狩猎空手而回的时候,马粪包总要咒骂那些伐木点,说它们是生长在山中的一颗颗毒瘤,把动物都赶跑了。

马粪包喜欢在路上喝酒,他说走路喝酒又风光又有滋味。在送刘博文的路上,他一直在喝酒。刘博文说,他们清晨出发,到了中午,走了大约三十里路后,来到了满古公路的一个支线上,那里离激流乡只剩下七八里的路了。支线路上往来的运材车很多。刘博文说,马粪包看到空着进山的运材车时还没什么,一旦看到满载原木的长条卡车轰隆驶过,他的情绪就会激动。他会指着运材车骂:孽障,孽障!谁知那天出山的运材车很多,过去了一辆跟着又是一辆。等第四辆装满了落叶松的运材车经过时,马粪包终于控制不住自己的情绪了,他举起猎枪,对着运材车的轮胎就是一顿扫射。他的枪法确实准,轮胎立刻就被打爆了,车歪斜着停了下来,司机和助手先后从车里跳出来。司机是个大胡子,他冲过来,揪着马粪包穿着的光板狍皮裤子,骂他,酒鬼,你他妈的找死啊!助手是个小伙子,他对着马粪包的脑袋就是一拳,骂他,你个穿兽皮的野人!这一拳把马粪包打得晕头转向的,他凄凉地重复了一句"野——人——"晃了几晃,手中的猎枪先掉到了地上,跟着,他也倒在了地上。

　　我们知道马粪包不喜欢热闹的地方,想把他埋在一处幽静的地方,但柳莎不同意。她说马粪包是为了看晚辈而死的,他应该埋在激流乡,这样以后九月和六月还能时常去祭奠他。再说了,现在看着幽静的地方,再过一些年,也许就不幽静了,还不如回到激流乡的亲人身边呢。这样,我们就把他安葬在伊万和维克特的旁边了。

　　与我同时代的人,大都去了另一个世界了。进入九十年代,我觉得时间过得飞快。帕日格和沙合力长大了,他们经常出去。沙合力爱喝酒,他喝了酒后不是砸商店的橱窗,就是破坏学校的桌椅,要不就是把乡政府的汽车的轮胎扎破。九月告诉我,沙合力一出现在激流乡,派出所的人就会紧张,他们会提醒沙合力爱去的那些场所的主人,说沙合力下山了,看好你们的东西吧。帕日格呢,他喜欢到呼和浩特去找依莲娜,他爱跳舞,总是幻想有一天依莲娜会介绍他进入剧团,能到处演出。依莲娜那时已从北京的美术学院毕业,到呼和浩特一家报社做美术编辑。她嫁了个水泥厂的工人,只过了一年就离婚了。

　　依莲娜离婚后,刘博文也离婚了。帕日格告诉我,依莲娜跟刘博文住在一起了。帕日格说,他们在一起时常常吵架。我问他们都吵些什么,帕日格说,我不清楚,他们每次吵完,刘博文都会摔东西,而依莲娜会用酒把自己灌醉。

　　依莲娜每年都要回来看我。她来的时候会把画画的东西带来。她除了画画,就喜欢和驯鹿待在一起。她的画,是带颜色的了。她在画布上涂抹着各色油彩。我不喜欢油彩的气味,很刺鼻子。她不像过去那么快乐了,我常见她独自坐在河边洗着画笔,把河水洗出了颜色。她的画,常常会印在画刊上。她每次回来,都会把画刊带来,让我看她的画。在各式各样的画中,我总能一眼认出她的画来。她的画中总少不了驯鹿、篝火、河流和覆盖着白雪的山峦。

依莲娜往往住上一两个月后，就会心烦意乱。她嫌山里太寂寞了，跟外界联系起来不方便。有的时候，她会在西班的陪伴下专程去一趟激流乡，为的就是给朋友打一个电话。依莲娜喜欢西班，她很少画人物，但她却为西班画了好几幅画。西班在画中不是啃着树皮，就是蹲在营地上为驯鹿笼烟，要么就是在木板上刻着字。

西班有两大爱好：造字和制作桦树皮工艺品。他一直喜欢讲鄂温克语，当他知道他说的语言没有文字的时候，就下决心要造字了。他对我们说，这么好听的话没有文字，是多么可惜呀。我们说，文字是那么好造的吗？西班说，只要我用心，就一定能造出字来。玛克辛姆的木工活儿好，西班就让他为自己做了很多木板，一摞摞地放起来。他喜欢坐在火塘旁造字，想好了一个字，先把它用圆珠笔画在掌心中，让我们看他造的字怎么样，等大家认可了，他才郑重地把它刻在木板上。他造的字很简捷，比如河水，就是一条笔直的横线；闪电，是一道弯曲的横线。雨，是一条断断续续的竖线；风，是两条波浪形的竖线。云朵，是两个连在一起的半圆；彩虹，是一条弯曲的斜线。他的掌心因为总是描画着字，所以他洗手时格外小心，生怕把刚造好的字洗成了泡沫。

除了造字，西班还喜欢制作各种"玛塔"，也就是桦皮工艺品。他掌握了各种刻绘方法，在桦皮做成的烟盒、笔筒、茶叶罐、首饰盒上，雕刻上飞鸟、驯鹿、花朵、树木的形象。他最喜欢用的纹饰是云雷纹和水波纹。西班做的桦皮制品很走俏，它们被拿到激流乡的商店后，被那些远道而来的游客给买走了。西班用换来的钱，给我们买各种东西，这让拉吉米无比自豪。西班最大的梦想，就是有一天能把我们的鄂温克语变成真正的文字，流传下去。

沙合力每次回来,看到苦思冥想造字的西班,就要嘲笑他,说他是个傻瓜,现在的年轻人,有谁爱说鄂温克语呢?你造的字,不就是埋在坟墓里的东西吗?西班从不计较。他性情温和,很多人都说他像安草儿。达吉亚娜就曾悄悄对我说,也许马伊堪怀的就是安草儿的孩子。我说这怎么可能呢,马伊堪当年是失踪了好几天才回来的,而安草儿那时没有离开过营地。达吉亚娜说,也许马伊堪事先设下了圈套,让安草儿与她做了爱,然后再故意以出走的方式来迷惑大家的。我觉得达吉亚娜的话是毫无道理的。直到前年,我在帮安草儿收拾东西的时候,发现了一块水粉色的手帕,才觉得她的猜测也许是对的。我指着手帕问安草儿,这是优莲留下来的吗?安草儿说,这是马伊堪送我的,她有一块,我有一块,她说风大的时候爱流泪,让我擦眼泪用。我马上联想起了马伊堪失踪回来时头上戴着的手帕。这对水粉色的手帕,马伊堪是从哪里弄来的呢?我实在猜想不出来。其实生活中埋藏着许多秘密,有秘密的日子没什么不好的,所以我不愿意去探究西班的身世。

依莲娜在山上待烦了,会背着她的画返回城市。然而要不了多久,她又会回来。她每次回来时都兴冲冲的,说是城市里到处是人流,到处是房屋,到处是车辆,到处是灰尘,实在是无聊。她说回到山上真好,能和驯鹿在一起,晚上睡觉时能看见星星,听到风声,满眼看到的是山峦溪流、花朵飞鸟,实在是太清新了。然而她这样过上不到一个月,又会嫌这里没有酒馆,没有电话,没有电影院,没有书店,她就会酗酒,醉酒后常常冲着自己未完成的画发脾气,说它们是垃圾,把画扔进火塘里毁掉。

达吉亚娜那时非常焦虑,虽然依莲娜为她带来了世俗的荣誉,大家都羡慕她家出了一个画家,但女儿内心的矛盾和痛苦还是使她感到不安。索玛呢,她跟沙合力一样,非常讨厌上学。她在激流乡上学的时候,就三天两头逃学。索玛喜欢结交男孩子,她十四岁的时候就对达吉亚娜宣布,她已经不是处女了,气得达吉亚娜把她带回山上,不许她下山,让她每天经管驯鹿。索玛憎恨驯鹿,她说要是驯鹿得一场大的瘟疫就好了,这样所有人都会自然下山了。索玛对驯鹿所下的诅咒,使大家对她很反感。

依莲娜终于有一天辞了职,带着她的行李回到我们中间。我问她为什么回来了,她对我说,她厌倦了工作,厌倦了城市,厌倦了男人。她说她已经彻底领悟了,让人不厌倦的只有驯鹿、树木、河流、月亮和清风。

她这次回来以后,不再使用油彩作画。她开始做皮毛镶嵌画。她把驯鹿和堪达罕的皮毛,依据颜色的差异,裁剪成不同的形状,然后把它们连缀到一起,做成皮毛画。这样的画是以棕黄色和浅灰色为主色调的,画的上部通常是天空和云朵,下部是起伏的山峦或者是弯曲的河流,中间呢,永远是千姿百态的驯鹿。说真的,从依莲娜做皮毛画的那天开始,我的心就不安宁了。因为我觉得那些皮毛是有灵性的,让它们做成衣服为人遮风挡雨,带来温暖,它们也许是心甘情愿的;但一旦你是为了取悦别人的眼睛而把它们弄得支离破碎,让它成为画悬挂起来,那些皮毛可能就会愤怒。

依莲娜说她不会再把她的画拿到山外去,然而当她创作完成了两幅皮毛画后,还是抑制不住地卷着它们进城了。她那样子,就像要给她的两条狗去找个好主人。两个月后,依莲娜带着一家电视台的记者回来了,她看上去是那么地兴奋,她说那两幅画引起了美术界的轰动,一幅被美术馆收藏了,另一幅被人高价买走了。电视台的人是专程为了拍摄她而来的。他们拍摄了希楞柱、驯鹿、篝火、造字的西班、衰老了的妮浩和她的神衣、神鼓。他们也想拍摄我。他们问我,听说你是你们这个民族最后一位酋长的女人,你能讲讲你所经历的故事吗？我转身离开了。我为什么要把故事讲给他们听呢？

一九九八年初春，山中发生了大火。火是从大兴安岭北部的山脉蔓延而来的。那些年春季干燥，风大，草干，常有火灾。有的是雷击火，还有的是人吸烟时乱丢烟头引发的。为了防止烟头可能会毁掉森林，我们发明了一种烟：口烟。它是用捻碎的烟丝、茶以及炭灰三样东西调和而成的。这样的烟不用火，把它们捏出一点，塞到牙床上，口中一样有烟味，也能起到提神的作用。每到春夏时节，我们就用口烟代替香烟。

那场大火是由两个林业工人吸烟时乱扔烟头引发的。那时我们刚好搬迁到额尔古纳河畔，火龙席卷而下，森林中烟雾腾腾，从北部逃难过来的鸟儿一群群地飞过，它们惊叫着，身体已被烟火熏成了灰黑色，可见火势的凶猛。激流乡的乡党委书记和副乡长乘着吉普车上山来了，他们来到各个猎民点，领着我们打防火隔离带，保护驯鹿，不许它们离营地太远。直升机在空中飞来飞去，进行人工降雨。然而云层厚度不够，只听到雷一样隆隆的响声，却不见雨落下。

妮浩就是在这个时候最后一次披挂上神衣、神帽、神裙，手持神鼓，开始了跳神求雨的。她的腰已经弯了，脸颊和眼窝都塌陷了。她用两只啄木鸟作为祈雨的道具，一只是身灰尾红的，另一只是身黑额红的。她把它们放在额尔古纳河畔的浅水中，让它们的身子浸在水中，嘴朝天上张着，然后开始跳神了。

妮浩跳神的时候，空中浓烟滚滚，驯鹿群在额尔古纳河畔低头站着。鼓声激昂，可妮浩的双脚却不像过去那么灵活了，她跳着跳着，就会咳嗽一阵。本来她的腰就是弯的，一咳嗽就更弯了。神裙拖到了林地上，沾满了灰尘。我们不忍心看她祈雨时艰难的样子，于是陆陆续续来到驯鹿群中央。除了依莲娜和鲁尼,谁也没有勇气把祈雨的仪式看完。妮浩跳了一个小时后,空中开始出现阴云;又跳了一个小时后,浓云密布;再一个小时过去后,闪电出现了。妮浩停止了舞蹈,她摇晃着走到额尔古纳河畔,提起那两只湿漉漉的啄木鸟,把它们挂到一棵苗壮的松树上。她刚做完这一切,雷声和闪电就交替出现,大雨倾盆而下。妮浩在雨中唱起了她生命中的最后一支神歌。可她没有唱完那支歌,就倒在了雨水中——

> 额尔古纳河啊,
>
> 你流到银河去吧,
>
> 干旱的人间……

山火熄灭了,妮浩走了。她这一生,主持了很多葬礼,但她却不能为自己送别了。

在妮浩的葬礼上,失踪多年的贝尔娜回来了。陪伴她的,果然是当年那个偷我们驯鹿的少年。他们都已是人到中年了。他是在哪里找到的贝尔娜,而他们又是怎么得知妮浩的死讯的,我们并没有问。总之,妮浩的心愿实现了,贝尔娜回来参加她的葬礼了。妮浩再也不用跳神了,贝尔娜心中的恐惧也将永久消失了。

妮浩离开后半年左右,鲁尼也走了。玛克辛姆说,鲁尼那天看上去好好的,他喝着喝着茶,突然对玛克辛姆说,给我拿块糖来吧。说完,脖子一歪,气就没了。我想鲁尼和妮浩去的世界是温暖的,因为果格力、交库托坎、耶尔尼斯涅都在那里。

妮浩祈雨的情景让依莲娜难以忘怀。她对我说,在那个瞬间,她看见的是我们鄂温克人一百年的风雨,激荡人心。她说一定要把那种情景用画展现出来。她先是用皮毛画来表现,但做到一半的时候,她说皮毛太轻佻了,还是油彩凝重。于是,她又把画布固定在木板上,开始用画笔蘸着油彩作画了。她画得很慢,很动情,常常画着画着就要哭出声来。

依莲娜的那幅画,一画就是两年。

那幅画很有气魄,上部是翻卷着浓云的天空和被烟雾笼罩着的黛绿的青山,中部是跳神的妮浩和环绕着她的驯鹿群。妮浩的脸是模糊的,但她所穿的神衣和神裙却是那么逼真,好像风儿轻轻一吹,那些闪光的金属饰片就会发出响声。画的底部,是苍凉的额尔古纳河和垂立在岸边祈雨的人们。

我们以为那幅画早就完成了,可依莲娜总是说还没完呢。她似乎很舍不得把那幅画完成,画得很仔细,很精致。

直到进入新世纪的那年春天,依莲娜才对我们宣布,她的画完成了。那时我们正在贝尔茨河畔给驯鹿接羔。为了庆祝她完成了那幅画,我们特意为她搞了一个篝火舞会。依莲娜那天喝了很多酒。虽然她没有跳舞,但因为她走起路来轻飘飘的,也给人一种跳着舞的感觉。

就在那天晚上,依莲娜走了。

她喝过酒后,回到希楞柱,抓起一把画笔,摇摇晃晃地朝贝尔茨河走去。她在经过我们身边的时候说:我洗画笔去了。从我们营地到贝尔茨河,不过是五分钟的路程,我们眼看着她走向那条河流。

达吉亚娜叹了一口气说,依莲娜洗过了画笔,肯定又要画新的东西了。她可别一画又是两年,怎么受得了呢!

索玛说,依莲娜也是蠢,一幅画要画两年!这么长的时间生两个孩子都够了!索玛的话让我们笑了起来。

我们议论着依莲娜和她那幅祈雨的画,不知不觉夜深了。依莲娜还没有回来,达吉亚娜对索玛说,看看你姐姐怎么还没回来!

索玛说,让西班去看吧!

西班那时正蹲在篝火旁埋头造字,玛克辛姆帮他在木板上刻着字。他听索玛让他去找依莲娜,就说,你去吧,我造字呢。索玛说,依莲娜把谁画在画中,谁就该去找她!西班噢了一声,站起身,说,依莲娜画我了,我去找她。

大约二十分钟后,西班回来了。他没有找回依莲娜,他拿回了一把画笔,每一支画笔都湿漉漉的,它们被贝尔茨河水冲洗得干干净净的。

达吉亚娜问西班,依莲娜呢?

西班说,只有画笔,没有依莲娜。

第二天正午,我们在贝尔茨河的下游找到了依莲娜的尸体。西班说,如果不是河转弯处那几棵茂盛的柳树拦住了她,她还不知要漂浮到哪里去呢。我憎恨那几棵多事的柳树,因为依莲娜就是一条鱼,她应该沿着贝尔茨河一直漂向我们看不见的远方的。

依莲娜躺在桦皮船回到营地的时候,夕阳把水面染得一派金黄,好像老天知道她喜欢画,特意泼洒了一幅,把她给镶在画中了。就在那个时刻,拉吉米接生下来一只雪白的驯鹿崽,它一定来自天上,因为它看上去就像一朵云。拉吉米把令他难以忘怀的口弦琴的名字赐予它:木库莲。

我在依莲娜上岸的地方找到一块白色的岩石,为她画了一盏灯。我希望她在没有月亮的黑夜漂游的时候,它会为她照亮。我知道,那是我这一生画的最后一幅岩画了。画完它,我把脸贴在岩石上,哭了。我的泪水沁在岩石的灯上,就好像为它注入了灯油。

我们离开贝尔茨河的时候,西班为木库莲拴上一对金色的铃铛,它们在风中发出清脆而悠扬的回响,唤醒了我对岁月的记忆。

它们就像天上的太阳和月亮,照耀着我们留在额尔古纳河右岸的路——那些被世人称为"鄂温克小道"的,由我们的脚和驯鹿那梅花般的足迹踏出的一条条小路。

尾声　半个月亮

　　一天就要过去了，天已黑了，我的故事也快讲完了。

　　达吉亚娜他们一定到了布苏了。激流乡现在已是一座空城，那里没有我们的人了。

　　这个小小的乡在我眼里就是一座很大很大的城，我忘不了在商店所看到的那两匹布，一匹青蓝，一匹乳黄，它们一明一暗地站在那里，就像黑夜和黎明。

　　依莲娜的离去，使达吉亚娜痛恨山林生活，索长林也陷入了深深的痛苦之中，他开始酗酒，有一天他喝光了酒，让拉吉米下山给他买酒，拉吉米没答应，索长林竟然用斧头去砍拉吉米的头。如果不是西班把他拉开，拉吉米的命怕是保不住了，他痛得叫喊了一夜。

　　这几年，林木因砍伐过度越来越稀疏，动物也越来越少，山风却越来越大。驯鹿所食的苔藓逐年减少，我们不得不跟着它们频繁地搬迁。

　　妮浩走后的第三年，玛克辛姆身上出现了一些怪异的举止，他用猎刀割自己的手腕，他把赤红的火炭吞进嘴里。他喜欢在雨天的时候出去奔跑，大喊大叫；而到了天旱的日子，一看到大地出现了弯弯曲曲的裂缝，他就会抱头大哭。我们知道，他这是要成萨满了。

　　尼都萨满和妮浩的悲凉命运，使我们不想再看到一个新萨满的诞生。达吉亚娜把妮浩留下的神衣、神帽和神裙都捐给了激流乡的民俗博物馆，只留下一个神鼓。我们想让玛克辛姆与那股神秘而苍凉的气息隔绝。

他确实一天天地正常起来。除了干旱的日子偶尔会出现一些反常的举止外，他与常人一样了。

激流乡从它出现的那天起，就从来没有住满过人。人们只把它当作一座歇脚的客栈。它一天天地破败下去。

我真担心达吉亚娜他们所去的布苏，又会成为一座歇脚的客栈。

沙合力被关进监狱了。前年，他纠合了山外几个无业的刑满释放人员，进山来砍伐一片受国家保护的天然林，打算偷运出去，卖黑材，赚上一大笔钱。结果木材还没出山，他们的人和车都被检查站的人扣押了。他被判了三年徒刑。

尽管达吉亚娜那么紧地看管着索玛，她还是一次接着一次跑到别的营地与男人幽会。她说在山上实在太寂寞了，只有男女之事才会给她带来一点儿快乐。她每次下山，都是去激流乡做流产。达吉亚娜为她的婚事操透了心。把她介绍给谁，谁都会用瞧不起的口气说，索玛呀，她谁都跟，怎么能做老婆呢！后来，三个衣衫破烂的拾荒者来到激流乡，他们吃不饱饭，娶不上老婆，听人说生活在这里的鄂温克姑娘不好出嫁，又有生活补贴，就找上门来了。这件事对达吉亚娜的刺激不亚于依莲娜的离去。她哭着对我说，额尼，拾荒的人把我们的姑娘当破烂给捡着了！我们必须离开这个鬼地方了！

达吉亚娜开始为建立一个新的鄂温克猎民定居点而奔波。她说激流乡太偏僻，交通不便，医疗没有保障，孩子们所受的教育程度不高，将来就业困难，这个民族面临着退化的命运。她联合了其他几个乌力楞的人，联名向激流乡政府提交了一个下山定居的建议信，就是这封信引起了我们这次大规模的搬迁。

生活在山上的猎民不足两百人了，驯鹿也只有六七百只了。除了我之外，大家都投了去布苏定居的赞成票。激流乡新上任的古书记听说我投了反对票时，特意上山来做我的工作。他说我们和驯鹿下山，也是对森林的一种保护。驯鹿游走时会破坏植被，使生态失去平衡，再说现在对于动物要实施保护，不能再打猎了。他说一个放下了猎枪的民族，才是一个文明的民族，一个有前途和出路的民族。我很想对他说，我们和我们的驯鹿，从来都是亲吻着森林的。我们与数以万计的伐木人比起来，就是轻轻掠过水面的几只蜻蜓。如果森林之河遭受了污染，怎么可能是因为几只蜻蜓掠过的缘故呢？可我没把这番话说给他，我为他唱了一首歌，那是妮浩曾经唱过的，流传在我们氏族的葬熊的神歌——

> 熊祖母啊，
> 你倒下了，
> 就美美地睡吧。
> 吃你的肉的，
> 是那些黑色的乌鸦。
> 我们把你的眼睛，
> 虔诚地放在树间，
> 就像摆放一盏神灯！

我留下来了，安草儿也留下来了，这就足够了。我原想着西班可能也会留下来的，他爱啃树皮，他的字还没有造完，但西班是个孝顺的孩子，拉吉米去哪里，他就会去哪里。我看拉吉米也活不长了，他的舌头已经歪斜了，说话含混不清。如果拉吉米有一天不在了，西班一定会回来的。

我们再也不用在搬迁时留下树号了，山中的路越来越多了。没有路的时候，我们会迷路；路多了的时候，我们也会迷路，因为我们不知道该到哪里去。当搬迁的卡车在清晨驶入营地的时候，我看见那些要走的人的眼神中不完全是喜悦，他们的眼睛里也流露着凄凉、迷茫的神色。尤其是那只在依莲娜死去时出生的白色驯鹿，它说什么也不肯上卡车，可西班是离不开它的。西班摇着它颈下那对金色的铃铛，叫着它的名字，说，木库莲，快上车，你要是不喜欢布苏，不喜欢被关进鹿圈，我们再回来！木库莲这才顺从地上了卡车。

我讲了一天的故事，累了。我没有告诉你们我的名字，因为我不想留下名字了。我已经嘱咐了安草儿，阿帖走的时候，一定不要埋在土里，要葬在树上，葬在风中。只是如今选择四棵相对着的大树不那么容易了。

有一些人的结局，我是不知道的，比如抛弃了柳莎和马粪包的那个女人，比如瓦霞，再比如葬完妮浩后又神秘失踪的贝尔娜。故事总要有结束的时候，但不是每个人都有尾声的。

安草儿进来了，他又往火上添了几块柴火。这团母亲送我的火虽然年龄苍老了，但它的面容却依然那么活泼、青春。

我走出希楞柱。

混合着植物清香气息的湿润的空气，使我打了一个喷嚏。这个喷嚏打得十分畅快，疲乏一扫而空。

月亮升起来了，不过月亮不是圆的，是半轮，它莹白如玉。它微微弯着身子，就像一只喝水的小鹿。月亮下面，是通往山外的路,我满怀忧伤地看着那条路。安草儿走了过来,跟我一起看着那条路。那上面卡车留下的车辙,在我眼里就像一道道的伤痕。忽然,那条路的尽头闪现出一团模糊的灰白的影子,跟着,我听见了隐隐约约的鹿铃声,那团灰白的影子离我们的营地越来越近。安草儿惊叫道,阿帖,木库莲回来了!

　　我不敢相信自己的眼睛,虽然鹿铃声听起来越来越清脆了。我抬头看了看月亮,觉得它就像朝我们跑来的白色驯鹿;而我再看那只离我们越来越近的驯鹿时,觉得它就是掉在地上的那半轮淡白的月亮。我落泪了,因为我已分不清天上人间了。

二〇〇五年二月十二日—五月七日

初稿于大兴安岭塔河

二〇〇五年五月十五日—五月二十三日

二稿于青岛中国海洋大学

二〇〇五年七月十一日—七月十九日

三稿于哈尔滨

从山峦到海洋（跋）

一部作品的诞生，就像一棵树的生长一样，是需要机缘的。

首先，它必须拥有种子，种子是万物之母。其次，它缺少不了泥土。还有，它不能没有阳光的照拂、雨露的滋润以及清风的抚慰。

《额尔古纳河右岸》的出现，是先有了泥土，然后才有了种子的。那片春天时会因解冻而变得泥泞、夏天时绿树成荫、秋天时堆积着缤纷落叶、冬天时白雪茫茫的土地，对我来说是那么的熟悉——我就是在那片土地出生和长大的。少年时进山拉烧柴的时候，我不止一次在粗壮的大树上发现怪异的头像，父亲对我说，那是白那查山神的形象，是鄂伦春人雕刻上去的。我知道他们是生活在我们山镇周围的少数民族。他们住在夜晚时可以看见星星的撮罗子里，夏天乘桦皮船在河上捕鱼，冬天穿着皮大哈（兽皮短大衣）和狍皮靴子在山中打猎。他们喜欢骑马，喜欢喝酒，喜欢歌唱。在那片辽阔而又寒冷的土地上，人口稀少的他们就像流淌在深山中的一股清泉，是那么的充满活力，同时又是那么的寂寞。

我曾以为，我所看到的那些众多的林业工人、那些伐木者才是那片土地的主人，而那些穿着兽皮衣服的少数民族则是天外来客。后来我才知道，当汉族人还没有来到大兴安岭的时候，他们就繁衍生息在那片冻土上了。

那片被世人称为"绿色宝库"的土地在没有被开发前，森林是茂密的,动物是繁多的。那时的公路很少,铁路也没有出现。山林中的小路,大都是过着游猎生活的鄂伦春和鄂温克人开辟出来的。始于六十年代的大规模开发开始后,大批的林业工人进驻山林,运材路一条连着一条出现,铁路也修起来了。在公路和铁路上,每天呼啸而过的都是开向山外的运材汽车和火车。伐木声取代了鸟鸣,炊烟取代了云朵。其实开发是没有过错的,上帝把人抛在凡尘,不就是让他们从大自然中寻求生存的答案吗?问题是,上帝让我们寻求的是和谐生存,而不是攫取式的破坏性的生存。

十年过去了,二十年过去了,三十年过去了,伐木声虽然微弱了,但并没有止息。持续的开发和某些不负责任的挥霍行径,使那片原始森林出现了苍老、退化的迹象。沙尘暴像幽灵一样闪现在新世纪的曙光中。稀疏的林木和锐减的动物,终于使我们觉醒了:我们对大自然索取得太多了!

受害最大的,是生活在山林中的游猎民族。具体点说,就是那支被我们称为最后一个游猎民族的、以放养驯鹿为生的敖鲁古雅的鄂温克人。

有关敖鲁古雅的鄂温克人下山定居的事情,我们从前两年的报道中已经知道得太多了。当很多人蜂拥到内蒙古的根河市,想见证人类文明进程中这个伟大时刻的时候,我的心中却弥漫着一股挥之不去的忧郁和苍凉感。就在这个时候,我的朋友艾真寄来一份报纸,是记叙鄂温克画家柳芭的命运的一篇文章,写她如何带着绚丽的才华走出森林,最终又满心疲惫地辞掉工作,回到森林,在困惑中葬身河流的故事。艾真在报纸上附言:迟子,写吧,只有你能写!她对我的生活和创作非常了解,这种期待和信任令我无比地温暖和感动,我马上给她打了电话,对她说,我一直在关注着这件事,也收集了一些资料,但我想等到时机成熟了再写。

　　我其实是在等待下山定居的人的消息。我预感到，一条艰难而又自然的回归之路，会在不久的将来出现。

　　去年五月，我在澳大利亚访问了一个月。有一周的时间，我是在澳洲土著人聚集的达尔文市度过的。达尔文是个清幽的海滨小城，每天吃过早饭，我会带着一本书，到海滨公园坐上一两个小时，享受着清凉的海风。在海滨公园里，我相遇最多的就是那些四肢枯细、肚子微胀、肤色黝黑的土著人。他们聚集在一起，坐在草地上饮酒歌唱。那低沉的歌声就像盘旋着的海鸥一样，在喧嚣的海涛声中若隐若现。当地人说，澳洲政府对土著人实行了多项优惠政策，他们有特殊的生活补贴，但他们进城以后，把那些钱都挥霍到酒馆和赌场中了，他们仍然时常回到山林的部落中，过着割舍不下的老日子。我在达尔文的街头，看见的土著人不是坐在骄阳下的公交车站的长椅前打盹儿，就是席地而坐在商业区的街道上，在画布上描画他们部落的图腾以换取微薄的收入。更有甚者，他们有的倚靠在店铺的门窗前，向往来的游人伸出乞讨的手。

　　离开达尔文，我来到蓝山写作中心，在那里住了十天后，当我乘火车返回悉尼时，刚出站台，就在宽敞的候车大厅遇见了一对大打出手的土著夫妻。女的又矮又胖，男的高而瘦削。女的又哭又叫着，疯了似的一次次地扑到男人身上，用她健硕的胳膊去打那个酒气熏天的男人。他们没有一件行李，女的空着手，男的只提着一个肮脏的塑料袋，里面盛着一团软软的豆腐渣似的东西。他不躲闪，也不反抗，任女的发泄。很快，他们周围聚集了一些白人围观者，他们脸上呈现的大都是遗憾的神色。车站的警察也来了。他们拉开了土著女人，而那个男人，已经被打得唇角出血，他蜷缩在一棵柱子前，哀哀地垂着头。围观者渐渐散去，而我由于等待没有准时赶来的出版商，得以有机会一直观察他们的动向。女的坐在男的对面的一棵柱子前,哭泣着,大声抱怨着什么。她并没有具体的倾诉对象,警察和匆匆而过朝她瞥上一眼的过路人的表情都是漠然的,可她却说得那么的凄切、动情。她的诉说就好像是为站台上不时传来的火车的鸣笛声融入一种和弦似的。男人最后站了起来,他走到女人面前,递过那个塑料袋,对她说,吃一点吧。我这才明白那里面的东西是食物。女的跳起来推开他,让他走开! 可男人很有耐性,又一次次地靠近她,满怀怜爱地把那个塑料袋递到她面前。这幕情景把我深深地震撼了,我只觉得一阵阵地心痛! 我想如果土著人生活在他们的部落中,没有来到灯红酒绿的城市,他们也许就不会遭遇生活中本不该出现的冲突。

带着一股怅然的情绪,我离开了澳洲,来到了古老的爱尔兰。二〇〇〇年秋天,我曾随中国作家代表团访问过那里。我们只待了三天。印象最深的是海滨的乔伊斯纪念馆和在皇家剧院所观看的王尔德的著名话剧《莎乐美》,感觉爱尔兰是一个充满了优雅之气和浓厚文化氛围的国家。然而此番再去,我感觉是来到了一个陌生的国度。我住在都柏林一条繁华的酒吧街上,每至深夜,酒吧营业到高潮的时候,砌着青石方砖的街道上,就有众多的人从酒吧中络绎而出,他们无所顾忌地叫喊、歌唱、拥吻,直至凌晨。我几乎每个夜晚都会被扰醒。站在三楼的窗前,看着昏暗的路灯下纵情声色的男女,我的眼前老是闪现出悉尼火车站候车厅里,那对土著夫妻发生冲突的一幕幕情景。我觉得那幕情景和眼前的情景是那么的相似——他们大约都是被现代文明的滚滚车轮碾碎了心灵、为此而困惑和痛苦着的人! 只有丧失了丰饶内心生活的人,才会呈现出这样一种生活状态。

归国后,我写了一篇短文《土著的落日》,其中的一段话表达了我内心的感触:

　　面对越来越繁华和陌生的世界,曾是这片土地主人的他们,成了现代世界的"边缘人",成了要接受救济和灵魂拯救的一群! 我深深理解他们内心深处的哀愁和孤独! 当我在达尔文的街头俯下身来观看土著人在画布上描画他们崇拜的鱼、蛇、蜥蜴和大河的时候,看着那已失去灵动感的画笔蘸着油彩熟练却是空洞地游走的时候,我分明看见了一团猩红滴血的落日,正沉沦在苍茫而繁华的海面上! 我们总是在撕裂一个鲜活生命的同时,又扮出慈善家的样子,哀其不幸! 我们心安理得地看着他们为着衣食而表演和展览曾被我们戕害的艺术;我们剖开了他们的心,却还要说这心不够温暖,满是糟粕。这股弥漫全球的文明的冷漠,难道不是人世间最深重的凄风苦雨吗!

　　我觉得是去看敖鲁古雅的鄂温克人下山定居的现状的时候了。在哈尔滨休息了半个月后,在呼伦贝尔市政府的协助下,我在八月份来到了内蒙古。我的第一站是海拉尔,事先通过韩少功的联系,在那里得以看到了多年不见的鄂温克著名小说家乌热尔图。他淡出文坛,在偏远一隅,做着文化史学的研究,孤寂而祥和。我同他谈了一些我的想法,他鼓励我下去多看一看。

　　在接下来的几天中,我驱车去了满洲里、达赉湖,然后穿过呼伦贝尔大草原,来到了我此行的目的地——根河市。

　　我的预感是准确的。在根河的城郊,定居点那些崭新的白墙红顶的房子,多半已经空着。那一排排用砖红色铁丝网拦起的鹿圈,看不到一只驯鹿,只有一群懒散的山羊在杂草丛生的小路上逛来逛去。根河市委的领导介绍说,驯鹿下山圈养的失败和老一辈人对新生活的不适应,造成了猎民一批批的回归。据说驯鹿被关进鹿圈后,对喂给它们的食物不闻不碰,只几天的时间,驯鹿就接二连三地病倒了。猎民急了,他们把驯鹿从鹿圈中解救出来,不顾乡里干部的劝阻,又回到山林中。我追踪他们的足迹,连续两天来到山上的猎民点,倾听他们内心的苦楚和哀愁,听他们歌唱。鄂温克猎民几乎个个都是出色的歌手,他们能即兴歌唱。那歌声听上去是沉郁而苍凉的,如呜咽而雄浑的流水。老一辈的人还是喜欢住在夜晚时能看见星星的希楞柱里,他们说住在山下的房子里,觉都睡不踏实。而年轻的一代,还是向往山外便利的生活。他们对我说,不想一辈子尾随着驯鹿待在沉寂的山里。鄂温克人不善掩饰,他们喜怒形于色。有一次我提了一个他们忌讳的问题,其中的一个老女人立刻板起脸,指着我大声说:建建是个坏蛋!(在那两天,他们都叫我建建。)而当我与那个老女人聊得投机时,她依然是亲切地叫我一声"建建",然后捏出一撮口烟,塞进我的牙床里。当我被辛辣的烟味呛得跳了起来的时候,老女人就发出快意的笑声,说:建建是个好人!

在那无比珍贵的两天时间中,我在鄂温克营地喝着他们煮的驯鹿奶茶,看那些觅食归来的驯鹿悠闲地卧在笼着烟的林地上,心也跟着那丝丝缕缕升起的淡蓝色烟霭一样,变得迷茫起来。由于森林植被的破坏,如今驯鹿可食的苔藓越来越少,所以他们即使回到了山林,但搬迁频繁,他们和驯鹿最终会往何处去呢?

回到根河,我听说画家柳芭的母亲因腰伤而从猎民点下山来,住进了医院,便赶到医院探望她。我不敢对躺在病床上的虚弱的她过多地提起柳芭,只想静静地看看养育了一位优秀画家的母亲。当我快要离开的时候,她突然用手蒙住眼睛,用低沉的声音对我说:柳芭太爱画画了,她那天去河边,还带了一瓶水,她没想着去死啊!

是啊,柳芭可能并没想到要去死,可她确实是随着水流消逝了,连同她热爱着的那些绚丽的油彩。我的眼前突然闪现出了在悉尼火车站所看到的土著男人一次次地把食物送到妻子面前的情景,这些少数民族人身上所体现出的那种人性巨大的包容和温暖,令我无比动情,以至于在朝医院外走去的时候,我的眼睛悄悄蒙上了泪水。

我觉得找到了这部长篇的种子。这是一粒沉甸甸的、饱满的种子。我从小就拥有的那片辽阔而苍茫的林地就是它的温床,我相信一定能让它发芽和成长的。

回到哈尔滨后,我用了整整三个月的时间集中阅读鄂温克历史和风俗的研究资料,做了几万字的笔记。到了年底,创作的激情已经闪现,我确定了书的标题《额尔古纳河右岸》,并且写下了上部的开头:"我是雨和雪的老熟人了,我有九十岁了。雨雪看老了我,我也把它们给看老了。"这是一个我满意的苍凉自述的开头。不过,确定了叙述方式和创作基调后,我并没有接着进行下去,因为春节的脚步近了,我想把它带回故乡,过完年以后再写。我觉得它应该是部一气呵成的作品,它还该是一部有地气烘托着的作品,那么春节后在故乡用完整的时间营造它是最理想的了。

除夕爆竹幽微的香味还没有散尽,正月初三的那一天,我便开始了长篇的写作。书房的南窗正对着一带覆盖着积雪的山峦,太阳一升起来,就会把雪光反射到南窗下的书桌前,晃得人睁不开眼。如果拉上窗帘的话,就等于与壮美的风景隔绝了。于是我把厨房的方桌搬来,放置在书房进门的地方。这样我倚着北墙,中间隔着几米可以削弱阳光强度的空间,仍然能在写作疲劳时抬眼即可望见山峦的形影。

方桌上摆着一盆我爱人生前最喜欢的花,它纷披的嫩绿叶片常常在我落座的一瞬或是拿茶杯的时候,温柔地触着了我的脸或手。写作是顺畅的,几乎没有遇到什么障碍。我每天早晨八点多起床,早饭后,打扫过房间就开始工作。到了中午,简单吃点东西后睡个午觉,起来后接着工作。到了傍晚,我会像出笼的小鸟一样,一路欢快地奔向住在姐姐家的妈妈那里,饱餐一顿。她每天都会为一家人准备好丰盛的晚餐。她说我写长篇费脑子,所以总想在饮食上给我补足了。对着餐桌上的山珍野味,我总要喝上几杯红酒。家人怕我晚上回去后又要接着写作,总是以菜好为借口,鼓励我多喝几杯,想让我醉醺醺地回去后只有一个睡的心思。但我从不上当。我每天晚上还要写两个小时呢。我弟弟知道我喜欢吃鱼,便与打鱼人联络好,只要捕到了新鲜鱼,就打个电话给他,唤他来取。温暖的亲情和可口的饮食,使我的身体和精神一直处于最佳状态。

写累了的时候,我常趴在南窗前看山峦。冬天的时候,山下几乎没有行人,有的只是雪、单调的树和盘旋着的乌鸦。有的时候,我会在相对和暖的黄昏去雪地上散步。我满眼所见的苍茫景色与我正写着的作品的气息是那么的相符。

三月底,快完成中卷的时候,我回到了哈尔滨。一出站台,面对高楼大厦和车水马龙的情景,我突然觉得自己是那么的孤单,那么的忧愁,看来小说所弥漫的那股自然而浪漫的气息已经在不知不觉间深入到我心灵中了。我在哈尔滨只待了三天,马上又返回故乡。我觉得这部长篇只有面对着山峦完成,才是完美的。

故乡对我来说,就是催生这部长篇发芽、成长的雨露和清风。离开它,我的心都是灰暗的。

我很快又从那连绵起伏的山峦中获得了信心和灵感,回到创作中。

在小说将要完稿的时候,我爱人三周年的忌日到了。我没有去他的坟前,因为从他离开的那天开始,一座年轻的坟就沉甸甸地压在了我的心头。那天晚上,姐姐、弟弟和姐夫陪着我来到十字路口,我们遥遥地静穆地祭奠着他。被焚烧的纸钱在暗夜中发出跳跃的火光,就像我那一刻颤抖的心。

我感谢亲人、大自然和写作。这几年,是他们为我疗伤的。

只用了两个多月的时间,初稿就完成了,这种酣畅淋漓的写作状态在近十年中是少见的。写完尾声《半个月亮》的时候,是五月七日的正午,我锁上门,下了楼,一路疾行到了姐姐家。妈妈见我进来,非常吃惊,说,你怎么中午回来了? 我对她说,我的长篇结束了! 妈妈笑了,马上拿过一个杯子,倒了一些红酒,递给我说,庆祝一下吧! 我在喝那杯酒的时候,无比的幸福,又无比的酸楚。因为我告别了小说中那些本不该告别的人。

初稿完成后,受王蒙先生的邀请,我来到青岛中国海洋大学,做这部长篇的修改。我是这所大学的驻校作家。海洋大学为我提供了生活上便利的条件。在小说中,我写的鄂温克的祖先就是从拉穆湖走出来的,他们最后来到额尔古纳河右岸的山林中。而这部长篇真正的结束又是在美丽的海滨城市青岛。我小说中的人物跟着我由山峦又回到了海洋,这好像是一种宿命的回归。如果说山峦给予我的是勇气和激情,那么大海赋予我的则是宽容的心态和收敛的诗情。在青岛,我对依芙琳的命运进行了重大修改,我觉得让清风驱散她心中所有世俗的愤怒,让花朵作为食物洗尽她肠中淤积的油腻,使她有一个安然而洁净的结局,才是合情合理的。从这点来说,我得感激大海给我的启示。

这部长篇出来后,也许有人会问,你写的就是敖鲁古雅的鄂温克人吗? 我可以说,是,也不是。虽然这粒种子萌生自那里,但它作为小说成长起来以后,早已改变了形态。虽然有些故事是有生活原型的,但我并不满足和拘泥于这些,我还是为它注入了许多新鲜的故事——虚构的,以及我所了解的一些鄂伦春人的故事。鄂温克族和鄂伦春族在生活习性和自然崇拜上很相近,而且他们都生活在大兴安岭的莽莽林海中,他们的命运也是那么的相似,把他们之间相通的那部分故事杂糅在一起,是我的愿望。大自然既向他们敞开了美好而和谐的一面,也给了他们严酷而凄清的一面。这两个面互相映照,因而他们被折射出来的命运是壮美的。

感谢《收获》杂志,能给予它肯定,使它能够首先在我喜欢的杂志上发表。

我还要感谢艾真,不知我演绎的故事她可喜欢?

我非常喜欢贝多芬的《田园交响曲》,前一段看朱伟的一篇乐评,在谈到贝多芬的这部作品时,他用了一个词"百听不厌",我深有同感。如果说我的这部长篇分为四个乐章的话,那么第一乐章的《清晨》是单纯清新、悠扬浪漫的;第二乐章的《正午》沉静舒缓、端庄雄浑;进入第三乐章的《黄昏》,它是急风暴雨式的,斑驳杂响,如我们正经历着的这个时代,掺杂了一缕缕的不和谐音。而到了第四乐章的《尾声》,它又回到了初始的和谐与安恬,应该是一首满怀憧憬的小夜曲,或者是弥散着钟声的安魂曲。我不知道自己谱写的这部心中的交响曲是否会有听众。我没有那么大的奢望要获得众生的喝彩,如果有一些人对它给予发自内心的掌声,我也就满足了。

法国古典作家、《博物志》的作者朱尔·勒纳尔曾说过这样的话:"神造自然,显示了万能的本领,造人却是失败。"我觉得他对人类有点过于悲观了。人类既然已经为这世界留下了那么多不朽的艺术,那么也一定能从自然中把身上沾染的世俗的贪婪之气、虚荣之气和浮躁之气,一点一点地洗刷干净。虽然说这个过程是艰难、漫长的。

我从未对自己的作品说过这么多的话。这篇跋,断断续续地写了一周。原因是从山东改稿归来，我一直生病。不是感冒了，就是得了急性胃肠炎，身体变得有些虚弱。看来，这部长篇还是让我在不知不觉间透支了体力。

我想起了在青岛改完长篇的那个黄昏，晚饭后，我换上旅游鞋，出了校园，一路向北，沿着海滨路散步。那是一次漫长的散步。我只想不停地走下去，走下去，好像身体里还残存着一股激情，需要以这样的方式释放出去。一个小时过去了，两个小时过去了，我不知疲倦，已经快走到崂山脚下。那时天色已昏，车少人稀，近前的大海灰蒙蒙的了。我还想走下去的时候，路灯闪烁着亮了。光明的突然降临，使我的腿软了，我再也走不动了。我站在路边，等了很久，才打到一辆出租车。车在畅通无阻的情况下，行驶了近半小时才到达海洋大学的校门，可以想见我走了多远的路。

我下了车，站在路边，回望走过的路。路是蜿蜒曲折着向上的，迤逦的灯火也就跟着蜿蜒曲折着向上。在那个时刻，灯火组成了一级一级的台阶，直达山顶，与天边的星星连为一体。山影和云影便也成了这灯火台阶所经之处可以歇脚的亭台楼阁。

二○○五年六月二十八日于哈尔滨

附　记：

《额尔古纳河右岸》二稿完成后，我写了上面这篇"跋"，以为这部长篇就此画上一个句号了。就在此时，我接到了《收获》李小林老师的电话，她在赞赏它的同时，提出了关于叙述者"我"的形象的一些遗憾之处。于是，我把电脑打开，反复研读，觉得小林老师提出的意见是有道理的。

我用了十天时间，细致地再改了一稿。虽然这部长篇已经脱稿两个月了,但我还是又回到了初始的写作状态,满怀忧伤和激情,所以增加的几个情节,写得都很动情。同时,我又删掉了一些拖沓、芜杂之处,使叙述节奏更为明快。改完第三稿,我通读了一遍,感觉它果然出落得更漂亮了。在此感谢小林老师。也许对一个好编辑最好的感谢,就是奉献上一部好作品。

外面电闪雷鸣,雨雾蒸腾。大雨过后,一个凉爽而明净的日子一定会到来。愿它的清新之气能驱散我心中的疲惫。当我合上一本书的时候,我一定会在不久的将来,向读者打开另一本书。

二○○五年七月二十日